KURBAN SAID

Ali und Nino

BUCH Schauplatz der Liebesgeschichte von Ali, dem Aserbeidschaner und Mohammedaner, und Nino, der europäisch erzogenen Georgierin, ist Baku, die Stadt am Kaspischen Meer. In ihnen treffen nicht nur zwei grundverschiedene Menschen, sondern auch zwei Kulturkreise aufeinander. Aus dem verliebten Mädchen Nino wird eine leidenschaftliche Frau, der das europäische Denken wesentlich näher ist als die Welt Alis, in der die Frauen nur die Schatten ihrer Männer sind und die ihr angst macht. Ali dagegen ist ein Tatar, ein Sohn der Wüste, ganz dem asiatisch-orientalischen Raum verwachsen.

Allein die Liebe gibt ihnen Kraft, die inneren und äußeren Widerstände zu überwinden. In den Wirren des Ersten Weltkriegs und der Russischen Revolution wird dieses Band zum erstenmal bedrohlich erschüttert: Während Ali sein Land in vorderster Front gegen die Rote Armee verteidigt, muß Nino sich mit ihrer kleinen Tochter auf der Flucht durchschlagen.

AUTOR Kurban Said wurde 1905 in Baku geboren. In jungen Jahren trat er zum Islam über und floh während der Russischen Revolution nach Berlin. In den dreißiger Jahren gehörte er zur literarischen Bohème von Wien. Er war u. a. mit Robert Neumann und Elias Canetti befreundet. 1938 floh Kurban Said vor den Nazis in die Schweiz und starb 1940 in Italien.

Kurban Said

Ali und Nino

Eine kaukasische Liebesgeschichte

GOLDMANN VERLAG

Neuausgabe

Umwelthinweis:
Alle bedruckten Materialien
dieses Taschenbuches
sind chlorfrei und umweltschonend.

Der Goldmann Verlag
ist ein Unternehmen der Verlagsgruppe Bertelsmann

Lizenzausgabe mit Genehmigung des Scherz Verlag, Bern und München

Umschlaggestaltung: Design Team München
Made in Germany · Verlagsnummer: 42885

ISBN 3-442-42885-8

Erstes Kapitel

Wir waren vierzig Schüler in der dritten Klasse des kaiserlich russischen humanistischen Gymnasiums in Baku: dreißig Mohammedaner, vier Armenier, zwei Polen, drei Sektierer und ein Russe. Andächtig lauschten wir, was uns Professor Sanin über die ungewöhnliche geographische Lage unserer Stadt zu sagen hatte:

»Die natürlichen Grenzen des europäischen Kontinents werden im Norden vom Polarmeer, im Westen vom Atlantischen Ozean und im Süden vom Mittelmeer gebildet. Die Ostgrenze Europas zieht sich durch das russische Kaiserreich, den Ural entlang, durchschneidet das Kaspische Meer und läuft dann durch Transkaukasien. Während manche Gelehrte das Gebiet südlich des kaukasischen Bergmassivs als zu Asien gehörig betrachten, glauben andere, auch dieses Land als Teil Europas ansehen zu müssen, zumal im Hinblick auf die kulturelle Entwicklung. Es hängt also gewissermaßen von eurem Verhalten ab, meine Kinder, ob unsere Stadt zum fortschrittlichen Europa oder zum rückständigen Asien gehören soll.«

Der Professor, in der goldbestickten Uniform eines russischen Gymnasiallehrers, lächelte selbstgefällig. Uns stockte der Atem vor den Abgründen des Wissens und der Last der Verantwortung. Dann hob Mehmed Haidar auf der letzten Bank die Hand und sagte:

»Bitte, Herr Professor, wir möchten lieber in Asien bleiben.«

Schallendes Gelächter ertönte. Mehmed Haidar drückte

schon zum zweitenmal die Bank der dritten Klasse, und er hatte alle Aussicht, es auch ein drittes Jahr zu tun, sofern Baku weiterhin zu Asien gehörte. Ein ministerieller Erlaß gestattete nämlich den Eingeborenen des asiatischen Rußland, so lange in einer Klasse sitzenzubleiben, als es ihnen paßte.

Professor Sanin runzelte die Stirn:

»So, Mehmed Haidar, du willst also Asiate bleiben? Tritt mal vor. Kannst du deine Ansicht begründen?«

Mehmed Haidar trat vor, wurde rot und schwieg. Sein Mund stand offen, seine Stirn war gerunzelt, seine Augen blickten blöd vor sich hin. Und während vier Armenier, zwei Polen, drei Sektierer und ein Russe sich an seiner Blödheit freuten, hob ich die Hand und erklärte:

»Herr Professor, ich will auch lieber in Asien bleiben.«

»Ali Khan Schirwanschir! Auch du! Nun gut, tritt vor.«

Professor Sanin schob die Unterlippe vor und verfluchte innerlich sein Schicksal, das ihn an die Ufer des Kaspischen Meeres verbannt hatte. Dann räusperte er sich und sagte gewichtig: »Kannst wenigstens du deine Ansicht vertreten?«

»Ja. Ich fühle mich in Asien ganz wohl.«

»So so. Warst du denn schon einmal in einem wirklich wilden asiatischen Land, zum Beispiel in Teheran?«

»Jawohl, vorigen Sommer.«

»Aha! Und gibt es dort die großen Errungenschaften der europäischen Kultur, zum Beispiel Autos?«

»O ja, sogar sehr große. Für dreißig Personen und mehr. Sie fahren nicht durch die Stadt, sondern von Ort zu Ort.«

»Das sind Autobusse, und sie verkehren in Ermangelung der Eisenbahn. Das nennt man Rückstand. Setz dich, Schirwanschir!«

Sämtliche Asiaten frohlockten und warfen mir zustimmende Blicke zu.

Professor Sanin schwieg verdrossen. Es war seine Pflicht, seine Schüler zu guten Europäern zu erziehen.

»War jemand von euch zum Beispiel in Berlin?« fragte er plötzlich.

Er hatte seinen Unglückstag: Der Sektierer Maikow meldete sich und gestand, als ganz kleines Kind in Berlin gewesen zu sein. Er konnte sich noch an eine dumpfige, unheimliche Untergrundbahn erinnern, an eine lärmende Eisenbahn und an ein Schinkenbrot, das ihm seine Mutter zurechtschnitt.

Wir dreißig Mohammedaner waren tief entrüstet. Seyd Mustafa bat sogar, austreten zu dürfen, da ihm bei dem Wort Schinken übel wurde. Damit war die Diskussion über die geographische Zugehörigkeit der Stadt Baku erledigt.

Es läutete. Erleichtert verließ Professor Sanin die Klasse. Wir vierzig Schüler eilten hinaus. Es war große Pause, und da hatte man drei Möglichkeiten: in den Hof zu rennen und die Schüler des benachbarten Realgymnasiums zu verprügeln, weil sie goldene Knöpfe und goldene Kokarden trugen, während wir uns mit silbernen begnügen mußten; laut miteinander tatarisch zu reden, damit es die Russen nicht verstünden und weil es verboten war; oder über die Straße zu eilen, in das Mädchenlyzeum der heiligen Königin Tamar. Ich entschied mich für das letztere.

Die Mädchen spazierten in züchtigen blauen Uniformkleidern mit weißer Schürze durch den Garten. Meine Kusine Aische winkte mir zu. Sie ging Hand in Hand mit Nino Kipiani, und Nino Kipiani war das schönste Mädchen der Welt. Als ich den beiden von meinen geographischen Kämpfen berichtete, rümpfte das schönste Mädchen der Welt die schönste Nase der Welt und sagte:

»Ali Khan, du bist dumm. Gottlob sind wir in Europa. Wären wir in Asien, so müßte ich schon längst verschleiert gehen, und du könntest mich gar nicht sehen.«

Ich gab mich geschlagen. Die geographische Fragwürdigkeit der Stadt Baku rettete mir den Anblick der schönsten Augen der Welt.

Betrübt schwänzte ich den Rest der Schule. Ich wanderte durch die Gassen der Stadt, blickte auf die Kamele und das Meer, dachte an Europa, an Asien, an Ninos schöne Augen und war traurig. Ein Bettler mit entstelltem Gesicht kam mir entgegen. Ich gab ihm Geld, und er wollte mir die Hand küssen. Erschrocken zog ich sie zurück. Doch dann lief ich zwei Stunden durch die Stadt und suchte den Bettler, damit er mir die Hand küssen könne. Ich glaubte, ihn beleidigt zu haben, und hatte Gewissensbisse. Er war nicht zu finden.

Das Ganze hatte sich vor fünf Jahren abgespielt.

In diesen fünf Jahren war allerlei geschehen. Wir bekamen einen neuen Direktor, der uns mit Vorliebe am Kragen packte und schüttelte, denn das Ohrfeigen von Gymnasiasten war streng verboten. Der Religionslehrer erklärte uns sehr genau, wie gnädig Allah gewesen sei, daß er uns als Mohammedaner zur Welt kommen ließ. Zwei Armenier und ein Russe traten ein, und zwei Mohammedaner schieden aus; der eine, weil er mit seinen sechzehn Jahren geheiratet hatte, der andere, weil er in den Ferien von Bluträchern umgebracht wurde. Ich, Ali Khan Schirwanschir, war dreimal in Daghestan, zweimal in Tiflis, einmal in Kislowodsk, einmal bei meinem Onkel in Persien gewesen und wäre einmal beinahe sitzengeblieben, weil ich das Gerundium nicht vom Gerundivum unterscheiden konnte. Mein Vater sprach sich darüber mit dem Mullah in der Moschee aus, und dieser erklärte, daß das ganze Latein eitler Wahn sei. Daraufhin legte mein Vater alle seine türkischen, persischen und russischen Orden an, fuhr zum Direktor, spendete für die Schule irgendein physikalisches Instrument, und ich wurde versetzt. In der Schule hing neuerdings ein Plakat, das den Gymnasiasten das Betreten des Schulgebäudes mit geladenen Revolvern verbot, in der Stadt wurden Telefone eingeführt und zwei Kinos eröffnet, und Nino Kipiani war immer noch das schönste Mädchen der Welt.

Das alles sollte nun zu Ende gehen; nur noch eine Woche

trennte mich vom Abitur, und ich saß zu Hause in meinem Zimmer und grübelte über die Sinnlosigkeit des lateinischen Sprachunterrichts an der Küste des Kaspischen Meeres.

Es war ein schönes Zimmer im zweiten Stock unseres Hauses. Dunkle Teppiche aus Buchara, Isfahan und Kaschan bedeckten die Wände. Die Linien des Teppichmusters gaben Gärten und Seen, Wälder und Flüsse wieder, so wie sie sich in der Phantasie des Teppichwebers spiegelten – unerkennbar für den Laien, hinreißend schön für den Fachmann. Nomadenfrauen aus fernen Wüsten sammelten im wilden Dornengebüsch die Kräuter für diese Farben. Schlanke Finger preßten daraus den Saft. Jahrhundertealt ist das Geheimnis der zarten Farben, und ein Jahrzehnt dauert es oft, bis der Weber sein Kunstwerk vollendet hat. Dann hängt es an der Wand, voll geheimnisvoller Symbole, Andeutungen von Jagdszenen und Ritterkämpfen, mit einem Schriftornament am Rande, einem Vers von Firdausi oder einem Weisheitsspruch von Saadi. Durch die vielen Teppiche wirkte das Zimmer dunkel. Ein niedriger Diwan, zwei kleine mit Perlmutter eingelegte Hocker, viele weiche Kissen; und zwischen all dem, sehr störend und sehr sinnlos, Bücher des westlichen Wissens: Chemie, Latein, Physik, Trigonometrie – läppisches Zeug, von Barbaren erfunden, um ihre Barbarei zu verdecken.

Ich klappte die Bücher zu, verließ mein Zimmer und ging über die schmale Glasveranda hinauf zum flachen Dach des Hauses. Von dort überblickte ich meine Welt, die dicke Festungsmauer der alten Stadt und die Ruinen des Palastes mit der arabischen Aufschrift am Eingang. Durch das Gewirr der Straßen schritten Kamele mit so zarten Fesseln, daß man sie zu streicheln versucht war. Vor mir erhob sich der plumpe, runde Mädchenturm, um den Legenden und Fremdenführer kreisten. Weiter hinter dem Turm begann das Meer, das völlig gesichtslose, bleierne und unergründliche Kaspische Meer, und im Rücken war die Wüste – zackige Felsen, Sand und Dorn, ruhig, stumm, unüberwindlich, die schönste Landschaft der Welt.

Ich saß still auf dem Dach. Was gingen mich andere Städte, andere Dächer und andere Landschaften an. Ich liebte das flache Meer und die flache Wüste und dazwischen diese alte Stadt und die lärmende Menschheit, die hierher kam, Öl suchte, reich wurde und davonzog, weil sie die Wüste nicht liebte.

Der Diener brachte Tee. Ich trank und dachte an die Abschlußprüfung. Sie machte mir keine großen Sorgen. Sicherlich würde ich durchkommen. Bliebe ich aber sitzen, so wäre das auch kein Malheur. Die Bauern auf unseren Gütern würden dann sagen, daß ich mich vor gelehrtem Eifer nicht vom Hause des Wissens trennen wollte. Es war in der Tat schade, die Schule zu verlassen. Die graue Uniform mit silbernen Knöpfen, Achselstücken und Kokarde war sehr elegant. In Zivil käme ich mir recht heruntergekommen vor. Ich würde aber nicht lange Zivil tragen. Nur einen Sommer, und dann – ja, dann ging es nach Moskau ins Lazarewsche Institut für orientalische Sprachen. Ich habe es selber so beschlossen. Dort werde ich vor den Russen einen schönen Vorsprung haben, denn was sie mühselig erlernen müssen, kann ich von klein auf. Außerdem gibt es keine schönere Uniform als die des Lazarewschen Instituts: roter Rock, goldener Kragen, ein schmaler, vergoldeter Degen und Glacéhandschuhe auch an den Wochentagen. Uniform muß ein Mensch tragen, sonst achten einen die Russen nicht, und wenn mich die Russen nicht achten, nimmt mich Nino nicht zum Mann. Ich muß aber Nino heiraten, obwohl sie Christin ist. Georgische Frauen sind die schönsten auf Erden. Und wenn sie nicht will? Nun – dann hole ich mir ein paar wackere Männer, werfe Nino über den Sattel, und fort geht's über die persische Grenze nach Teheran. Dann wird sie schon wollen, was bliebe ihr sonst übrig?

Das Leben war schön und einfach vom Dach unseres Hauses in Baku gesehen.

Kerim, der Diener, berührte meine Schulter.

»Es ist Zeit«, sagte er.

Ich erhob mich. Es war wirklich Zeit. Am Horizont, hinter der Insel Nargin, zeigte sich ein Dampfer. Wenn man einem bedruckten Stück Papier, von einem christlichen Telegrafenbeamten ins Haus zugestellt, glauben konnte, dann befand sich auf diesem Schiff mein Onkel mit drei Frauen und zwei Eunuchen. Ich sollte ihn abholen. Ich eilte die Treppe hinab. Der Wagen fuhr vor. Rasch ging es zum lärmenden Hafen hinunter.

Mein Onkel war ein vornehmer Mann. Schah Nassir ed-Din hatte ihm in seiner Gnade den Titel Assad ed-Dawleh – »Löwe des Kaiserreichs« – verliehen. Anders durfte man ihn gar nicht nennen. Er hatte drei Frauen, viele Diener, ein Palais in Teheran und große Güter in Mazendaran. Nach Baku kam er einer seiner Frauen wegen. Es war die kleine Zeinab. Sie war erst achtzehn, und der Onkel liebte sie mehr als seine anderen Frauen. Sie war krank, sie bekam keine Kinder, und gerade von ihr wollte der Onkel Kinder haben. Zu diesem Zweck war sie bereits nach Hamadan gereist. Dort steht mitten in der Wüste, aus rötlichem Stein gehauen, mit rätselhaftem Blick die Statue eines Löwen. Alte Könige mit fast vergessenen Namen haben sie errichtet. Seit Jahrhunderten pilgern Frauen zu diesem Löwen, küssen sein gewaltiges Glied und versprechen sich davon Muttersegen und Kinderfreuden. Der armen Zeinab hatte der Löwe nicht geholfen. Ebensowenig wie die Amulette der Derwische aus Kerbela, die Zaubersprüche der Weisen aus Meschhed und die geheimen Künste der in allen Liebesdingen erfahrenen alten Weiber von Teheran. Nun fuhr sie nach Baku, um durch die Geschicklichkeit der westlichen Ärzte das zu erreichen, was der einheimischen Weisheit versagt blieb. Armer Onkel! Die zwei anderen

Frauen, ungeliebt und alt, mußte er mitnehmen. So verlangte es die Sitte: »Du kannst eine, zwei, drei und vier Frauen haben, wenn du sie gleichmäßig behandelst.« Gleichmäßig behandeln aber hieß, allen dasselbe bieten – zum Beispiel eine Reise nach Baku.

Von Rechts wegen ging mich das Ganze nichts an. Frauen gehören in den Anderun, ins Innere des Hauses. Ein wohlerzogener Mensch spricht nicht über sie, fragt nicht nach ihnen und läßt ihnen auch keine Grüße bestellen. Sie sind die Schatten ihrer Männer, wenn auch diese sich oft nur in solchen Schatten wohl fühlen. So ist es gut und weise. »Eine Frau hat nicht mehr Verstand als ein Hühnerei Haare«, lautet bei uns ein Sprichwort. Geschöpfe ohne Verstand müssen bewacht werden, sonst bringen sie Unheil über sich selbst und andere. Ich glaube, es ist eine weise Regel.

Der kleine Dampfer näherte sich dem Pier. Matrosen mit haariger, breiter Brust legten die Falltreppe an. Passagiere strömten herunter: Russen, Armenier, Juden, in hastiger Eile, als zählte jede Minute, die sie früher an Land gingen. Mein Onkel zeigte sich nicht. »Die Geschwindigkeit ist des Teufels«, sagte er immer. Erst als alle Reisenden das Schiff verlassen hatten, erschien die zierliche Gestalt des »Löwen des Kaiserreichs«.

Er trug einen Gehrock mit seidenem Revers, eine kleine, runde schwarze Pelzmütze und Pantoffeln. Sein breiter Bart war mit Henna gefärbt, desgleichen seine Fingernägel, beides in Erinnerung an das vor tausend Jahren für den wahren Glauben vergossene Blut des Märtyrers Hussein. Er hatte müde, kleine Augen und langsame Bewegungen. Hinter ihm gingen, sichtbar erregt, drei von Kopf bis Fuß in dichte schwarze Schleier gehüllte Gestalten: die Frauen. Dann kamen die beiden Eunuchen, der eine mit dem gelehrten Gesicht einer ausgetrockneten Eidechse, der andere klein, aufgedunsen und stolz, die Hüter der Ehre Seiner Exzellenz.

Langsam schritt der Onkel über die Falltreppe. Ich umarmte ihn und küßte ihn ehrfürchtig auf die linke Schulter, obwohl dies auf der Straße nicht unbedingt notwendig war. Seine Frauen würdigte ich keines Blickes. Wir bestiegen den Wagen. Frauen und Eunuchen folgten uns in geschlossenen Karossen. Es war ein so imposanter Anblick, daß wir den Umweg über die Strandpromenade machten, damit die Stadt meinen Onkel gebührend bewundern könne. An der Strandpromenade stand Nino und blickte mich mit lachenden Augen an.

Der Onkel streichelte sich vornehm den Bart und fragte, was es Neues in der Stadt gebe.

»Nicht viel«, sagte ich, meiner Pflicht bewußt, mit Unwichtigem anzufangen, um dann zum Wichtigen überzugehen. »Dadasch Beg hat vorige Woche den Achund Sadé erdolcht, weil Achund Sadé in die Stadt zurückkam, obwohl er vor acht Jahren die Frau des Dadasch Beg entführt hat. Am selben Tag, an dem er ankam, hat Dadasch Beg ihn erdolcht. Jetzt sucht ihn die Polizei, wird ihn aber nicht finden, obwohl jedermann weiß, daß Dadasch Beg im Dorf Mardakjany sitzt. Kluge Leute sagen, Dadasch Beg habe recht gehandelt.«

Der Onkel nickte zustimmend mit dem Kopf. Ob es noch was Neues gebe?

»Ja, in Bibi-Eibat haben die Russen viel neues Öl entdeckt. Nobel hat eine große deutsche Maschine ins Land gebracht, um ein Stück des Meeres zuzuschütten und Öl zu bohren.«

Der Onkel war sehr erstaunt. »Allah, Allah«, sagte er und preßte besorgt die Lippen zusammen.

»... zu Hause bei uns ist alles in Ordnung, und so Gott will, verlasse ich nächste Woche das Haus des Wissens.«

So sprach ich die ganze Zeit, und der Alte hörte andächtig zu. Erst als der Wagen sich unserem Haus näherte, blickte ich zur Seite und sagte beiläufig:

»In der Stadt ist ein berühmter Arzt aus Rußland angekommen. Die Leute sagen, er sei sehr wissend und sehe im Gesicht der Menschen die Vergangenheit und die Gegenwart, um daraus die Zukunft abzuleiten.«

Die Augen des Onkels waren vor würdevoller Langeweile halb geschlossen. Ganz teilnahmslos fragte er nach dem Namen des weisen Mannes, und ich sah, daß er sehr mit mir zufrieden war.

Denn das alles galt bei uns als gutes Benehmen und vornehme Erziehung.

Zweites Kapitel

Wir saßen auf dem flachen, windgeschützten Dach unseres Hauses: mein Vater, mein Onkel und ich. Es war sehr warm. Weiche, vielfarbige Teppiche aus Karabagh mit barbarisch-grotesken Mustern lagen ausgebreitet, und wir saßen mit gekreuzten Beinen darauf. Hinter uns standen Diener mit Laternen. Vor uns auf dem Teppich lockte die ganze Sammlung orientalischer Leckerbissen – Honigkuchen, kandiertes Obst, Hammelfleisch am Spieß und Reis mit Huhn und Rosinen.

Ich bewunderte, wie schon so oft, die Eleganz meines Vaters und meines Onkels. Ohne die linke Hand zu rühren, rissen sie breite Brotfladen ab, formten daraus eine Tüte, füllten sie mit Fleisch und führten sie zum Mund. Mit vollendeter Grazie steckte der Onkel drei Finger der rechten Hand in die fette, dampfende Reisspeise, nahm ein Häuflein, quetschte es zu einer Kugel und aß diese, ohne auch nur ein Körnchen Reis fallen zu lassen.

Bei Gott, die Russen bilden sich so viel ein auf ihre Kunst, mit Messer und Gabel zu essen, was doch auch der Dümmste in einem Monat erlernen kann. Ich gehe bequem mit Messer und Gabel um und weiß, was sich am Tisch der Europäer gehört. Aber obwohl ich schon achtzehn bin, kann ich noch immer nicht mit so vollendeter Vornehmheit essen wie mein Vater oder mein Onkel, die mit nur drei Fingern der rechten Hand die lange Reihe der orientalischen Speisen vertilgen, ohne auch nur die Handfläche zu beschmutzen. Nino nennt unsere Eßart barbarisch. Im Hause Kipiani ißt man immer am Tisch und europäisch. Bei uns nur, wenn russische Gäste geladen sind, und Nino ist entsetzt bei dem Gedanken, daß ich auf dem Teppich sitze und mit der Hand esse. Sie vergißt, daß auch ihr eigener Vater erst mit zwanzig Jahren die erste Gabel in die Finger bekam.

Das Essen war zu Ende. Wir wuschen uns die Hände, und der Onkel betete kurz. Dann wurden die Speisen weggebracht. Kleine Teetassen mit schwerem, dunklem Tee wurden gereicht, und der Onkel begann zu sprechen, wie alle alten Leute nach einem guten Mahl zu sprechen pflegen – breit und etwas geschwätzig. Mein Vater sagte nur wenig, und ich schwieg, denn so verlangt es die Sitte. Nur mein Onkel sprach, und zwar wie immer, wenn er nach Baku kam, von den Zeiten des großen Nassir ed-Din-Schah, an dessen Hof er eine wichtige, mir jedoch nicht ganz klare Rolle gespielt hatte.

»Dreißig Jahre«, sagte der Onkel, »saß ich auf dem Teppich der Gunst des Königs der Könige. Dreimal hat mich Seine Majestät auf seine Reisen ins Ausland mitgenommen. Während dieser Reisen habe ich die Welt des Unglaubens besser kennengelernt als irgendeiner. Wir besuchten kaiserliche und königliche Paläste und die berühmtesten Christen der Zeit. Es ist eine seltsame Welt, und am seltsamsten ist, wie sie die Frauen behandelt. Die Frauen, selbst Frauen von Königen und Kaisern, gehen sehr nackt durch die Paläste, und niemanden empört es; vielleicht weil die Christen keine richtigen Männer sind, vielleicht aus einem andern Grund. Gott allein weiß es. Dafür empören sich die Ungläubigen über ganz harmlose Dinge. Einmal war Seine Majestät beim Zaren zum

Essen geladen. Neben ihm saß die Zarin. Auf dem Teller Seiner Majestät lag ein sehr schönes Stück Huhn. Der Schah nahm das schöne, fette Stück ganz vornehm mit den drei Fingern der rechten Hand und legte es von seinem Teller auf den Teller der Zarin, um ihr dadurch gefällig zu sein. Die Zarin wurde ganz blaß und begann vor Schreck zu husten. Später erfuhren wir, daß viele Höflinge und Prinzen des Zaren über die Liebenswürdigkeit des Schahs ganz erschüttert waren. So niedrig steht die Frau im Ansehen der Europäer! Man zeigt ihre Nacktheit der ganzen Welt und braucht nicht höflich zu sein. Der französische Botschafter durfte sogar nach dem Essen die Frau des Zaren umarmen und sich mit ihr bei den Klängen gräßlicher Musik durch den Saal drehen. Der Zar selbst und viele Offiziere seiner Garde schauten zu, doch keiner schützte die Ehre des Zaren.

In Berlin bot sich uns ein noch seltsameres Schauspiel. Wir wurden in die Oper geführt. Auf der großen Bühne stand eine sehr dicke Frau und sang abscheulich. Die Oper hieß ›Die Afrikanerin‹. Die Stimme der Sängerin mißfiel uns sehr. Kaiser Wilhelm bemerkte es und ließ die Frau auf der Stelle bestrafen. Im letzten Akt erschienen viele Neger und legten auf der Bühne einen großen Scheiterhaufen an. Die Frau wurde gefesselt und langsam verbrannt. Wir waren darüber sehr befriedigt. Später sagte uns jemand, das Feuer sei nur symbolisch gewesen. Doch wir glaubten nicht daran, denn die Frau schrie dabei genauso gräßlich wie die Ketzerin Hürriet ül Ain, die der Schah kurz vorher in Teheran verbrennen ließ.«

Der Onkel schwieg, in Gedanken und Erinnerungen versunken. Dann seufzte er tief und fuhr fort:

»Eines aber kann ich von den Christen nicht verstehen: Sie haben die besten Waffen, die besten Soldaten und die besten Fabriken, die alles Notwendige erzeugen, um Feinde zu erschlagen. Jeder Mensch, der etwas erfindet, um andere Menschen bequem, schnell und in Massen umzubringen, wird hoch geehrt, bekommt viel Geld und einen Orden. Das ist schön und gut. Denn Krieg muß es geben. Auf der anderen Seite aber bauen die Europäer Krankenhäuser, und ein Mensch, der etwas gegen den Tod erfindet, oder einer, der im Krieg feindliche Soldaten kuriert und ernährt, wird gleichfalls hoch geehrt und bekommt einen Orden. Der Schah, mein hoher Herr, hat sich immer darüber gewundert, daß man Menschen, die Entgegengesetztes tun, gleich hoch belohnt. Er sprach darüber einmal mit dem Kaiser in Wien, doch auch dieser konnte es ihm nicht erklären. Uns dagegen verachten die Europäer, weil Feinde für uns Feinde sind und wir sie töten statt zu schonen. Sie verachten uns, weil wir vier Frauen haben dürfen, obwohl sie selbst oft mehr haben als vier, und weil wir so leben und regieren, wie uns Gott befohlen hat.«

Der Onkel verstummte. Es wurde dunkel. Sein Schatten glich einem hageren, alten Vogel. Er richtete sich auf, hüstelte greisenhaft und sagte inbrünstig:

»Und trotzdem: Obwohl wir alles tun, was unser Gott von uns verlangt, und die Europäer nichts, was ihr Gott von ihnen verlangt, nimmt ihre Macht und ihre Kraft dauernd zu, während unsere abnimmt. Wer kann mir das erklären?«

Wir konnten es nicht. Er erhob sich, ein alter, müder Mann, und torkelte hinunter in sein Zimmer. Mein Vater folgte ihm. Die Diener nahmen die Teetassen weg. Ich blieb allein auf dem Dach. Ich wollte nicht schlafen gehen. Dunkelheit hüllte die Stadt ein, die einem lauernden Tier glich, sprung- und spielbereit. Eigentlich waren es zwei Städte, und die eine lag in der andern wie die Nuß in der Schale.

Die Schale, das war die Außenstadt, außerhalb der alten Mauer. Die Straßen waren dort breit, die Häuser hoch, die Menschen geldgierig und lärmend. Diese Außenstadt entstand aus dem Öl, das aus unserer Wüste kommt und Reichtum bringt. Dort waren Theater, Schulen, Krankenhäuser,

Bibliotheken, Polizisten und schöne Frauen mit nackten Schultern. Wenn in der Außenstadt geschossen wurde, so geschah es immer nur des Geldes wegen. In der Außenstadt begann die geographische Grenze Europas. Nino lebte in der Außenstadt.

Innerhalb der Mauer waren die Häuser schmal und krumm wie orientalische Säbelklingen. Gebettürme der Moscheen ragten in den sanften Mondhimmel, ganz anders als die Bohrtürme des Hauses Nobel. An der östlichen Mauer der alten Stadt erhob sich der Mädchenturm. Mehmed Jussuf Khan, Herrscher zu Baku, erbaute ihn zu Ehren seiner Tochter, die er ehelichen wollte. Die Ehe wurde nicht vollzogen. Die Tochter stürzte sich vom Turm, als der liebesgierige Vater die Treppe zu ihrem Gemach emporeilte. Der Stein, an dem ihr Mädchenhaupt zerschellte, heißt der Stein der Jungfrau. Bräute bringen ihm vor der Hochzeit manchmal Blumen dar.

Viel Blut floß im Lauf der Jahrhunderte durch die Gassen unserer Stadt. Und dieses vergossene Blut macht uns stark und tapfer.

Dicht vor unserem Haus erhebt sich die Pforte des Fürsten Zizianaschwili, und auch hier floß einmal Blut, edles Menschenblut. Es war vor vielen Jahren, als unser Land noch zu Persien gehörte und dem Gouverneur von Aserbeidschan tributpflichtig war. Der Fürst war General in der Armee des Zaren und belagerte unsere Stadt, wo damals Hassan Kuli Khan herrschte. Dieser öffnete die Tore der Stadt, ließ den Fürsten herein und erklärte, er ergebe sich dem großen, weißen Zaren. Der Fürst ritt, nur von wenigen Offizieren begleitet, in die Stadt hinein. Auf dem Platz hinter dem Tor wurde ein Gelage veranstaltet. Scheiterhaufen brannten, ganze Ochsen wurden am Spieß gebraten. Fürst Zizianaschwili war bezecht und legte sein müdes Haupt an die Brust Hassan Kuli Khans. Da zog mein Urahne, Ibrahim Khan Schirwanschir, einen großen, krummen Dolch und reichte ihn dem Herrscher.

Hassan Kuli Khan nahm den Dolch und durchschnitt langsam die Kehle des Fürsten. Dann wurde der Kopf in einen Sack mit Salz gelegt, und mein Ahne brachte ihn nach Teheran zum König der Könige. Der Zar aber beschloß, den Mord zu rächen. Er sandte viele Soldaten. Hassan Kuli Khan schloß sich im Palast ein, betete und dachte an den kommenden Tag. Als die Soldaten des Zaren über die Mauer stiegen, floh er durch einen unterirdischen Gang, der heute verschüttet ist, ans Meer und weiter nach Persien. Doch bevor er den Gang betrat, schrieb er an die Eingangstür einen einzigen, aber sehr weisen Satz: »Wer an morgen denkt, kann nie tapfer sein.«

Auf dem Heimweg von der Schule streife ich oft durch den zerfallenen Palast. Seine Gerichtshalle mit den mächtigen maurischen Säulengängen liegt öde und verlassen da. Wer in unserer Stadt Recht sucht, muß zum russischen Richter außerhalb der Mauer gehen. Das tun jedoch nur wenige. Nicht etwa, weil die russischen Richter schlecht oder ungerecht wären. Sie sind milde und gerecht, aber auf eine Art, die unserem Volke nicht behagt. Ein Dieb kommt ins Gefängnis. Er sitzt dort in einer sauberen Zelle, bekommt Tee, und sogar Zucker dazu. Niemand hat etwas davon, am wenigsten der Bestohlene. Das Volk zuckt darüber die Achseln und macht sich sein Recht selber. Am Nachmittag kommen die Kläger in die Moschee, die weisen Alten sitzen im Kreis und richten nach dem Gesetz der Scharia, dem Gesetz Allahs: »Auge um Auge, Zahn um Zahn.« Nachts huschen manchmal vermummte Gestalten durch die Gassen. Ein Dolch blitzt auf, ein kleiner Schrei, und die Gerechtigkeit ist vollzogen. Blutfehden ziehen sich von Haus zu Haus. Doch selten läuft jemand zum russischen Richter, und tut er es, so verachten ihn die Weisen, und die Kinder strecken ihm auf der Straße die Zunge heraus.

Manchmal wird durch die nächtlichen Gassen ein Sack getragen, aus dem unterdrücktes Stöhnen tönt. Am Meer ein leises Aufplätschern, der Sack verschwindet, und am andern Tag sitzt ein Mann auf dem Boden seines Zimmers, mit zerfetztem Gewand, das Auge voll Tränen. Er hat das Gesetz Allahs erfüllt – der Ehebrecherin den Tod.

Viele Geheimnisse birgt unsere Stadt. Ihre Winkel sind voll seltsamer Wunder. Ich liebe diese Wunder, diese Winkel, das nächtlich raunende Dunkel und das stumme Meditieren an den glutstillen Nachmittagen im Hof der Moschee. Gott hat mich hier zur Welt kommen lassen als Muslim schiitischer Lehre, der Glaubensrichtung des Imam Dschafar. So er mir gnädig ist, möge er mich hier auch sterben lassen, in derselben Straße, in demselben Haus, in dem ich zur Welt kam. Mich und Nino, die eine georgische Christin ist, mit Messer und Gabel ißt, lachende Augen hat und dünne, duftige Seidenstrümpfe trägt.

Drittes Kapitel

Die Galauniform der Abiturienten hatte einen silberbetreßten Kragen. Die silberne Schnalle des Gurtes und die silbernen Knöpfe waren blankgeputzt, der steife, graue Stoff noch warm vom Bügeleisen. Wir standen barhäuptig und still im großen Saal des Gymnasiums. Der feierliche Akt der Prüfung begann – indem wir alle den Gott der orthodoxen Kirche um Hilfe anflehten, wir vierzig, von denen doch nur zwei der Staatskirche angehörten.

Der Pope, im schweren Gold des festlichen Kirchengewandes, mit langen, duftenden Haaren, das große goldene Kreuz in der Hand, begann das Gebet. Der Saal füllte sich mit Weihrauch, die Lehrer und die beiden Anhänger der Staatskirche knieten nieder.

Die im singenden Tonfall der orthodoxen Kirche gesprochenen Worte des Popen klangen dumpf in unseren Ohren.

Wie oft hatten wir das, teilnahmslos und gelangweilt, im Laufe dieser acht Jahre gehört:

»... für den Allerfrömmsten, Allermächtigsten, Allerchristlichsten Herrscher und Kaiser Nikolaus II. Alexandrowitsch Gottes Segen... und für alle Seefahrenden und Reisenden, für alle Lernenden und Leidenden, und für alle Krieger, die ihr Leben für Glauben, Zar und Vaterland gelassen, und für alle orthodoxen Christen Gottes Segen...«

Gelangweilt starrte ich auf die Wand. Dort hing im breiten goldenen Rahmen, lebensgroß, einer byzantinischen Ikone gleichend, unter dem großen Doppeladler das Bildnis des Allerfrömmsten und Allermächtigsten Herrschers und Kaisers. Das Gesicht des Zaren war länglich, seine Haare blond, er blickte mit hellen, kalten Augen vor sich hin. Die Zahl der Orden an seiner Brust war gewaltig. Seit acht Jahren nahm ich mir vor, sie zu zählen, und verirrte mich stets in dieser Ordenspracht.

Früher hing neben dem Bild des Zaren das der Zarin. Dann nahm man es weg. Die Mohammedaner vom Lande hatten an ihrem ausgeschnittenen Kleid Anstoß genommen und ihre Kinder nicht mehr in die Schule gegeben.

Während der Pope betete, wurde unsere Stimmung feierlich. Immerhin war dies ein höchst aufregender Tag. Vom frühesten Morgen an tat ich das Äußerstmögliche, um ihn würdig zu bestehen. In der Frühe nahm ich mir vor, zu allen im Hause nett zu sein. Da aber die meisten noch schliefen, war diese Aufgabe nicht zu lösen. Auf dem Weg zur Schule gab ich jedem Bettler Geld. Sicher ist sicher. In meiner Aufregung gab ich einem statt fünf Kopeken sogar einen ganzen Rubel. Als er überschwenglich dankte, sagte ich mit Würde: »Danke nicht mir, danke Allah, der meine Hand zum Geben benutzt hat!«

Unmöglich, nach einem so frommen Spruch durchzufallen.

Das Gebet war zu Ende. Im Gänsemarsch wanderten wir

zum Prüfungstisch. Die Prüfungskommission glich dem Rachen eines vorsintflutlichen Ungeheuers: bärtige Gesichter, düstere Blicke, goldene Galauniformen. Das Ganze war sehr feierlich und furchterregend, obwohl die Russen nur ungern einen Mohammedaner durchfallen lassen. Wir alle haben viele Freunde, und unsere Freunde sind kräftige Burschen mit Dolchen und Revolvern. Die Lehrer wissen es und fürchten sich vor den wilden Banditen, die ihre Schüler sind, nicht minder als ihre Schüler vor ihnen. Eine Versetzung nach Baku betrachten die meisten Professoren als eine Strafe Gottes. Fälle, wo Lehrer in dunkeln Gassen überfallen und verprügelt wurden, sind nicht allzuselten. Die Folge davon war immer, daß die Täter unbekannt blieben und die Lehrer versetzt werden mußten. Deshalb drücken sie auch ein Auge zu, wenn der Schüler Ali Khan Schirwanschir ziemlich frech die Mathematikaufgabe beim Nachbar Metalnikow abschreibt. Nur einmal, mitten im Abschreiben, tritt der Lehrer an mich heran und zischt verzweifelt:

»Nicht so auffällig, Schirwanschir, wir sind nicht allein.«

Die schriftliche Mathematik klappte reibungslos. Vergnügt schlenderten wir die Nikolaistraße hinunter, fast schon keine Schüler mehr. Für morgen war das schriftliche Russisch angesagt. Das Thema kam, wie immer, im versiegelten Paket aus Tiflis. Der Direktor erbrach den Umschlag und las feierlich:

»Die weiblichen Gestalten Turgenjews als ideale Verkörperungen der russischen Frauenseele.«

Ein bequemes Thema. Ich konnte schreiben, was ich wollte, ich mußte nur die russischen Frauen loben, dann war das Spiel gewonnen. Schriftliche Physik war schwerer. Doch wo die Weisheit versagte, half eben die bewährte Kunst des Abschreibens. So klappte auch die Physik, worauf die Kommission den Delinquenten einen Tag Ruhe gewährte.

Dann kam das Mündliche. Da half keine List. Man mußte

auf einfache Fragen schwierige Antworten geben. Die erste Prüfung galt der Religion. Der Gymnasial-Mullah, sonst immer bescheiden im Hintergrund, saß plötzlich vorne am Tisch, im langen, wallenden Überwurf, mit der grünen Schärpe eines Nachkommen des Propheten umgürtet. Er hatte für seine Schüler ein mildes Herz. Mich fragte er nur nach der Glaubensformel und entließ mich mit der höchsten Note, nachdem ich brav das schiitische Glaubensbekenntnis hergesagt hatte:

»Es gibt keinen Gott außer Allah, Mohammed ist sein Prophet und Ali der Statthalter Allahs.«

Das letztere war besonders wichtig; denn das allein unterschied den frommen Schiiten von den verirrten Brüdern der sunnitischen Richtung, denen die Gnade Allahs aber immerhin nicht ganz versagt war. So lehrte uns der Mullah, denn er war ein liberaler Mann.

Der Geschichtslehrer war dafür um so weniger liberal. Ich zog den Zettel mit der Frage, las sie und mir war gar nicht wohl zumute: »Der Sieg Madatows bei Gandscha« stand darauf. Auch dem Lehrer war nicht sehr behaglich. In der Schlacht von Gandscha erschlugen nämlich die Russen hinterlistig jenen berühmten Ibrahim Khan Schirwanschir, mit dessen Hilfe Hassan Kuli einst dem Fürsten Zizianaschwili den Kopf abgeschnitten hatte.

»Schirwanschir, Sie können von Ihrem Recht Gebrauch machen und Ihre Frage umtauschen.«

Die Worte des Lehrers klangen sanft. Ich blickte mißtrauisch auf die gläserne Schale, in der wie Lotterielose die Zettel mit den Prüfungsfragen lagen. Jeder Schüler hatte das Recht, den gezogenen Zettel einmal umzutauschen. Er verlor dadurch nur den Anspruch auf die höchste Note. Ich wollte aber das Schicksal nicht herausfordern. Über den Tod meines Ahnen wußte ich wenigstens Bescheid. In der Glasschale lagen jedoch noch völlig rätselhafte Fragen über die Reihenfolge der Friedrichs, der Wilhelms und der Friedrich Wilhelms in Preußen oder über die Ursachen der amerikanischen Befreiungskriege. Wer sollte sich da noch auskennen? Ich schüttelte den Kopf:

»Danke, ich behalte meine Frage.«

Dann erzählte ich, so artig ich konnte, von dem Prinzen Abbas Mirza von Persien, der mit einer Armee von 40000 Mann von Täbris auszog, um die Russen aus Aserbeidschan zu verjagen; wie der General des Zaren, der Armenier Madatow, mit 5000 Mann ihn bei Gandscha traf und mit Kanonen auf die Perser schießen ließ, worauf Prinz Abbas Mirza vom Pferd fiel und sich in einen Graben verkroch, die gesamte Armee auseinanderlief und Ibrahim Khan Schirwanschir beim Versuch, über den Fluß zu kommen, gefangen und erschossen wurde.

»Der Sieg beruhte weniger auf der Tapferkeit der Truppen als auf der technischen Überlegenheit der Kanonen Madatows. Die Folge des russischen Sieges war der Friede von Turkmentschai, bei dem die Perser einen Tribut zahlen mußten, dessen Eintreibung fünf Provinzen verwüstete.«

Dieser Schluß kostete mich das »Gut«. Ich hätte sagen müssen:

»Die Ursache des Sieges war der beispiellose Mut der Russen, die den achtfach überlegenen Feind zur Flucht zwangen. Die Folge des Sieges war der Friede von Turkmentschai, der den Persern den Anschluß an Kultur und Märkte des Westens ermöglichte.«

Was kümmerte es mich, die Ehre meines Ahnen war mir den Unterschied zwischen Gut und Genügend wert.

Nun war es zu Ende. Der Direktor hielt eine feierliche Ansprache. Voll Würde und sittlichen Ernstes erklärte er uns für reif, und dann sprangen wir wie freigelassene Sträflinge die Treppe hinab. Die Sonne blendete uns. Der gelbe Wüstensand bedeckte den Straßenasphalt mit feinsten Körnchen; der

Polizist von der Ecke, der uns acht Jahre gnädig beschützt hatte, kam, gratulierte und erhielt von jedem fünfzig Kopeken. Wie eine Horde von Banditen ergossen wir uns lärmend und schreiend über die Stadt.

Ich eilte nach Hause und wurde empfangen wie Alexander nach dem Sieg über die Perser. Die Diener blickten mich schreckerfüllt an. Mein Vater küßte mich ab und schenkte mir die Gewährung dreier Wünsche, die ich nach Belieben wählen konnte. Mein Onkel meinte, ein so weiser Mann gehöre unbedingt an den Hof von Teheran, wo er es sicherlich weit bringen würde.

Verstohlen schlich ich mich, nachdem sich die erste Aufregung gelegt hatte, ans Telefon. Zwei Wochen lang hatte ich mit Nino nicht gesprochen. Eine weise Regel gebietet dem Mann, den Umgang mit Frauen zu meiden, wenn er vor wichtigen Lebensfragen steht. Jetzt hob ich den Griff des unförmigen Apparates, drehte die Kurbel und rief hinein:

»33-81.«

Ninos Stimme meldete sich:

»Bestanden, Ali?«

»Ja, Nino.«

»Gratuliere, Ali!«

»Wann und wo, Nino?«

»Um fünf am Teich im Gouverneursgarten, Ali.«

Mehr zu sprechen war nicht gestattet. Hinter meinem Rükken lauerten die neugierigen Ohren der Verwandten, Diener und Eunuchen. Hinter Ninos Rücken die vornehme Frau Mama. Also Schluß. Eine Stimme ohne Körper ist sowieso etwas so Ungewöhnliches, daß man an ihr keine richtige Freude hat.

Ich ging hinauf in das große Zimmer meines Vaters. Er saß auf dem Diwan und trank Tee. Neben ihm der Onkel. Diener standen an den Wänden und starrten mich an. Die Reifeprüfung war bei weitem nicht zu Ende. An der Schwelle des Lebens mußte der Vater dem Sohn in aller Form und öffentlich die Weisheit des Lebens übermitteln. Es war rührend und etwas altmodisch.

»Mein Sohn, jetzt, da du ins Leben trittst, ist es notwendig, daß ich dich noch einmal an die Pflichten eines Muslims mahne. Wir leben hier im Lande des Unglaubens. Um nicht unterzugehen, müssen wir an alten Sitten und an alten Bräuchen festhalten. Bete oft, mein Sohn, trinke nicht, küsse keine fremden Frauen, sei gut zu den Armen und Schwachen und immer bereit, das Schwert zu ziehen und für den Glauben zu fallen. Wenn du im Felde stirbst, so wird es mir, dem alten Mann, weh tun, wenn du aber in Unehren am Leben bleibst, werde ich alter Mann mich schämen. Vergib nie deinen Feinden, mein Sohn, wir sind keine Christen. Denke nicht an morgen, das macht feige, und vergiß nie den Glauben Mohammeds, in schiitischer Auslegung der Richtung des Imam Dschafar.«

Onkel und Diener hatten feierlich verträumte Gesichter. Sie hörten den Worten des Vaters zu, als wären sie eine Offenbarung. Dann erhob sich mein Vater, nahm mich an der Hand und sagte mit plötzlich bebender und unterdrückter Stimme:

»Und um eines flehe ich dich an: Befasse dich nicht mit Politik! Alles, was du willst, nur keine Politik.«

Ich schwor leichten Herzens. Das Gebiet der Politik lag mir fern. Nino war meines Wissens kein politisches Problem. Mein Vater umarmte mich nochmals. Jetzt war ich endgültig reif.

Um halb fünf schlenderte ich, immer noch in großer Gymnasiastengala, die Festungsgasse zur Strandpromenade hinab, dann nach rechts, am Gouverneurspalais vorbei, zum Garten, der mit so ungeheurer Mühe in der wüsten Erde Bakus angelegt worden war.

Es war ein freies und seltsames Gefühl. Der Stadthauptmann fuhr in seinem Wagen vorbei, und ich brauchte weder strammzustehen noch militärisch zu grüßen, wie ich es acht Jahre lang hatte tun müssen. Die silberne Kokarde mit den Initialen des Bakuer Gymnasiums hatte ich feierlich von der Mütze abgetrennt. Ich lustwandelte als Privatmann, und einen Augenblick lang hatte ich sogar den Wunsch, mir öffentlich eine Zigarette anzuzünden. Doch die Abneigung gegen Tabak war stärker als die Versuchung der Freiheit. Ich ließ das Rauchen sein und bog in den Park ein.

Es war ein großer, staubiger Garten mit spärlichen, traurig dreinblickenden Bäumen und asphaltübergossenen Wegen. Rechts erhob sich die alte Festungsmauer. In der Mitte glänzten die weißen Marmorsäulen des Stadtklubs. Zahllose Bänke füllten den Raum zwischen den Bäumen aus. Einige verstaubte Palmen gewährten drei Flamingos Obdach, die starr in die rote Kugel der untergehenden Sonne blickten. Unweit des Klubs war der Teich, das heißt ein ungeheures, mit Steinplatten ausgelegtes, rundes und tiefes Bassin, das nach der Absicht der Stadtverwaltung mit Wasser gefüllt und von schwimmenden Schwänen belebt werden sollte. Es blieb aber bei der guten Absicht. Wasser war teuer, und Schwäne gab es im ganzen Lande nicht. Das Bassin starrte ewig leer zum Himmel, wie die Augenhöhle eines toten Zyklopen.

Ich setzte mich auf eine Bank. Die Sonne leuchtete hinter dem wirren Durcheinander der grauen, viereckigen Häuser und ihrer flachen Dächer. Eine Frau mit blau gestreiftem Schleier und klappernden Pantoffeln ging vorbei. Aus dem Schleier blickte raubvogelartig eine lange, gebogene Nase. Die Nase schnupperte mich an. Ich blickte weg. Eine seltsame Müdigkeit überfiel mich. Wie gut, daß Nino keinen Schleier trug und keine lange, gebogene Nase hatte. Nein, ich würde Nino nicht in den Schleier stecken. Oder vielleicht doch? Ich wußte es nicht mehr genau. Ich sah Ninos Gesicht im Schein der untergehenden Sonne. Nino Kipiani – schöner georgischer Name, ehrbare Eltern mit europäischen Neigungen. Was ging es mich an? Nino hatte eine helle Haut und große, lachende, funkelnde, dunkle kaukasische Augen unter langen, zarten Wimpern. Nur die Georgierin hat solche Augen voll milder Fröhlichkeit. Niemand sonst. Keine Europäerin. Keine Asiatin. Schmale, halbmondartige Augenbrauen und das Profil der Madonna. Ich wurde traurig. Der Vergleich betrübte mich. Es gibt so viele Vergleiche für einen Mann im Orient. Für diese Frauen bleibt nur der mit der christlichen Mirjam, dem Sinnbild einer fremden, unverständlichen Welt.

Ich senkte den Kopf. Vor mir lag der Asphaltweg des Gouverneursgartens, vom Staub der großen Wüste bedeckt. Der Sand blendete. Ich schloß die Augen. Da ertönte an meiner Seite ein freies, heiteres Lachen:

»Heiliger Georg! Da sieh den Romeo, der in Erwartung seiner Julia einschläft!«

Ich sprang auf. Neben mir stand Nino. Sie trug noch immer die sittsame blaue Uniform des Lyzeums der heiligen Tamar. Sie war sehr schlank, viel zu schlank für den Geschmack des Orients. Doch gerade dieser Fehler erweckte in mir ein zärtliches Mitgefühl. Sie war siebzehn Jahre alt, und ich kannte sie seit dem ersten Tag, an dem sie die Nikolaistraße hinauf zum Lyzeum ging.

Nino setzte sich. Ihre Augen leuchteten hinter dem feinen Netz der gebogenen Wimpern:

»Also bestanden? Ich hatte ein wenig Angst um dich.«

Ich legte meinen Arm um ihre Schultern:

»Es war ein bißchen aufregend. Aber du siehst, Gott hilft den Frommen.«

Nino lächelte.

»In einem Jahr mußt du bei mir die Rolle des lieben Gottes übernehmen. Ich rechne damit, daß du bei unserer Prüfung unter meiner Bank sitzen und mir in der Mathematik die Auflösungen zuflüstern wirst.«

Das war abgemacht seit vielen Jahren, seit dem Tage, als die zwölfjährige Nino in Tränen aufgelöst in der großen Pause zu uns hinübergelaufen kam und mich in ihr Klassenzimmer schleppte, wo ich dann eine ganze Stunde hindurch unter ihrer Bank saß und ihr die Lösung der mathematischen Aufgaben zuflüsterte. Seit jenem Tage bin ich in den Augen Ninos ein Held.

»Wie geht's deinem Onkel und seinem Harem?« fragte Nino.

Ich machte ein ernstes Gesicht. Eigentlich waren die Angelegenheiten des Harems ein Geheimnis. Vor Ninos harmloser Neugier aber schmolzen alle Gesetze östlicher Sittsamkeit. Meine Hand vergrub sich in ihre weichen schwarzen Haare:

»Der Harem meines Onkels ist im Begriff, in die Heimat abzureisen. Die westliche Medizin soll überraschenderweise genutzt haben. Allerdings ist der Beweis noch nicht erbracht. Guter Hoffnung ist vorläufig erst der Onkel.«

Nino runzelte ihre kindliche Stirn:

»Schön ist das alles nicht. Mein Vater und meine Mutter sind sehr dagegen, der Harem ist etwas Schändliches.«

Sie sprach wie eine Schülerin, die ihre Klassenarbeit hersagt. Meine Lippen berührten ihr Ohr:

»Ich werde keinen Harem haben, Nino, ganz bestimmt nicht.«

»Aber du wirst vermutlich deine Frau in den Schleier stekken!«

»Vielleicht. Ein Schleier ist ganz nützlich. Er schützt vor Sonne, Staub und fremden Blicken.«

Nino errötete.

»Du wirst immer ein Asiate bleiben, Ali, was stören dich fremde Blicke? Eine Frau will gefallen.«

»Aber nur ihrem Mann. Ein offenes Gesicht, ein nackter Rücken, ein zur Hälfte entblößter Busen, durchsichtige Strümpfe auf schlanken Beinen – das alles sind Versprechen, die eine Frau erfüllen muß. Ein Mann, der von einer Frau so viel sieht, will auch mehr sehen. Um den Mann vor solchen Wünschen zu schützen, ist der Schleier da.«

Nino sah mich verwundert an:

»Glaubst du, daß in Europa siebzehnjährige Mädchen und neunzehnjährige Knaben auch über solche Dinge reden?«

»Wahrscheinlich nicht.«

»Dann wollen wir auch nicht mehr darüber sprechen«, sagte Nino streng und preßte die Lippen zusammen.

Meine Hand glitt über ihre Haare. Sie hob den Kopf. Der letzte Strahl der untergehenden Sonne fiel auf ihre Augen. Ich beugte mich zu ihr... Ihre Lippen öffneten sich sanft und willenlos. Ich küßte sie sehr lang und sehr ungebührlich. Sie atmete schwer. Ihre Augen schlossen sich. Dann riß sie sich los. Wir schwiegen und starrten in die Dämmerung. Nach einer Weile erhoben wir uns etwas verschämt. Hand in Hand gingen wir aus dem Garten.

»Ich sollte doch einen Schleier tragen«, sagte sie vor dem Ausgang.

»Oder dein Versprechen erfüllen.«

Sie lächelte verlegen. Es war alles wieder gut und einfach. Ich begleitete sie bis zu ihrem Haus.

»Ich komme natürlich zu eurem Ball!« sagte sie zum Abschied.

Ich hielt ihre Hand: »Was machst du im Sommer, Nino?«

»Im Sommer? Wir fahren nach Schuscha in Karabagh. Du sollst dir aber nichts einbilden. Das bedeutet noch lange nicht, daß auch du nach Schuscha fahren sollst.«

»Also schön, dann sehen wir uns im Sommer in Schuscha.«

»Du bist unausstehlich. Ich weiß nicht, warum ich dich gern habe.«

Die Tür fiel hinter ihr zu. Ich ging nach Hause. Der Eunuch des Onkels, der mit dem weisen Gesicht einer ausgetrockneten Eidechse, grinste mich an:

»Georgische Frauen sind sehr schön, Khan. Man soll sie nicht so offen küssen, im Garten, wo viele Leute vorbeigehen.«

Ich kniff ihn in seine fahle Wange. Ein Eunuch darf sich jede Freiheit leisten. Er ist weder Mann noch Frau. Er ist ein Neutrum.

Ich ging zu meinem Vater.

»Du hast mir drei Wünsche geschenkt. Den ersten weiß ich schon. Ich will diesen Sommer allein in Karabagh verbringen.«

Der Vater blickte mich lange an und nickte dann lächelnd.

Viertes Kapitel

Seinal Aga war ein einfacher Bauer aus dem Dorf Binigady bei Baku. Er besaß ein Stück staubigen, trockenen Wüstenbodens, das er so lange beackerte, bis ein kleines Alltagserdbeben in seinem armseligen Besitz eine Spalte aufriß und aus der Spalte Ströme von Öl hervorschossen. Seinal Aga brauchte von nun ab weder geschickt noch klug zu sein. Er konnte dem Geld einfach nicht mehr entrinnen. Er gab es aus, freigiebig und verschwenderisch, doch das Geld nahm zu und lastete auf ihm, bis es ihn zermürbt hatte. Irgendwann mußte ja diesem Glück auch die Strafe folgen, und Seinal Aga lebte in Erwartung der Strafe wie ein Verurteilter in Erwartung der Hinrichtung. Er baute Moscheen, Krankenhäuser, Gefängnisse. Er pilgerte nach Mekka und gründete Kinderasyle. Aber das Unglück ließ sich nicht bestechen. Seine achtzehnjährige Frau, die er im Alter von siebzig Jahren geheiratet hatte, entehrte ihn. Er rächte seine Ehre, wie es sich gebührte, grausam und hart, und wurde darüber ein müder Mann. Seine Familie zerfiel, sein Sohn verließ ihn, ein anderer brachte unsagbare Schande über ihn durch das Verbrechen des Selbstmords.

Nun lebte er in den vierzig Zimmern seines Bakuer Palastes, grau, traurig, gebückt. Iljas Beg, der einzige ihm verbliebene Sohn, war unser Klassenkamerad, und so fand der Abiturientenball bei Seinal Aga statt, im größten Saal des Hauses.

Um acht Uhr schritt ich die breite Marmortreppe hinauf. Oben begrüßte Iljas Beg die Gäste. Gleich mir trug er die Tscherkessentracht mit einem eleganten, schmalen Dolch im Gurt. Gleich mir legte auch er die Lammfellmütze nicht ab, ein Privileg, das uns nunmehr zustand.

»*Seljam-Alejkum*, Iljas Beg!« rief ich.

Wir reichten uns die Hände nach alter einheimischer Sitte: Meine rechte Hand drückte seine Rechte und seine Linke meine Linke.

»Heute wird das Leprosorium geschlossen«, flüsterte mir Iljas Beg zu.

Ich nickte vergnügt.

Das Leprosorium war das Geheimnis und die Erfindung unserer Klasse. Die russischen Lehrer, selbst wenn sie jahrelang in unserer Stadt wirkten, hatten vom Lande ringsum nicht die geringste Vorstellung. So hatten wir ihnen eingeredet, daß sich in der Nähe von Baku ein Leprosorium befinde. Wenn einige von uns die Schule schwänzen wollten, so erschien der Klassenälteste beim Klassenvorstand und meldete zähneklappernd, daß aus dem Leprosorium einige Kranke in die Stadt entflohen seien. Die Polizei suche sie. Man vermute, daß sie sich in dem Stadtteil verborgen hielten, in dem die betreffenden Schüler wohnten. Der Klassenvorstand wurde bleich und beurlaubte die Schüler bis zur Festnahme der Kranken. Das konnte eine Woche dauern oder auch mehr, je nachdem. Keinem Lehrer kam es je in den Sinn, sich bei der Sanitätsbehörde zu erkundigen, ob es in der Nähe der Stadt tatsächlich ein Leprosorium gebe. Heute aber sollte das Leprosorium feierlich geschlossen werden.

Ich trat in den überfüllten Saal. In der Ecke saß mit feierlicher Miene, von Lehrern umgeben, unser Schuldirektor, der Wirkliche Geheime Rat Wassilij Grigorjewitsch Chrapko. Ich näherte mich ihm und verbeugte mich ehrfurchtsvoll. Ich war der Sprecher der mohammedanischen Schüler, da ich einen affenartigen Instinkt für Sprachen und Dialekte besaß. Während die meisten von uns schon beim ersten russischen Satz ihre nichtrussische Abstammung verrieten, beherrschte ich sogar die einzelnen russischen Dialekte. Unser Direktor stammte aus Petersburg, deshalb mußte man mit ihm petersburgisch sprechen, das heißt, die Konsonanten lispeln und die Vokale verschlucken. Es klingt nicht schön, aber ungeheuer fein. Der Direktor merkte den Spott nie und freute sich über die »fortschreitende Russifizierung dieses fernen Randgebietes«.

»Guten Abend, Herr Direktor«, sagte ich bescheiden.

»Guten Abend, Schirwanschir, haben Sie sich schon von dem Maturaschreck erholt?«

»O ja, Herr Direktor. Aber inzwischen habe ich eine scheußliche Sache erlebt.«

»Was denn?«

»Na, die Sache mit dem Leprosorium.«

»Was ist denn los mit dem Leprosorium?«

»Oh? Herr Direktor wissen nichts?! Sämtliche Kranke waren ausgebrochen und marschierten gestern auf die Stadt. Zwei Kompanien mußten gegen sie geschickt werden. Die Kranken hatten zwei Dörfer besetzt. Die Soldaten umlagerten die Dörfer und schossen alle, Gesunde und Kranke, nieder. Zur Zeit werden die Häuser in Brand gesteckt. Ist das nicht schrecklich, Herr Direktor? Das Leprosorium existiert nicht mehr. Die Kranken, mit abgefallenen Gliedern, liegen, zum Teil noch röchelnd, vor den Toren der Stadt und werden langsam mit Petroleum übergossen und verbrannt.«

Dem Direktor trat der Schweiß auf die Stirn. Wahrscheinlich überlegte er, ob es nicht doch an der Zeit wäre, den Minister um Versetzung in eine zivilisiertere Gegend zu bitten.

»Schreckliches Land, schreckliche Menschen«, sagte er betrübt. »Aber da merkt ihr, Kinder, wie wichtig es ist, eine gute Verwaltung und rasch handelnde Behörden zu haben.«

Die Klasse umringte den Direktor und hörte dem Vortrag über den Segen der Ordnung zu. Das Leprosorium war beerdigt. Unsere Nachfolger sollten sich selber etwas einfallen lassen.

»Wissen Herr Direktor, daß der Sohn von Mehmed Haidar schon das zweite Jahr unser Gymnasium besucht?« fragte ich ganz harmlos.

»Waaaas?!«

Die Augen des Direktors quollen hervor. Mehmed Haidar war die Schande des Gymnasiums. Er blieb in jeder Klasse mindestens drei Jahre sitzen. Mit sechzehn hatte er geheiratet, besuchte aber trotzdem weiter die Schule. Sein Sohn war mit neun Jahren in dieselbe Anstalt eingetreten. Zuerst versuchte der glückliche Vater, diese Tatsache zu verheimlichen. Einmal aber trat das kleine, rundliche Kind mitten in der großen Pause an ihn heran und sagte auf tatarisch mit unschuldigen, großen Augen: »Papa, wenn du mir nicht fünf Kopeken für Schokolade gibst, erzähle ich der Mama, daß du die Mathematikaufgabe abgeschrieben hast.«

Mehmed Haidar schämte sich maßlos, haute den frechen Bengel durch und bat uns, den Direktor bei passender Gelegenheit schonend von seiner Vaterschaft zu verständigen.

»Behaupten Sie am Ende, daß der Schüler der sechsten Klasse, Mehmed Haidar, einen Sohn hat, der bereits die zweite Klasse besucht?« fragte der Direktor.

»So ist es. Er bittet Sie sehr um Verzeihung. Er will aber, daß sein Sohn gleich ihm ein Gelehrter wird. Es ist wirklich rührend, wie der Drang nach westlichem Wissen immer größere Kreise erfaßt.«

Der Direktor wurde rot. Er überlegte stumm, ob die Tatsache, daß Vater und Sohn dieselbe Schule besuchten, nicht doch gegen irgendeine Schulregel verstoße. Er konnte es aber nicht entscheiden. Und so durften Papa und Söhnchen auch weiterhin die Burg des westlichen Wissens belagern.

Eine kleine Nebentür des Saales öffnete sich. Die schwere Portiere wurde beiseite geschoben. Ein zehnjähriger Knabe führte vier dunkelhäutige, blinde Männer an der Hand: Musikanten aus Persien. Die Männer setzten sich auf den Teppich in der Ecke des Saales. Seltsame Instrumente uralter persischer Heimarbeit kamen zum Vorschein. Ein klagender Laut ertönte. Einer der Musikanten führte die Hand zum Ohr. Die klassische Geste des orientalischen Sängers.

Im Saal wurde es still. Nun schlug ein anderer begeistert das Tamburin. Der Sänger sang in hohem Falsett:

»Wie ein persischer Degen ist deine Gestalt,
Dein Mund wie glühender Rubin.
Wär' ich der türkische Sultan,
nähm' ich dich zur Frau.
Perlen würde ich dir in die Zöpfe flechten,
Deine Fersen küssen.
Darbringen würde ich dir in goldener Schale
ein eigenes Herz.«

Der Sänger verstummte. Es ertönte die Stimme seines Nachbarn. Laut, brutal, voll Haß, schrie er:

»Und jede Nacht
Wie eine Ratte schleichst du
über den Hof zum Nachbarn.«

Ganz wild dröhnte das Tamburin. Die einsaitige Geige schluchzte. Der dritte Sänger rief leidenschaftlich:

»Er ist ein Schakal, ein Ungläubiger…
O Unglück! O Unheil! O Schmach!!!«

Es wurde für einen Augenblick still. Dann drei, vier kurze Musiktakte, und der vierte Sänger begann leise, schwärmerisch, beinahe zärtlich:

»Drei Tage schleife ich meinen Dolch,
Am vierten erdolche ich meinen Feind.
Ich zerschneide ihn in kleine Stücke.
Ich werfe dich, Geliebte, über den Sattel,
Ich verhülle mein Gesicht mit dem Tuche
des Kriegers
Und sprenge mit dir in die Berge.«

Ich stand vor einem der damastenen Vorhänge des Saales. Neben mir der Direktor und der Geographielehrer.

»Welch gräßliche Musik«, sagte der Direktor leise, »wie das nächtliche Geheul eines kaukasischen Esels. Was wohl die Worte bedeuten mögen?«

»Werden genauso sinnlos sein wie die Melodie«, antwortete der Lehrer.

Ich wollte auf Zehenspitzen davonschleichen.

Da bemerkte ich, daß der schwere Damaststoff sich leise bewegte. Ich sah mich vorsichtig um. Ein alter Mann mit schneeweißem Haar und seltsam hellen Augen stand hinter dem Vorhang, lauschte der Musik und weinte: Seine Exzellenz Seinal Aga, der Vater Iljas Begs. Seine weichen Hände mit dicken, blauen Adern zitterten. Diese Hände, die kaum den Namen ihres Besitzers aufzuschreiben vermochten, herrschten über siebzig Millionen Rubel.

Ich blickte weg. Er war ein einfacher Bauer, dieser Seinal Aga, doch er verstand mehr von der Kunst der Sänger als die Lehrer, die uns für reif erklärt hatten.

Das Lied war zu Ende. Die Musikanten stimmten eine kaukasische Tanzmelodie an. Ich ging durch den Saal. Die Schüler standen in Gruppen. Sie tranken Wein. Auch die Mohammedaner. Ich trank nicht.

Mädchen, Freundinnen und Geschwister unserer Kameraden, schwatzten in den Ecken miteinander. Es waren viele Russinnen dabei, mit blonden Zöpfen, blauen oder grauen Augen und gepuderten Herzen. Sie unterhielten sich mit Russen, bestenfalls mit Armeniern und Georgiern. Sprach ein Mohammedaner sie an, so kicherten sie verlegen, antworteten ein paar Worte und wandten sich ab.

Jemand klappte das Klavier auf. Walzer. Der Direktor tanzte mit der Tochter des Gouverneurs.

Da, endlich! Von der Treppe her ihre Stimme:

»Guten Abend, Iljas Beg. Ich habe mich etwas verspätet. Es war aber nicht meine Schuld.«

Ich stürzte hinaus. Nein, Nino trug kein Abendkleid und keine Galauniform des Lyzeums der heiligen Tamar. Ihre Taille war zusammengeschnürt und so schmal, daß ich glaubte, sie mit einer Hand umspannen zu können. Eine kurze Sammetweste mit goldenen Knöpfen war über ihre Schulter geworfen. Ein langer schwarzer Rock fiel bis auf die Füße. Ich sah nur die vergoldeten Spitzen der Saffianpantoffel. Eine kleine Mütze saß auf ihren Haaren, und zwei Reihen schwerer Goldmünzen hingen auf ihre Stirn. Das uralte Festgewand einer georgischen Prinzessin und dazu das Gesicht einer byzantinischen Madonna. Die Madonna lachte.

»Nein, Ali Khan. Du darfst nicht böse sein. Das Zuschnüren dieses Rockes dauert eine Stunde. Er stammt von der Großmama. Nur euch zu Ehren habe ich mich hineingezwängt.«

»Den ersten Tanz mit mir!« rief Iljas Beg.

Nino blickte mich fragend an. Ich nickte. Ich tanze ungern und schlecht, und Iljas Beg kann ich Nino anvertrauen.

»Schamils Gebet!« rief Iljas Beg.

Sofort fielen die blinden Musikanten ohne Übergang in eine wilde Melodie...

Iljas sprang in die Mitte des Saales. Er zog den Dolch. Seine Füße bewegten sich im feurigen Rhythmus des kaukasischen Bergtanzes. Die Schneide blitzte in seiner Hand. Nino tanzte an ihn heran. Ihre Füße waren wie kleine, seltsame Spielzeuge. Das Mysterium Schamils begann. Wir klatschten im Takt der Musik. Nino war die Braut, die entführt werden sollte... Iljas nahm den Dolch zwischen die Zähne. Mit ausgebreiteten Armen, einem Raubvogel gleichend, kreiste er um das Mädchen. Wirbelnd flogen Ninos Füße durch den Saal. Ihre geschmeidigen Arme deuteten alle Stufen der Angst, der Verzweiflung und der Hingabe an. In der linken Hand hielt sie ein Taschentuch. Ihr ganzer Körper zitterte. Nur die Münzen an ihrer Mütze lagen ruhig in Reih und Glied, das mußte so sein, und das war das allerschwierigste an dem Tanz. Nur eine Georgierin kann sich so rasend durch den Saal drehen, ohne eine einzige Münze an ihrer Mütze erklirren zu lassen. Iljas jagte ihr nach. Unaufhörlich verfolgte er sie durch das weite Rund. Immer herrischer wurden die breiten Gesten seiner Arme, immer zärtlicher die abwehrenden Bewegungen Ninos. Endlich blieb sie stehen, einem erschrockenen, vom Jäger eingeholten Reh gleichend. Immer enger zog Iljas seine wilden Kreise. Schneller und schneller wurden seine Sprünge. Ninos Augen waren sanft und demütig. Ihre Hände bebten. Noch ein wildes, kurzes Aufheulen der Musik, und sie öffnete die Linke. Das Taschentuch fiel zu Boden. Und jäh sauste Iljas' Dolch auf das kleine Stück Seide und nagelte es am Boden fest.

Die Symbolik des Liebestanzes war beendet...

Habe ich übrigens erwähnt, daß ich vor dem Tanz meinen Dolch Iljas Beg zusteckte und seinen Dolch an mich nahm? Es war meine Klinge, die Ninos Taschentuch durchstach. Es ist sicherer so, und eine weise Regel lehrt: »Bevor du dein Kamel dem Schutze Allahs anvertraust, binde es fest an deinen Zaun.«

Fünftes Kapitel

»Als unsere glorreichen Ahnen, o Khan, dieses Land betraten, um sich einen großen und gefürchteten Namen zu machen, da riefen sie: ›*Kará bak!* – Siehe... da liegt Schnee!‹ Als sie sich aber den Bergen näherten und den Urwald sahen, da riefen sie: ›*Karabágh!* – Schwarzer Garten!‹ Und seitdem heißt dieses Land Karabagh. Früher aber hieß es Sünik und noch früher Agwar. Denn du mußt wissen, o Khan, wir sind ein sehr altes und berühmtes Land.«

Mein Wirt, der alte Mustafa, bei dem ich mich in Schuscha eingemietet hatte, schwieg voll Würde, trank ein Gläschen karabaghischen Fruchtschnaps, schnitt sich ein Stück von dem seltsamen Käse ab, der aus unzähligen Fäden geflochten wird, und schwatzte weiter:

»In unsern Bergen wohnen die Karanlik, die dunklen Geister, und bewachen ungeheure Schätze, das weiß jeder. In den Wäldern aber stehen heilige Steine und fließen heilige Bäche. Bei uns gibt es alles. Geh durch die Stadt und schau, ob jemand arbeitet – fast niemand. Schau, ob jemand traurig ist – niemand! Ob jemand nüchtern ist – niemand! Staune, Herr!«

Ich staunte über die köstliche Verlogenheit dieses Volkes. Es gibt keine Geschichte, die sie zur Verherrlichung ihres kleinen Landes nicht erfinden würden. Erst gestern wollte mir ein dicker Armenier einreden, daß die christliche Maras-Kirche in Schuscha fünftausend Jahre alt sei.

»Lüg doch nicht so«, sagte ich ihm, »das ganze Christentum ist noch keine zweitausend Jahre alt. Eine christliche Kirche kann doch nicht vor Christus erbaut worden sein.«

Der Dicke war sehr beleidigt und sagte vorwurfsvoll:

»Natürlich, du bist ein Mensch mit Bildung. Aber laß dich von einem alten Mann belehren: Bei andern Völkern ist das Christentum möglicherweise erst zweitausend Jahre alt. Uns, das Volk von Karabagh, erleuchtete aber der Heiland schon dreitausend Jahre früher. So ist es.«

Schon auf dem Weg nach Schuscha erzählte mir der Kutscher, als wir über eine kleine Steinbrücke kamen:

»Diese Brücke hat Alexander der Große erbaut, als er zu unsterblichen Taten nach Persien zog.«

An der niedrigen Brüstung war groß die Jahreszahl »1897« eingemeißelt. Ich zeigte sie dem Kutscher, doch dieser winkte ab:

»Ach, Herr, das haben die Russen später eingesetzt, um unsern Ruhm zu schmälern.«

Schuscha war eine wunderliche Stadt. Auf fünfzehnhundert Meter Höhe, von Armeniern und Mohammedanern bewohnt, bildete sie seit Jahrhunderten eine Brücke zwischen Kaukasus, Persien und Türkei. Es war eine schöne Stadt, umgeben von Bergen, Wäldern und Flüssen. Auf den Bergen und in den Tälern erhoben sich kleine Lehmhütten, die man hier in kindlicher Vermessenheit Paläste nannte. Dort wohnten die eingeborenen Feudalen, die armenischen Meliks und Nacharars und die mohammedanischen Begs und Agalars. Stundenlang saßen diese Menschen an der Schwelle ihrer Häuser, rauchten ihre Pfeifen und erzählten einander, wie oft Rußland und der Zar von Generälen aus Karabagh gerettet worden seien und was wohl ohne sie aus dem großen Reich geworden wäre.

Sieben Stunden fuhren wir von der kleinen Eisenbahnhaltestelle mit dem Pferdewagen die steilen Serpentinen nach Schuscha hinauf – wir, das heißt ich und mein Kotschi. Kotschis sind dem Beruf nach bewaffnete Diener, der Neigung nach Räuber. Sie haben martialische Gesichter, sind mit Waffen behängt und in düsteres Schweigen gehüllt. Vielleicht birgt dieses Schweigen die Erinnerungen an heldenhafte Raubtaten, vielleicht birgt es gar nichts. Mein Vater gab mir den Kotschi mit auf den Weg, damit er mich vor den Fremden oder die Fremden vor mir schütze. Das war mir nicht ganz klargeworden. Der Mann war gefällig, irgendwie mit dem Hause Schirwanschir verschwägert und zuverlässig, wie es Verwandte nur im Orient sein können.

Fünf Tage war ich nun schon hier, wartete auf Ninos Ankunft, ließ mir von früh bis spät erzählen, daß alle reichen, tapferen oder sonstwie bedeutenden Menschen der Welt aus Schuscha stammen, schaute mir den Stadtpark an und zählte Kirchenkuppeln und Minarette. Schuscha war offensichtlich eine sehr fromme Stadt. Siebzehn Kirchen und zehn Moscheen waren für 60000 Einwohner reichlich genug. Hinzu kamen noch unzählige Heiligtümer in der Nähe der Stadt und an erster Stelle natürlich das berühmte Grab, die Kapelle und die zwei Bäume des heiligen Sary Beg, wohin mich die karabaghischen Prahlhänse schon am ersten Tag schleppten.

Das Grab des Heiligen ist eine Stunde von Schuscha entfernt. Alljährlich pilgert zu ihm die ganze Stadt und feiert Gelage im heiligen Hain. Besonders fromme Leute legen den Weg dorthin auf den Knien zurück. Das ist beschwerlich, hebt aber das Ansehen des Pilgers außerordentlich. Die Bäume am Grab des Heiligen dürfen nicht berührt werden. Wer auch nur ein Blatt anrührt, wird sofort gelähmt. So gewaltig ist die Macht des heiligen Sary Beg! Welche Wunder dieser Heilige vollbracht hat, konnte mir niemand erklären. Dafür berichteten mir die Leute ausführlich, wie er einst, von Feinden verfolgt, hoch zu Roß den Berg hinaufritt, auf dessen Gipfel noch heute Schuscha steht. Ganz nahe schon waren seine Verfolger. Da holte sein Pferd zu einem gewaltigen Sprung aus, über den Berg, über die Felsen, über die ganze Stadt Schuscha hinweg. An der Stelle, wo das Pferd landete, kann der Fromme auch heute noch, tief in den Stein gegraben, die Hufeisenspur des edlen Tieres sehen. So versicherten mir wenigstens die Leute. Als ich einige Bedenken über die Möglichkeit dieses Sprunges äußerte, sagten sie entrüstet: »Aber, Herr, es war doch ein Pferd aus Karabagh!«

Und dann erzählten sie mir die Sage vom karabaghischen Pferd: Alles sei in ihrem Lande schön. Am schönsten aber sei das Pferd von Karabagh, jenes berühmte Pferd, für das Aga Mohammed, Schah von Persien, seinen ganzen Harem hergeben wollte. (Wußten meine Freunde wohl, daß Aga Mohammed ein Eunuch war?) Dieses Pferd sei beinahe heilig. Jahrhundertelang hatten die Weisen gegrübelt und gepaart, bis dieses Wunder der Zucht geboren war: das beste Pferd der Welt, das berühmte rotgoldene Edeltier aus Karabagh.

Von so viel Lob neugierig gemacht, bat ich, mir eines der herrlichen Rosse zu zeigen. Meine Begleiter blickten mich mitleidig an.

»Es ist leichter, in den Harem des Sultans einzudringen als in den Stall des Karabagher Pferdes. Es gibt in ganz Karabagh nur zwölf echte rotgoldene Tiere. Wer sie sieht, wird zum Pferdedieb. Nur wenn Krieg ist, besteigt der Besitzer sein rotgoldenes Wunder.«

Ich mußte mich also mit dem begnügen, was man mir von dem sagenhaften Pferd erzählte.

Da saß ich nun in Schuscha, hörte mir das Geschwätz des alten Mustafa an, wartete auf Nino und fühlte mich wohl in diesem Märchenland.

»O Khan«, sagte Mustafa, »deine Ahnen haben Kriege geführt, du aber bist ein gelehrter Mensch und hast das Haus des Wissens besucht. Du wirst also auch von den schönen Künsten gehört haben. Die Perser sind stolz auf Saadi, Hafis und Firdausi, die Russen auf Puschkin, und weit im Westen gab es einen Dichter, der hieß Goethe und hat ein Gedicht über den Teufel geschrieben.«

»Stammen vielleicht alle diese Dichter auch aus Karabagh?« unterbrach ich ihn.

»Das nicht, edler Gast, aber unsere Dichter sind besser, auch wenn sie sich weigern, Klänge in tote Buchstaben einzufangen. In ihrem Stolz schreiben sie ihre Gedichte nicht nieder, sondern sagen sie nur auf.«

»Welche Dichter meinst du? Die Aschuken?«

»Ja, die Aschuken«, sagte der Alte gewichtig, »sie wohnen in den Dörfern bei Schuscha und haben morgen einen Wettbewerb. Willst du hinfahren und staunen?«

Ich wollte, und so fuhr unser Wagen am nächsten Tag die Serpentinen hinab, zum Dorf Tasch-Kenda, der Hochburg der kaukasischen Dichtkunst.

Fast in jedem Dorfe Karabaghs sitzen einheimische Sänger, die den Winter über dichten und im Frühjahr in die Welt hinausziehen, um in Palästen und Hütten ihre Lieder vorzutragen. Drei Dörfer aber gibt es, die ausschließlich von Dichtern bewohnt sind und zum Zeichen der hohen Achtung, die der Orient vor der Poesie hegt, seit alters her von allen Abgaben und Steuern an die einheimischen Feudalen befreit sind. Eines dieser Dörfer ist Tasch-Kenda.

Der erste Blick genügte, um festzustellen, daß die Bewohner dieses Dorfes keine gewöhnlichen Bauern waren. Die Männer trugen lange Haare und Seidengewänder und blickten einander mißtrauisch an. Die Frauen liefen hinter ihren Männern her, machten einen gedrückten Eindruck und trugen die Musikinstrumente. Das Dorf war voll von reichen Armeniern und Mohammedanern, die aus dem ganzen Lande herbeigeströmt waren, um die Aschuken zu bewundern. Am kleinen Hauptplatz des Dichterdorfes versammelte sich die Menge. In der Mitte standen die beiden streitbaren Sängerfürsten, die hier einen erbitterten Zweikampf ausfechten sollten. Sie blickten einander höhnisch an. Ihre langen Haare flatterten in der Luft. Der eine Aschuk rief:

»Deine Kleidung stinkt nach Mist, dein Antlitz gleicht dem Gesicht eines Schweines, dein Talent ist dünn wie das Haar am Bauche einer Jungfrau, und für etwas Geld bist du bereit, ein Schmähgedicht auf dich selbst zu dichten.«

Der andere antwortete grimmig und bellend:

»Du trägst das Gewand eines Lustknaben und hast die Stimme eines Eunuchen. Du kannst dein Talent nicht verkaufen, da du nie welches gehabt hast. Du lebst von den Krümchen, die vom festlichen Tisch meiner Gaben herabfallen.«

So beschimpften sie sich inbrünstig und etwas eintönig eine ganze Weile. Das Volk klatschte Beifall. Dann erschien ein grauhaariger Greis mit dem Gesicht eines Apostels und nannte zwei Themen für den Wettbewerb, ein lyrisches und ein episches. »Der Mond über dem Araxes« und »Der Tod Aga Mohammed Schahs«.

Die beiden Dichter blickten gen Himmel. Dann sangen sie. Sie sangen von dem grimmigen Eunuchen Aga Mohammed, der nach Tiflis zog, um im dortigen Schwefelbad seine Manneskraft wiederzugewinnen. Als das Bad versagte, zerstörte der Eunuch die Stadt und ließ alle Frauen und Männer grausam hinrichten. Aber auf dem Rückweg ereilte ihn in Karabagh sein Schicksal. Während er in seinem Zelt schlief, wurde er erdolcht. Der große Schah hat vom Leben nichts gehabt. Er hungerte in den Feldzügen, aß schwarzes Brot und trank saure Milch. Er eroberte unzählige Länder und war ärmer als ein Bettler aus der Wüste. Der Eunuche Aga Mohammed.

Das alles wurde in klassischen Strophen vorgetragen, wobei der eine sehr ausführlich die Qualen eines Eunuchen im Lande der schönsten Frauen schilderte und der andere mit Genauigkeit die Hinrichtung dieser Frauen beschrieb. Die Zuhörer waren zufrieden. Dann rief der sanftere der beiden: »Wem gleicht der Mond über dem Araxes?«

»Dem Antlitz deiner Geliebten«, unterbrach ihn der Grimmige.

»Mild ist das Gold dieses Mondes!« rief der Sanfte.

»Nein, er ist wie der Schild eines großen, gefallenen Kriegers«, antwortete der Grimmige.

So erschöpften sie nach und nach ihren Vorrat an Vergleichen. Dann sang jeder ein Lied von der Schönheit des Mondes, vom Araxes, der sich wie ein Mädchenzopf durch die Ebene windet, und von Verliebten, die nachts zu den Ufern kommen und in den Mond schauen, der sich im Wasser des Araxes spiegelt…

Zum Sieger wurde der Grimmige erklärt, der mit boshaftem Lächeln als Siegespreis die Laute des Gegners empfing. Ich näherte mich ihm. Er blickte trübe vor sich hin, während seine Messingschale sich mit Münzen füllte.

»Freust du dich des Sieges?« fragte ich.

Er spuckte verächtlich aus.

»Es ist kein Sieg, Herr. Früher gab es Siege. Vor hundert Jahren. Damals durfte der Sieger dem Besiegten den Kopf abhauen. Hoch war damals die Achtung vor der Kunst. Jetzt sind wir verweichlicht. Niemand gibt mehr sein Blut für ein Gedicht her.«

»Du bist jetzt der beste Dichter des Landes.«

»Nein«, sagte er. Seine Augen wurden sehr traurig. »Nein«, wiederholte er, »ich bin nur ein Handwerker. Ich bin kein echter Aschuk.«

»Wer ist ein echter Aschuk?«

»Im Monat Ramadan«, sagte der Grimmige, »gibt es eine geheimnisvolle Nacht, die Nacht Kadir. In dieser Nacht schläft die Natur für eine Stunde ein. Ströme hören auf zu fließen, die bösen Geister hören auf, die Schätze zu bewachen. Man kann Gras wachsen und Bäume sprechen hören. Aus den Flüssen erheben sich die Nymphen, und die Menschen, die in dieser Nacht gezeugt werden, sind Weise und Dichter. In der Nacht Kadir muß der Aschuk den Propheten Elias anrufen, den Schutzheiligen aller Dichter. Zur richtigen Zeit erscheint der Prophet, gibt dem Dichter aus einer Schale zu trinken und sagt: ›Von nun an bist du ein echter Aschuk und wirst alles in der Welt mit meinen Augen sehen.‹ Der also Begnadete beherrscht die Elemente; Tiere und Menschen, Winde und Meere gehorchen seiner Stimme, denn in seinem Wort ist die Kraft des Allmächtigen.«

Der Grimmige setzte sich zu Boden, stützte das Gesicht mit den Händen und weinte kurz und böse. Dann sagte er: »Aber niemand weiß, welche Nacht die Nacht Kadir ist und welche Stunde dieser Nacht die Stunde des Schlafes. Deshalb gibt es keine echten Aschuken.«

Er stand auf und ging. Einsam, finster, verschlossen. Ein Steppenwolf im grünen Paradies von Karabagh.

Sechstes Kapitel

Die Quelle von Pechachpür rauschte in ihrem engen, steinernen Bett. Ringsum blickten die Bäume gen Himmel wie müde Heilige. Kleine Hügel verdeckten den Blick auf Schuscha. Gegen Süden dehnten sich verheißungsvoll die Wiesen Armeniens wie das biblische Hirtenland. Im Osten verloren sich die Felder Karabaghs in den staubigen Steppen von Aserbeidschan. Von dorther wehte der glühende Atem der großen Wüste, das Feuer Zarathustras. Doch der Hain um uns stand still und reglos, als seien eben erst die letzten Götter der Antike ausgezogen. Ihnen noch hätte das Feuer geweiht sein können, das vor uns qualmte. Auf grell bunten Teppichen waren wir im Kreis um die Flammen gelagert, eine Gesellschaft von zechenden Georgiern und ich. Weinkelche, Früchte, Berge von Gemüsen und Käse umgaben die Feuerstelle. Fleisch röstete an Spießen über dem rauchenden Mangal. An der Quelle saßen die Sasandari, die wandernden Spielleute. In ihren Händen lagen Instrumente, deren Namen allein schon Musik waren: Dairah, Tschianuri, Thara, Diplipito. Nun sangen sie irgendein Bajat, ein persisches Liebeslied, das die großstädtischen Georgier sich gewünscht hatten, um den fremdartigen Reiz der Umgebung zu erhöhen. »Dionysische Stimmung« würde unser Lateinlehrer diesen ausgelassenen Versuch, sich den Landessitten anzupassen, nennen. Es war die endlich eingetroffene Familie Kipiani, die all diese heiteren Kurgäste zu dem nächtlichen Fest im Hain bei Schuscha geladen hatte.

Vor mir saß Ninos Vater, der als Tamada nach den strengen Regeln des einheimischen Zeremoniells die Feier leitete. Er hatte glänzende Augen und einen dichten schwarzen Schnurrbart im rötlichen Gesicht. In seiner Hand hielt er einen Kelch und trank mir zu. Ich nippte am Glas, obwohl ich sonst nie trinke. Aber es ist unhöflich, nicht mitzutrinken, wenn der Tamada es verlangt.

Diener brachten Wasser aus der Quelle. Wer davon trank, konnte essen, soviel er wollte, ohne übersättigt zu werden, denn auch das Wasser von Pechachpür ist eines der unzähligen Wunder von Karabagh.

Wir tranken das Wasser, und der Berg der Speisen wurde kleiner. Im Schein des flackernden Feuers sah ich das strenge Profil von Ninos Mutter. Sie saß neben ihrem Mann, und ihre Augen lachten. Diese Augen stammten aus Mingrelien, aus der Ebene von Rion, wo einst die Zauberin Medea dem Argonauten Jason begegnet war.

Der Tamada hob das Glas.

»Ein Kelch zu Ehren des durchlauchtigsten Dadiani.«

Ein Greis mit kindlichen Augen dankte. Damit begann die dritte Runde. Die Gläser waren geleert. Das sagenhafte Wasser von Pechachpür half auch gegen den Rausch. Niemand war betrunken, denn es ist der Rausch des Herzens, den der Georgier beim Gastmahl erlebt. Sein Kopf bleibt klar wie das Wasser von Pechachpür.

Wir waren nicht die einzigen Zecher. Der Hain war erhellt vom Schein zahlreicher Feuer, denn ganz Schuscha pilgert allwöchentlich zu den verschiedenen Quellen. Bis zum Morgengrauen dauern die Feste. Christen und Mohammedaner feiern gemeinsam im heidnischen Schatten des heiligen Haines.

Ich sah Nino an, die neben mir saß. Sie blickte zur Seite. Sie sprach mit dem grauhaarigen Dadiani. So gehörte es sich. Dem Alter die Achtung, der Jugend die Liebe.

»Sie müssen einmal zu mir kommen, auf mein Schloß Zugdidi«, sagte der Greis, »am Flusse Rion, in dem einst die Sklaven der Medea das Gold in Vliesen einfingen. Kommen Sie mit, Ali Khan. Sie werden den tropischen Urwald Mingreliens sehen mit seinen uralten Bäumen.«

»Gerne, Durchlaucht, aber nur Ihretwegen, nicht der Bäume wegen.«

»Was haben Sie gegen die Bäume? Für mich sind sie die Verkörperung des vollendeten Lebens.«

»Ali Khan fürchtet sich vor Bäumen wie ein Kind vor Gespenstern«, sagte Nino.

»So schlimm ist es nicht. Aber was Ihnen die Bäume sind, ist für mich die Wüste. Die Welt der Bäume verwirrt mich, Durchlaucht. Sie ist voller Schrecken und Rätsel, voller Gespenster und Dämonen. Der Blick ist eingeengt. Es ist finster. Die Sonnenstrahlen verlieren sich im Schatten der Bäume. Alles ist unwirklich im Zwielicht. Die Schatten des Waldes bedrücken mich, und ich werde traurig, wenn ich das Rascheln der Zweige höre. Ich liebe die einfachen Dinge: Wind, Sand und Gestein. Die Wüste ist einfach wie ein Schwerthieb. Der Wald kompliziert wie der Gordische Knoten. Ich kenne mich nicht aus im Wald, Durchlaucht.«

Dadiani sah mich nachdenklich an.

»Sie haben die Seele eines Wüstenmenschen«, sagte er, »vielleicht gibt es nur eine richtige Einteilung der Menschen: in Waldmenschen und Wüstenmenschen. Die trockene Trunkenheit des Orients kommt von der Wüste, wo heißer Wind und heißer Sand den Menschen berauschen, wo die Welt einfach und problemlos ist. Der Wald ist voller Fragen. Nur die Wüste fragt nichts, gibt nichts und verspricht nichts. Aber das Feuer der Seele kommt vom Wald. Der Wüstenmensch – ich sehe ihn – er hat nur *ein* Gefühl und kennt nur *eine* Wahrheit, die ihn ausfüllt. Der Waldmensch hat viele Gesichter. Der Fanatiker kommt von der Wüste, der Schöpferische vom Walde her. Das ist wohl der Hauptunterschied zwischen Ost und West.«

»Deshalb lieben wir Armenier und Georgier den Wald«, mischte sich Melik Nachararjan ein, ein dicker Mann von edelstem armenischem Geblüt. Er hatte hervorstehende Augen, üppige Augenbrauen und eine Neigung zum Philosophieren und Saufen. Wir vertrugen uns gut. Er trank mir zu und rief:

»Ali Khan! Adler kommen aus den Bergen, Tiger aus den Dschungeln. Was kommt aus der Wüste?«

»Löwen und Krieger«, antwortete ich, und Nino klatschte vergnügt in die Hände.

Hammelbraten auf Spießen wurden gereicht. Wieder und wieder füllten sich die Becher. Die georgische Lebensfreude ergoß sich über den Wald. Dadiani diskutierte mit Nachararjan, und Nino blickte mich listig und fragend an.

Ich nickte. Es war bereits dunkel geworden. Im Feuerschein glichen die Menschen Gespenstern oder Räubern. Niemand beachtete uns. Ich erhob mich und ging langsam zur Quelle. Ich beugte mich über das Wasser und trank aus der Handfläche. Es tat gut. Lange starrte ich in die Sterne, die sich in der dunklen Wasserfläche spiegelten. Hinter mir ertönten Schritte. Ein trockener Zweig knackte unter einem kleinen Fuß... Ich streckte die Hand aus, und Nino ergriff sie. Wir gingen tiefer in den Wald hinein. Die Bäume blickten uns drohend und mißbilligend an. Es war nicht ganz recht, daß wir vom Feuer weggingen und Nino sich am Rand der kleinen Wiese setzte und mich zu sich herabzog. Im lebensfrohen Karabagh herrschten strenge Sitten. Der alte Mustafa hatte mir mit Grauen erzählt, daß sich vor achtzehn Jahren ein Ehebruch im Lande ereignet hatte. Seitdem sei die Fruchternte ärmer geworden.

Wir sahen einander an. Ninos Gesicht, vom Mond beschienen, war blaß und rätselhaft.

»Prinzessin«, sagte ich, und Nino blickte mich von der Seite an. Seit vierundzwanzig Stunden war sie Prinzessin, und vierundzwanzig Jahre hatte es gedauert, bis ihr Vater in Petersburg seinen Anspruch auf den Titel durchsetzen konnte. Heute früh war ein Telegramm aus Petersburg gekommen. Der Alte hatte sich gefreut wie ein Kind, das die verlorene Mutter wiedergefunden hat, und uns alle zu dem Nachtfest geladen.

»Prinzessin«, wiederholte ich und nahm ihr Gesicht in meine Hände. Sie wehrte sich nicht. Vielleicht hatte sie zuviel kachetischen Wein getrunken. Vielleicht waren es der Wald und der Mond, die sie trunken machten. Ich küßte sie. Ihre Handflächen waren weich und warm. Ihr Körper gab nach. Wir lagen auf dem weichen Moos, und Nino blickte in mein Gesicht. Ich berührte die kleinen Rundungen ihres festen Busens. Etwas Seltsames ging in Nino vor und übertrug sich auch auf mich. Ihr Wesen war ein einziger Sinn, und dieser Sinn war wie die geballte Kraft der Erde und des Erdatems. Die Seligkeit des leiblichen Lebens erfaßte sie. Ihre Augen waren verschleiert. Ihr Gesicht wurde schmal und sehr ernst. Ich öffnete ihr Kleid. Ihre Haut schimmerte im Mond gelblich wie Opal. Ich hörte das Klopfen ihres Herzens, und sie sprach Worte voll sinnloser Zärtlichkeit und Sehnsucht. Mein Gesicht vergrub sich zwischen ihre kleinen Brüste, und ich atmete den Duft und den leisen salzigen Geschmack ihrer Haut. Ihre Knie zitterten. Tränen liefen über ihr Gesicht, ich küßte sie fort und trocknete die feuchten Wangen. Sie erhob sich und schwieg, von eigenen Rätseln und Gefühlen bewegt. Sie war erst siebzehn Jahre alt, meine Nino, und besuchte das Lyzeum der heiligen Königin Tamar. Dann sagte sie:

»Ich glaube, daß ich dich liebe, Ali Khan, auch wenn ich jetzt eine Prinzessin bin.«

»Vielleicht wirst du es nicht lange bleiben«, sagte ich, und Nino machte ein verständnisloses Gesicht.

»Wie meinst du das? Nimmt uns der Zar den Titel wieder weg?«

»Du wirst ihn verlieren, wenn du heiratest. Der Titel Khan ist aber auch ein sehr schöner Titel.«

Nino kreuzte die Hände über ihrem Nacken, legte den Kopf zurück und lachte:

»Khan vielleicht, aber Khanin? Das gibt es ja gar nicht. Und überhaupt, du hast eine etwas seltsame Art, Heiratsanträge zu machen. Sofern es einer sein soll.«

»Es soll einer sein.«

Ninos Finger glitten über mein Gesicht und verloren sich in meinen Haaren.

»Und wenn ich ja sage, dann wirst du wohl den Wald bei Schuscha in guter Erinnerung behalten und mit den Bäumen Frieden schließen. Nicht wahr?«

»Ich glaube schon.«

»Aber die Hochzeitsreise machst du zum Onkel nach Teheran, und ich darf auf besondere Protektion den kaiserlichen Harem besuchen und mit vielen dicken Frauen Tee trinken und Konversation machen.«

»Na und?«

»Und dann darf ich mir die Wüste anschauen, weil es dort niemanden gibt, der mich anschauen könnte.«

»Nein, Nino, die Wüste brauchst du dir nicht anzuschauen. Sie wird dir nicht gefallen.«

Nino schlang ihre Hände um meinen Hals und preßte ihre

Nase an meine Stirn: »Vielleicht heirate ich dich wirklich, Ali Khan. Aber hast du dir schon überlegt, was alles vorher zu überwinden ist, außer Wald und Wüste?«

»Was denn?«

»Zuerst werden mein Vater und meine Mutter aus Kummer sterben, weil ich einen Mohammedaner heirate. Dann wird dein Vater dich verfluchen und verlangen, daß ich zum Islam übertrete. Und wenn ich es tue, wird Väterchen Zar mich wegen Abfalls vom Christentum nach Sibirien verbannen. Und dich wegen Verleitung dazu gleich mit.«

»Und dann sitzen wir mitten im Polarmeer auf einer Eisscholle, und die großen, weißen Bären fressen uns auf«, lachte ich. »Nein, Nino, so schlimm wird es nicht werden. Du brauchst nicht zum Islam überzutreten, deine Eltern werden nicht vor Kummer sterben, und die Hochzeitsreise machen wir nach Paris und nach Berlin, damit du dir die Bäume im Bois de Boulogne und im Tiergarten anschauen kannst. Was sagst du nun?«

»Du bist gut zu mir«, sagte sie verwundert, »und ich sage nicht nein, aber das Ja hat noch etwas Zeit. Ich lauf' dir doch nicht davon. Wenn ich mit der Schule fertig bin, sprechen wir mit unseren Eltern. Nur entführen darfst du mich nicht. Nur das nicht. Ich weiß, wie ihr es macht: über den Sattel, in die Berge, und dann eine möglichst ausgiebige Blutfehde mit dem Hause Kipiani.«

Sie war plötzlich von einer ausgelassenen Fröhlichkeit erfüllt. Alles an ihr schien zu lachen: Gesicht, Hände, Füße, die ganze Haut. Sie lehnte sich an einen Baumstamm, hielt den Kopf gesenkt und blickte von unten zu mir empor. Ich stand vor ihr. Im Schatten der Baumrinde glich sie einem exotischen Tier, das sich im Wald verbirgt und sich vor dem Jäger fürchtet.

»Gehen wir«, sagte Nino, und wir kehrten durch den Wald zurück zum großen Feuer. Unterwegs fiel ihr etwas ein. Sie blieb stehen und zwinkerte zum Mond hinauf. »Aber unsere Kinder, welchen Glauben werden denn die haben?« fragte sie besorgt.

»Ganz bestimmt einen sehr guten und sympathischen Glauben«, sagte ich ausweichend.

Sie blickte mich mißtrauisch an und schwieg eine Weile. Dann meinte sie betrübt: »Bin ich nicht überhaupt zu alt für dich. Ich werde bald siebzehn. Deine künftige Frau müßte jetzt zwölf sein.«

Ich beruhigte sie. Nein, sie war bestimmt nicht zu alt. Höchstens zu klug: denn niemand weiß, ob Klugheit immer ein Vorteil ist. Vielleicht werden wir alle im Orient zu früh reif, alt und klug. Vielleicht sind wir aber allesamt dumm und einfach. Ich wußte es nicht. Die Bäume verwirrten mich, Nino verwirrte mich, der ferne Schein des Scheiterhaufens verwirrte mich, und am meisten verwirrte ich mich selber, denn vielleicht habe auch ich zuviel am kachetischen Wein genippt und wie ein Wüstenräuber im stillen Garten der Liebe gehaust.

Nino allerdings sah nicht aus wie das Opfer eines Wüstenräubers. Sie blickte ruhig, sicher und offen vor sich hin. Alle Spuren der Tränen, des Lachens und der zärtlichen Sehnsucht waren von ihr geschwunden, als wir wieder an die Quelle von Pechachpür gelangten. Niemand beargwöhnte unser Verschwinden. Ich setzte mich zum Feuer und fühlte plötzlich, wie meine Lippen brannten. Ich füllte mein Glas mit dem Wasser von Pechachpür und trank hastig. Als ich das Glas absetzte, begegnete ich den Blicken von Melik Nachararjan, der mich freundlich, aufmerksam und ein wenig gönnerhaft anstarrte.

Siebtes Kapitel

Ich lag auf dem Diwan auf der Terrasse des kleinen Hauses und träumte von Liebe. Sie war ganz anders, als sie sein sollte. Von Anfang an ganz anders. Ich begegnete Nino nicht am Brunnen, beim Wasserschöpfen, sondern in der Nikolaistraße, auf dem Weg zur Schule. Deshalb wurde es auch eine ganz andere Liebe als die Liebe meines Vaters, Großvaters oder Onkels. Am Brunnen beginnt die Liebe des Orientalen, am kleinen, geruhsam murmelnden Dorfbrunnen oder an der großen singenden Fontäne der wasserreicheren Stadt. Jeden Abend gehen die Mädchen, hohe Tonkrüge auf den Schultern tragend, zum Brunnen. Nicht weit davon sitzen die jungen Männer im Kreis, reden von Krieg und Raub und achten gar nicht auf die vorbeigehenden Mädchen. Langsam füllen die Mädchen ihre Krüge, langsam gehen sie zurück. Ein Krug, bis zum Rand mit Wasser gefüllt, ist schwer. Um nicht zu stolpern, schlagen die Mädchen ihre Schleier zurück und senken artig die Augen.

Jeden Abend gehen die Mädchen zum Brunnen. Jeden Abend sitzen am Ende des Platzes die jungen Männer, und so beginnt die Liebe im Orient.

Zufällig, ganz zufällig hebt ein Mädchen die Augen und wirft den Männern einen Blick zu. Die Männer bemerken es nicht. Nur wenn das Mädchen zurückkehrt, wendet sich einer von ihnen um und blickt zum Himmel empor. Manchmal kreuzt dabei sein Blick den des Mädchens, manchmal aber auch nicht. Dann sitzt morgen ein anderer an seinem Platz. Wenn sich die Blicke zweier Menschen am Brunnen mehrmals gekreuzt haben, wissen alle, daß die Liebe begonnen hat.

Alles Weitere kommt von selbst. Der Verliebte wandert in der Umgebung der Stadt und singt Balladen, seine Angehörigen verhandeln wegen des Brautpreises, und weise Männer rechnen aus, wie viele neue Krieger das junge Paar in die Welt setzen wird. Alles ist einfach, jede Erfüllung vorher bestimmt und geregelt.

Und wie ist das bei mir? Wo bleibt mein Brunnen? Wo bleibt der Schleier vor Ninos Gesicht? Es ist seltsam. Eine Frau hinter dem Schleier ist nicht zu sehen, aber man kennt sie doch: ihre Gewohnheiten, Gedanken, Wünsche. Der Schleier verbirgt Augen, Nase und Mund. Aber nicht die Seele. Die Seele der Orientalin birgt keine Rätsel. Ganz anders bei den Frauen ohne Schleier. Man sieht ihre Augen, die Nase, den Mund, manchmal sogar viel mehr als das. Doch was sich hinter diesen Augen verbirgt, weiß man nie, auch wenn man glaubt, es genau zu wissen.

Ich liebe Nino, und sie verwirrt mich doch. Sie freut sich, wenn andere Männer auf der Straße sich nach ihr umschauen. Eine gute Orientalin wäre darüber empört. Sie küßt mich. Ich darf ihre Brust berühren und ihre Schenkel streicheln. Dabei sind wir noch gar nicht verlobt. Sie liest Bücher, in denen viel von Liebe steht, und hat dann verträumte und sehnsüchtige Augen. Frage ich sie, wonach sie sich sehnt, so schüttelt sie erstaunt den Kopf, denn offenbar weiß sie es selber nicht. Ich sehne mich nie nach etwas, außer nach ihr. Wenn Nino da ist, habe ich überhaupt keine andere Sehnsucht. Ich glaube, bei Nino kommt es daher, daß sie zu oft in Rußland war. Ihr Vater nahm sie immer mit nach Petersburg, und die russischen Frauen sind bekanntlich alle wahnsinnig. Sie haben allzu sehnsüchtige Augen, betrügen oft ihre Männer und haben dennoch selten mehr als zwei Kinder. So straft sie Gott! Aber ich liebe Nino dennoch. Ihre Augen, ihre Stimme, ihr Lachen, ihre Art zu sprechen und zu denken. Ich werde sie heiraten, und sie wird eine gute Frau werden wie alle Georgierinnen, auch wenn sie noch so fröhlich, ausgelassen oder verträumt sind. *Inschallah.*

Ich drehte mich auf die andere Seite. Das Nachdenken ermüdete mich. Es war viel angenehmer, die Augen zu schließen und von der Zukunft zu träumen, das heißt von Nino. Die Zukunft, das wird unsere Ehe sein; die Zukunft beginnt mit dem Tag, an dem Nino meine Frau wird, mit unserm Hochzeitstag.

Es wird ein aufregender Tag sein. Ich werde Nino an diesem Tag nicht sehen dürfen. Nichts ist gefährlicher für die Hochzeitsnacht, als wenn sich das Brautpaar am Hochzeitstag in die Augen blickt. Meine Freunde, bewaffnet und zu Pferde, werden Nino abholen. Sie wird tief verschleiert sein. Nur an diesem einen Tag wird sie das Gewand des Orients anlegen müssen. Der Mullah wird die Fragen stellen, und meine Freunde werden in den vier Ecken des Saales stehen und Beschwörungen gegen die Impotenz flüstern. So will es die Sitte, denn jeder Mensch hat Feinde, die am Hochzeitstag den Dolch zur Hälfte aus der Scheide ziehen, das Gesicht gen Westen wenden und flüstern:

»*Anisani, banisani, mamawerli, kaniani* – er kann es nicht, er kann es nicht, er kann es nicht.«

Aber, gottlob, ich habe auch gute Freunde, und Iljas Beg kennt alle rettenden Beschwörungsformeln.

Sofort nach der Trauung werden wir uns trennen. Nino geht zu ihren Freundinnen und ich zu meinen Freunden. Beide feiern wir getrennt den Abschied von der Jugend.

Und dann? Ja, dann?

Für einen Augenblick öffne ich die Augen, sehe die Holzterrasse und die Bäume im Garten und schließe sie wieder, um besser zu schauen, was dann kommt. Der Hochzeitstag ist doch der wichtigste, ja überhaupt der einzig wichtige Tag im Leben, aber er ist auch ein schwerer Tag.

Es ist nicht leicht, in der Hochzeitsnacht ins Brautgemach zu gelangen. An jeder Tür des langen Ganges stehen vermummte Gestalten, die erst dann den Weg freigeben, wenn man ihnen eine Münze in die Hand gedrückt hat. Im Brautgemach werden wohlwollende Freunde einen Hahn, eine Katze oder sonst etwas Unerwartetes verbergen. Ich werde mich genau umschauen müssen. Denn manchmal kichert im Bett irgendein altes Weib, das gleichfalls Geld verlangt, bis es das Hochzeitslager freigibt.

Endlich bleibe ich allein. Die Tür öffnet sich, und Nino kommt. Jetzt beginnt der schwierigste Teil der Hochzeit. Nino lächelt und sieht mich erwartungsvoll an. Ihr Leib ist in ein Korsett aus Saffianleder gepreßt. Es wird von Schnüren zusammengehalten, die vorne ineinandergeknotet sind. Die Knoten sind von kompliziertester Art, und darin liegt ihre einzige Bedeutung. Ich muß sie selbst losbinden. Nino darf mir dabei nicht behilflich sein. Oder wird sie es doch tun? Die Knoten sind wirklich zu kompliziert, aber sie einfach mit dem Messer durchzuschneiden, ist eine große Schande. Der Mann muß Selbstbeherrschung zeigen, denn am nächsten Morgen kommen die Freunde und wollen die gelösten Knoten sehen. Wehe dem Unglücklichen, der sie nicht vorweisen kann. Die ganze Stadt wird ihn verspotten.

In der Hochzeitsnacht gleicht das Haus einem Ameisenhaufen. Freunde, Verwandte der Freunde und Freunde der Verwandten der Freunde stehen in den Gängen, auf dem Dach und sogar auf der Straße herum. Sie warten und werden ungeduldig, wenn es zu lange dauert. Sie klopfen an die Tür, miauen und bellen, bis endlich der lang ersehnte Revolverschuß knallt. Sofort beginnen die Freunde, begeistert in die Luft zu schießen, laufen hinaus und bilden eine Art Ehrenwache, die mich und Nino nicht aus dem Hause herauslassen wird, bis es ihr paßt.

Ja, es wird eine schöne Hochzeit sein, nach guten alten Sitten, wie es die Väter lehren.

Ich muß auf dem Diwan eingeschlafen sein. Denn als ich die Augen öffnete, kauerte auf dem Boden mein Kotschi und reinigte mit dem langen Dolch seine Nägel. Ich hatte sein Kommen gar nicht gehört.

»Was gibt es Neues, Brüderchen?« fragte ich faul und gähnend.

»Nichts Besonderes, Herrchen«, antwortete er mit gelangweilter Stimme, »beim Nachbar haben sich die Frauen gestritten, und ein Esel ist scheu geworden, lief in den Bach, und dort sitzt er jetzt noch.«

Der Kotschi schwieg eine Weile, steckte den Dolch in die Scheide und fuhr ziemlich gleichgültig fort: »Der Zar hat geruht, verschiedenen europäischen Monarchen den Krieg zu erklären.«

»Waaas? Was für einen Krieg?«

Ich sprang auf und blickte ihn verwirrt an.

»Einen ganz gewöhnlichen Krieg.«

»Was redest du da? Wem denn?«

»Verschiedenen europäischen Monarchen. Ich habe mir die Namen nicht merken können. Es waren zu viele. Aber Mustafa hat sie sich aufnotiert.«

»Ruf ihn sofort!«

Der Kotschi schüttelte den Kopf über so viel würdelose Neugierde, verschwand hinter der Tür und kam bald in Begleitung des Hauswirtes zurück.

Mustafa schmunzelte im Gefühl seiner Überlegenheit und strahlte vor Wissen. Natürlich habe der Zar den Krieg erklärt. Die ganze Stadt wisse es schon. Nur ich schlafe auf dem Balkon. Warum der Zar den Krieg erklärt habe, das wisse man allerdings nicht so genau. Er habe es in seiner Weisheit eben so beschlossen.

»Aber wem hat der Zar den Krieg erklärt?« rief ich erbost.

Mustafa griff in die Tasche und holte ein bekritzeltes Stück Papier hervor. Er räusperte sich und las würdevoll, aber mühsam:

»Dem deutschen Kaiser und dem österreichischen Kaiser,

dem König von Bayern, dem König von Preußen, dem König von Sachsen, dem König von Württemberg, dem König von Ungarn und zahlreichen weiteren Fürstlichkeiten.«

»Wie ich dir sagte, Herrchen, das kann man sich nicht merken«, sagte der Kotschi bescheiden.

Mustafa faltete indessen sein Papier zusammen und sagte:

»Dagegen haben Seine Kaiserliche Majestät, der Kalif und Sultan des Hohen Ottomanischen Reiches Mehmed Raschid, sowie Seine Kaiserliche Majestät, der König der Könige von Iran, Sultan Achmed Schah, erklärt, daß sie an diesem Kriege vorderhand nicht teilnehmen wollen. Es ist also ein Krieg der Ungläubigen untereinander und geht uns nicht viel an. Der Mullah in der Mehmed-Ali-Moschee meint, daß die Deutschen siegen werden...«

Mustafa konnte nicht zu Ende sprechen. Von der Stadt her, alles übertönend, setzte urplötzlich das Geläute der siebzehn Kirchenglocken ein. Ich lief hinaus. Der glühende Augusthimmel wölbte sich drohend und regungslos über der Stadt. Die blauen Berge in der Ferne blickten wie teilnahmslose Zeugen. Die Klänge der Glocken zerschellten an ihren grauen Felsen. Die Straßen waren voll von Menschen. Aufgeregte und erhitzte Gesichter blickten zu den Kuppeln der Gotteshäuser empor. Staub wirbelte durch die Luft. Die Stimmen der Menschen waren heiser. Die Mauern der Kirchen blickten stumm und verwittert mit den Augen der Ewigkeit. Ihre Türme ragten über uns wie schweigsame Drohungen. Der Hall der Glocken verstummte. Ein dicker Mullah, im wallenden, bunten Gewand, erstieg das Minarett der benachbarten Moschee. Er führte die Hände trichterartig an den Mund und rief stolz und wehmütig:

»Steht auf zum Gebet, steht auf zum Gebet, das Gebet ist besser als der Schlaf!«

Ich lief in den Stall. Der Kotschi sattelte das Pferd. Ich saß auf und sauste durch die Straßen, unbekümmert um die erschrockenen Blicke der Menge. Die Ohren des Pferdes waren gespitzt in freudiger Erregtheit. Ich ritt zur Stadt hinaus. Vor mir zog sich das breite Band der Serpentine hinab. Ich galoppierte an den Häusern des Karabagher Adels vorbei, und die schlichten, bäuerlichen Edelleute winkten mir zu:

»Eilst du schon in die Schlacht, Ali Khan?«

Ich blickte in das Tal hinab. Das kleine Haus mit dem flachen Dach lag inmitten des Gartens. Beim Anblick des Hauses vergaß ich alle Gesetze der Reitkunst. In wildem Galopp ritt ich weiter den steilen Hügel hinunter. Das Haus wurde immer größer, und hinter ihm verschwanden die Berge, der Himmel, die Stadt, der Zar und die ganze Welt. Ich bog in den Garten ein. Ein Diener mit unbeweglichem Gesicht trat aus dem Haus. Er blickte mich an mit den Augen eines Toten:

»Die fürstliche Familie hat vor drei Stunden das Haus verlassen.«

Meine Hand umklammerte mechanisch den Griff des Dolches.

Der Diener trat beiseite.

»Prinzessin Nino hat für Seine Erlaucht Ali Khan Schirwanschir einen Brief hinterlassen.«

Seine Hand glitt in die Brusttasche. Ich stieg vom Pferd und setzte mich auf die Stufen der Terrasse. Der Briefumschlag war weich, weiß und duftend. Ungeduldig riß ich ihn auf. Sie schrieb mit großen, kindlichen Lettern:

»Liebster Ali Khan! Es ist plötzlich Krieg, und wir müssen zurück nach Baku. Keine Zeit, dich zu benachrichtigen. Sei nicht böse. Ich weine und liebe dich. Der Sommer war bald zu Ende. Komm mir schnell nach. Ich warte auf dich und sehne mich nach dir. Ich werde unterwegs nur an dich denken. Vater meint, daß der Krieg bald siegreich beendet sein wird. Ich bin ganz dumm von diesem Durcheinander. Geh, bitte, in Schuscha zum Markt und kaufe mir einen Teppich. Ich bin nicht mehr dazu gekommen. Er soll als Muster bunte Pferdeköpfchen haben. Ich küsse dich. In Baku wird es noch fürchterlich heiß sein. Deine Nino.«

Ich faltete den Brief zusammen. Es war eigentlich alles in Ordnung. Nur daß ich, Ali Khan Schirwanschir, wie ein dummer Junge Hals über Kopf in den Sattel gestiegen und ins Tal geritten war, anstatt, wie es sich gebührt, zum Stadthauptmann zu gehen und ihm zum Krieg zu gratulieren oder zum mindesten in einer der Moscheen Schuschas Gottes Segen auf die Armeen des Zaren herabzuflehen. Ich saß auf der Treppe der Terrasse und starrte vor mich hin. Ich war ein Narr. Was sollte denn Nino sonst machen, als artig mit Vater und Mutter nach Hause zu fahren und mich aufzufordern, möglichst schnell nachzukommen. Gewiß: Wenn Krieg im Lande ist, muß die Geliebte zuerst zum Geliebten fahren und nicht nach Parfüm duftende Briefe schreiben. Es war aber kein Krieg in unserm Land, Krieg war in Rußland, das mich und Nino wenig anging. Dennoch – eine große Wut war in mir: auf den alten Kipiani, der es so eilig hatte, nach Hause zu fahren, auf den Krieg, auf das Lyzeum der heiligen Tamar, wo den Mädchen nicht beigebracht wird, wie sie sich zu benehmen haben, und vor allem auf Nino, die einfach wegfuhr, während ich, Pflicht und Würde vergessend, nicht rasch genug zu ihr eilen konnte. Noch einmal und noch einmal überflog ich ihren Brief. Plötzlich zog ich meinen Dolch, hob die Hand, ein kurzes Aufblitzen, und die Klinge bohrte sich mit schluchzendem Ton in die Rinde des Baumes vor mir.

Der Diener kam herbei, zog den Dolch aus dem Baum, betrachtete ihn mit Kennermiene und gab ihn mir zurück:

»Echt Kubatschiner Stahl, und Sie haben eine starke Hand«, sagte er, etwas scheu.

Ich bestieg das Pferd. Langsam ritt ich heim. In der Ferne erhoben sich die Kuppeln der Stadt. Ich war jetzt nicht mehr böse. Die Wut war in der Baumrinde steckengeblieben. Nino hatte ganz richtig gehandelt. Sie war eine gute Tochter und würde eine gute Frau werden. Ich schämte mich und ritt mit gesenktem Kopf. Die Straße war staubig. Die Sonne hatte sich rötlich verfärbt und sank im Westen.

Ein Pferdewiehern schreckte mich auf. Ich hob den Kopf und erstarrte. Einen Augenblick vergaß ich Nino und die Welt. Ein Pferd mit schmalem, kleinem Kopf, hochmütigen Augen, schlankem Rumpf und den Beinen einer Ballettänzerin stand vor mir. Rotgold schimmerte sein Fell in den schrägen Strahlen der Sonne. Im Sattel saß ein alter Mann mit herabhängendem Schnurrbart und schiefer Nase: Fürst Melikow, ein Gutsbesitzer aus der Nachbarschaft. Ich hielt an und starrte ungläubig und entzückt auf das Pferd. Was hatten mir die Leute, als ich nach Schuscha kam, von der berühmten Pferderasse des heiligen Sary Beg erzählt: »Es ist rotgolden, und es gibt nur zwölf davon in ganz Karabagh. Sie werden behütet wie die Haremsdamen des Sultans.« Jetzt stand das rotgoldene Wunder vor mir.

»Wohin des Weges, Fürst?«

»In den Krieg, mein Sohn.«

»Welch ein Pferd, Fürst!«

»Ja, da staunst du! Nur wenige Menschen besitzen das echte, rotgoldene...«

Die Augen des Fürsten wurden weich.

»Sein Herz wiegt genau sechs Pfund. Wenn man den Körper des Pferdes mit Wasser begießt, funkelt es wie ein güldener Ring. Als ich es heute hinausführte und die Sonnenstrahlen in seine Augen fielen, erglänzten sie wie ein frisch hervorsprudelnder Quell. So müssen die Augen jenes Menschen aufgeleuchtet haben, der das Feuer erfand. Es stammt von dem Pferd Sary Begs ab. Ich zeigte es noch niemandem. Nur wenn der Zar zum Krieg aufruft, besteigt Fürst Melikow das rotgoldene Wunder.«

Er grüßte stolz und ritt weiter. Sein Säbel klirrte leise. Es war wirklich Krieg im Lande.

Es war dunkel, als ich zu Hause anlangte. Die Stadt taumelte in wilder Kriegsbegeisterung. Einheimische Adlige liefen trunken und lärmend durch die Straßen und schossen in die Luft.

»Blut wird fließen«, riefen sie. »Blut wird fließen. O Karabagh, dein Name wird groß!«

Zu Hause erwartete mich ein Telegramm:

»Kehre sofort heim. Vater.«

»Einpacken«, sagte ich, »wir fahren morgen.«

Ich ging auf die Straße und schaute mir den Trubel an. Etwas beunruhigte mich, aber ich wußte nicht, was. Ich blickte hinauf zu den Sternen und dachte angestrengt nach.

Achtes Kapitel

»Sag mir, Ali Khan, wer sind denn unsere Freunde?« fragte mein Kotschi.

Wir fuhren die steile Serpentine von Schuscha hinab. Der Kotschi, ein einfacher Dorfbursche, war unermüdlich in der Auffindung der merkwürdigsten Fragen aus allen Gebieten des Krieges und der Politik. Ein durchschnittlicher Mensch hat bei uns nur drei Gesprächsthemen: Religion, Politik, Geschäft. Der Krieg berührt all diese Gebiete. Vom Kriege kann man sprechen, soviel man will und wann man will, unterwegs, zu Hause und in der Kaffeestube, ohne je das Thema zu erschöpfen.

»Unsere Freunde, Kotschi, das sind der Kaiser von Japan, der Kaiser von Indien, der König von England, der König von Serbien, der König der Belgier und der Präsident der Französischen Republik.«

Der Kotschi preßte die Lippen mißbilligend zusammen:

»Der Präsident der Französischen Republik ist doch ein Zivilist, wie kann er ins Feld ziehen und Krieg führen?«

»Ich weiß es nicht. Vielleicht schickt er einen General.«

»Man soll selbst Krieg führen und es nicht andern überlassen. Sonst wird nichts Rechtes daraus.«

Er blickte besorgt auf den Rücken unseres Kutschers und sagte dann fachmännisch:

»Der Zar ist doch klein von Wuchs und mager. Kaiser Giljom dagegen breit und stark. Er wird den Zaren schon in der ersten Schlacht überwältigen.«

Der gute Mann war überzeugt, daß im Krieg die feindlichen Monarchen hoch zu Roß gegeneinanderreiten und so die Schlacht eröffnen. Man konnte es ihm nicht ausreden.

»Wenn dann Giljom den Zaren niedergeschlagen hat, muß der Zarewitsch ins Feld. Der ist aber jung und krank. Giljom dagegen hat sechs gesunde und starke Söhne.«

Ich versuchte, seinen Pessimismus zu zerstreuen.

»Giljom kann nur mit der rechten Hand kämpfen, seine Linke ist gelähmt.«

»Ach was, die linke Hand braucht er ja nur, um die Zügel des Pferdes zu halten. Gekämpft wird mit der rechten Hand.«

Er runzelte die Stirn und fragte plötzlich:

»Ist es wahr, daß der Kaiser Franz Joseph hundert Jahre alt ist?«

»Das weiß ich nicht so genau. Aber er ist sehr alt.«

»Schrecklich«, meinte der Kotschi, »daß ein so alter Mann aufs Pferd steigen und den Säbel ziehen muß.«

»Er muß doch nicht.«

»Natürlich muß er. Zwischen ihm und dem serbischen Kralj ist Blut. Sie sind jetzt Blutfeinde, und Kaiser Franz Joseph muß Rache nehmen für das Blut seines Thronerben. Wäre er ein Bauer aus unserm Dorf, dann könnte er vielleicht den Blutpreis einhandeln. Für etwa hundert Kühe und ein Haus. Aber ein Kaiser kann Blut nicht verzeihen. Sonst tun es alle, und dann gibt es bald keine Blutrache mehr, und das Land verkommt.«

Der Kotschi hatte recht. Die Blutrache ist das wichtigste Fundament der staatlichen Ordnung und der guten Sitten, mögen die Europäer auch noch so dagegen sein. Gewiß: Es ist löblich, wenn alte und weise Männer darum bitten, inständig darum bitten, das vergossene Blut für hohes Entgelt zu verzeihen. Am Grundsatz der Blutrache aber darf nicht gerüttelt werden. Wie sollte das sonst enden? Die Menschheit zerfällt in Familien und nicht in Völker. Zwischen den Familien herrscht ein von Gott gewolltes und in der Zeugungskraft der Männer begründetes Gleichgewicht. Wird dieses Gleichgewicht durch brutale Gewalt zerstört, das heißt durch Mord, so muß die Familie, die gegen Gottes Willen verstoßen hat, gleichfalls ein Mitglied einbüßen. Dann ist das Gleichgewicht wiederhergestellt. Natürlich, die Ausführung der Blutrache war etwas umständlich, man schoß oft daneben oder erschoß mehr Menschen als notwendig. Dann ging die Blutrache weiter. Der Grundsatz aber war gut und klar. Mein Kotschi verstand ihn ausgezeichnet und nickte befriedigt mit dem Kopf: Ja, der hundertjährige Kaiser, der aufs Pferd stieg, um Blut zu rächen, war ein kluger und gerechter Mann.

»Ali Khan, wenn Kaiser und Kralj Blut auszufechten haben, was geht es die andern Monarchen an?«

Das war eine schwierige Frage, auf die ich selbst keine Antwort wußte.

»Paß auf«, sagte ich. »Unser Zar hat denselben Gott wie der serbische Kralj, deshalb hilft er ihm. Der Kaiser Giljom und andere feindliche Monarchen sind, glaube ich, mit dem Kaiser Franz Joseph verwandt. Der König von England ist mit dem Zaren verwandt, und so ergibt sich wohl das eine aus dem andern.«

Die Antwort befriedigte den Kotschi keineswegs. Der Kaiser von Japan hatte bestimmt einen ganz andern Gott als der Zar, und der geheimnisvolle Zivilist, der in Frankreich herrschte, konnte doch mit keinem Monarchen verwandt sein. Außerdem gab es in Frankreich bestimmt überhaupt keinen Gott. Deshalb hieß das Land ja auch Republik.

Das alles war auch mir reichlich unklar. Ich gab verschwommene Antworten und ging endlich selbst zum Angriff über, indem ich meinerseits die Frage stellte, ob mein wackerer Kotschi beabsichtige, in den Krieg zu ziehen.

Er blickte verträumt auf seine Waffen.

»Ja«, antwortete er, »natürlich gehe ich in den Krieg.«

»Du weißt doch, daß du es nicht mußt? Wir Mohammedaner sind von der Kriegspflicht befreit.«

»Ja, aber ich will dennoch.« Der einfältige Bursche wurde plötzlich sehr gesprächig. »Der Krieg ist etwas sehr Schönes. Ich fahre weit durch die Welt. Ich werde den Wind im Westen pfeifen hören und Tränen in den Augen der Feinde sehen. Ich bekomme ein Pferd und ein Gewehr und reite mit Freunden durch eroberte Dörfer. Wenn ich zurückkomme, bringe ich viel Geld mit, und alle feiern mein Heldentum. Falle ich, so ist es der Tod eines richtigen Mannes. Alle werden dann gut von mir sprechen, und mein Sohn oder mein Vater werden hoch geehrt. Nein, Krieg ist etwas sehr Schönes, ganz gleich gegen wen. Einmal im Leben muß ein Mann in den Krieg ziehen.«

Er sprach lange und begeistert. Er zählte die Wunden auf, die er seinen Feinden beizubringen gedachte, er sah im Geist bereits die Kriegsbeute vor sich, seine Augen glänzten vor erwachender Kampflust, und sein braunes Gesicht glich dem Antlitz eines alten Recken aus dem göttlichen Buch des Schah Nameh.

Ich beneidete ihn, weil er ein einfacher Mann war, der genau wußte, was er zu tun hatte, während ich grüblerisch und unentschlossen in die Ferne blickte. Ich bin zu lange in das kaiserliche Gymnasium gegangen. Der grüblerische Sinn der Russen hat sich auf mich übertragen.

Wir kamen zum Bahnhof. Frauen, Kinder, Greise, Bauern aus Georgien, Nomaden aus Sakataly belagerten das Stationsgebäude. Es war nicht zu verstehen, wohin und warum sie fahren wollten. Auch sie selber schienen es nicht zu wissen. Sie lagen wie stumpfe Erdklumpen auf dem Feld oder bestürmten die ankommenden Züge, ganz gleich, nach welcher Richtung sie abgingen. Ein alter Mann im zerfetzten Schafspelz und mit triefenden Augen saß an der Tür des Warteraums und schluchzte. Er war aus Lenkoranj, an der persischen Grenze. Er war überzeugt, daß sein Haus zerstört und seine Kinder tot seien. Ich sagte ihm, daß Persien keinen Krieg gegen uns führe. Er blickte trostlos drein:

»Nein, Herr. Lange war das Schwert Irans verrostet. Jetzt wird es neu geschliffen. Nomaden werden uns überfallen, Schahsevanen werden unsere Häuser zerstören, denn wir leben im Reiche des Unglaubens. Der Löwe von Iran wird unser Land verwüsten. Unsere Töchter werden Sklavinnen werden und unsere Söhne Lustknaben.«

Er jammerte lange und sinnlos. Mein Kotschi drängte die Menge auseinander. Mit Mühe gelangten wir auf den Bahnsteig. Die Lokomotive hatte die stumpfe Fratze eines vorsintflutlichen Ungeheuers. Schwarz und bösartig zerschnitt sie das gelbe Antlitz unserer Wüste. Wir stiegen in den Wagen und schlugen die Tür des Abteils zu. Ein Trinkgeld für den Schaffner sicherte uns Ruhe. Der Kotschi setzte sich mit gekreuzten Beinen auf die rote Plüschpolsterung des Diwans, in die drei ineinanderverschlungene, goldene Buchstaben eingewebt waren: S.Z.D., die Initialen der Transkaukasischen Eisenbahn, des Stolzes der russischen Kolonialpolitik.

Der Zug setzte sich in Bewegung. Der gelbe Sand draußen dehnte sich in träumerischer Ruhe. Kleine kahle Hügel glänzten im Sandmeer, weich und gerundet. Ich öffnete das Fenster und blickte hinaus. Von fernen, unsichtbaren Meeren wehte über die heißen Dünen ein kühler Wind. Rötlich leuchteten verwitterte Felsen. Spärliche Kräuter wanden sich schlangenartig um die niederen Kuppen. Durch den Sand zog eine Karawane. Hundert Kamele oder mehr, einhöckrige, zweihöckrige, kleine, große, sie alle starrten ängstlich auf den Zug. Jedes Tier trug am Hals eine Glocke, nach deren Ton die Kamele ihren schlaffen Schritt und die wippende Bewegung ihrer Köpfe richteten. Gleichmäßig wie ein einziger Körper bewegten die Tiere sich im Takt der nomadischen Symphonie... Ein Stolpern, ein Fehltritt, und eine Glocke fällt aus dem Ton. Das Kamel fühlt den Mißklang und wird unruhig, bis der Rhythmus wiederhergestellt ist. Es ist die Wollust der Wüste, die dieses sonderbare Geschöpf gebar, diesen Bastard aus Tier und Vogel, anmutig, anziehend und abstoßend zugleich. Die ganze Wüste spiegelt sich in seinem Wesen: ihre Weite, ihr Kummer, ihr Atem, ihr Schlaf.

Der weiche Sand, grau und eintönig, glich dem Antlitz der Ewigkeit. Traumverloren wanderte die Seele Asiens durch diese Ewigkeit. Der Zug fuhr in falscher Richtung. Ich gehörte dorthin, zu den Kamelen, zu den Menschen, die sie führten, zum Sand. Warum hob ich nicht die Hand zur Notbremse? Zurück! Zurück! Ich will nicht mehr! Ich höre den fremden Ton im einförmigen Glockengeläute der ewigen Karawane.

Was ging sie mich an, diese Welt jenseits des Bergmassivs? Ihre Kriege, ihre Städte, ihre Zaren, ihre Sorgen, ihre Freuden, ihre Sauberkeit und ihr Schmutz? Wir sind anders sauber und anders sündhaft, wir haben einen anderen Rhythmus und andere Gesichter. Möge der Zug gen Westen sausen. Ich gehöre mit meinem Herzen und mit meiner Seele zum Osten.

Ganz weit steckte ich den Kopf aus dem Fenster. Die Karawane war zurückgeblieben. Ich blickte ihr nach. Eine große Ruhe überkam mich. Es stand kein Feind in meinem Land. Niemand bedrohte die Steppen Transkaukasiens. Möge mein Kotschi in den Krieg ziehen. Er hat recht. Er kämpft weder für den Zaren noch für den Westen. Er ist der Söldner seiner eigenen Abenteuerlust, er will Blut vergießen und Feinde weinen sehen. Wie jeder Asiate. Auch ich will in den Krieg, mein ganzes Wesen sehnt sich nach der freien Luft eines blutigen Gefechts, nach dem abendlichen Rauch eines großen Schlachtfeldes. Krieg – ein herrliches Wort, männlich und stark wie ein Lanzenstich. Und dennoch: Ich muß hierbleiben für den Tag, da der Feind in unser Land, in unsere Stadt, in unseren Erdteil einrückt. Mögen die Übermütigen in diesen Krieg ziehen. Es müssen aber genug Menschen im Lande bleiben, um den künftigen Feind abzuwehren. Denn dumpf fühle ich es: Wer immer in diesem Kriege siegt, eine Gefahr zieht heran, eine Gefahr, die größer ist als alle Eroberungszüge des Zaren. Ein Unsichtbarer ergreift die Zügel der Karawane und will sie mit Gewalt auf neue Weideplätze, auf neue Wege lenken. Es können nur die Wege des Westens sein, die Wege, die ich nicht gehen will. Deshalb bleibe ich daheim. Wenn der Unsichtbare gegen meine Welt anrennt, dann erst werde ich zum Schwert greifen.

Ich lehnte mich in die Polster zurück. Es war gut, einen Gedanken zu Ende zu denken. Mag sein, daß die Leute sagen werden, ich bleibe daheim, um mich nicht von den dunklen Augen Ninos trennen zu müssen. Mag sein. Vielleicht haben diese Menschen auch recht. Denn diese dunklen Augen sind für mich wie die heimatliche Erde, wie der Ruf der Heimat nach ihrem Sohn, den ein Fremder auf fremde Wege verleiten will. Ich bleibe, um die dunklen Augen der Heimat vor dem Unsichtbaren zu schützen.

Ich blickte zum Kotschi hinüber. Er schlief und schnarchte begeistert und kriegerisch.

Neuntes Kapitel

Die Stadt lag träge und faul in der Glut der transkaukasischen Augustsonne. Ihr uraltes, runzliges Gesicht war unverändert. Viele Russen waren verschwunden. Sie zogen ins Feld für Zar und Vaterland. Die Polizei durchsuchte die Wohnungen nach Deutschen und Österreichern. Das Öl stieg im Preis, und die Menschen innerhalb und außerhalb der großen Mauer waren zufrieden und glücklich. Nur berufsmäßige Teehausbesucher lasen die Heeresberichte. Der Krieg war weit weg, auf einem andern Planeten. Die Namen der eroberten oder verlorenen Städte klangen fremd und fern. Bildnisse der Generäle blickten freundlich und siegesbewußt von den Titelseiten der Zeitschriften. Ich fuhr nicht nach Moskau zum Institut. Ich wollte mich im Krieg nicht von der Heimat trennen. Das Studium würde mir nicht davonlaufen. Viele Leute verachteten mich deswegen und auch, weil ich noch nicht im Felde war. Wenn ich aber vom Dach unseres Hauses auf den bunten Wirbel der alten Stadt hinabblickte, wußte ich, daß kein Aufruf des Zaren mich je von der heimatlichen Erde, von der heimatlichen Mauer trennen könnte.

Der Vater fragte mich erstaunt und besorgt:

»Willst du denn wirklich nicht in den Krieg gehen? Du, Ali Khan Schirwanschir?«

»Nein, Vater, ich will nicht.«

»Die meisten unserer Ahnen sind im Felde gefallen. Es ist der natürliche Tod in unserer Familie.«

»Ich weiß, Vater. Auch ich werde im Felde fallen, aber nicht jetzt und nicht so weit weg.«

»Lieber in Ehren sterben als in Unehren leben.«

»Ich lebe nicht ehrlos. Ich habe keine Pflichten in diesem Krieg.«

Der Vater sah mich mißtrauisch an. War sein Sohn feige?

Zum hundertsten Male erzählte er mir die Geschichte unserer Familie: Noch unter Nadir Schah kämpften fünf Schirwanschirs für das Reich des Silbernen Löwen. Vier fielen im Feldzug gegen Indien. Nur ein einziger kam mit reicher Beute aus Delhi zurück. Er kaufte Güter, baute Paläste und überlebte den grimmigen Herrscher. Als dann Schah Rukh gegen Hussein Khan kämpfte, schlug sich dieser Ahne auf die Seite des wilden Kadscharenfürsten Aga Mohammed. Mit acht Söhnen folgte er ihm durch Send, Khorossan und Georgien. Nur drei von ihnen blieben am Leben, leisteten dem großen Eunuchen, auch als er Schah geworden war, weiterhin Gefolgschaft. In der Nacht seiner Ermordung standen ihre Zelte im Lager Aga Mohammeds in Schuscha. Mit dem Blut von neun Familienmitgliedern hatten die Schirwanschirs die Güter bezahlt, mit denen Feth Ali, der sanfte Erbe Aga Mohammeds, sie in Schirwan, Mezendaran, Giljan und Aserbeidschan belehnte. Die drei Brüder herrschten über Schirwan als erbliche Vasallen des Königs der Könige. Dann kamen die Russen. Ibrahim Khan Schirwanschir verteidigte Baku, und sein Heldentod bei Gandscha bedeckte den Namen Schirwanschir mit neuem Ruhm. Erst nach dem Frieden von Turkmentschai trennten sich die Güter, die Fahnen und die Schlachtfelder der Schirwanschirs. Die persischen Mitglieder der Sippe kämpften und starben unter Mohammed Schah und Nassreddin Schah in den Feldzügen gegen Turkmenen und Afghanen, die russischen verbluteten für den Zaren im Krimkrieg, im Kampf gegen die Türkei und im japanischen Krieg. Dafür haben wir Güter und Orden, und die Söhne bestehen ihre Matura auch dann, wenn sie das Gerundium nicht vom Gerundivum unterscheiden können.

»Wieder ist Krieg im Land«, schloß mein Vater, »doch du, Ali Khan Schirwanschir, sitzt auf dem Teppich der Feigheit, versteckst dich hinter dem milden Gesetz des Zaren. Was nützen Worte, wenn die Geschichte unserer Familie nicht in dein

Blut eingegangen ist. Nicht auf toten, vergilbten, verstaubten Blättern eines Buches, nein, in deinen Adern, in deinem Herzen müßtest du die Heldentaten deiner Ahnen lesen.«

Mein Vater schwieg betrübt. Er verachtete mich, denn er verstand mich nicht. War sein Sohn feige? Es war Krieg im Lande, und sein Sohn stürzte sich nicht in den Kampf, lechzte nicht nach dem Blut der Feinde, wollte nicht die Tränen in ihren Augen sehen. Nein, dieser Sohn war entartet!

Ich saß auf dem Teppich, an weiche Kissen gelehnt, und sagte scherzhaft:

»Du hast mir die Erfüllung dreier Wünsche geschenkt. Der erste war ein Sommer in Karabagh. Jetzt kommt der zweite: Ich ziehe das Schwert, wann ich will. Ich glaube, es wird nie zu spät sein. Der Friede ist vorbei – für lange Zeit. Unser Land wird mein Schwert noch brauchen.«

»Gut«, sagte der Vater.

Danach schwieg er, sprach nicht mehr vom Krieg, sondern blickte mich nur forschend von der Seite an. Vielleicht war der Sohn doch nicht entartet.

Ich sprach mit dem Mullah von der Taza-Pir-Moschee. Der Mullah verstand mich sofort. Er kam ins Haus, in wallenden Gewändern, den Geruch von Ambra verbreitend. Er schloß sich mit dem Vater ein und sagte ihm, daß nach dem Wortlaut des Korans dieser Krieg für einen Muslim keine Pflicht sei. Er belegte seine Worte mit vielen Sprüchen des Propheten. Seitdem hatte ich in meinem Hause Ruhe.

Aber nur im Hause. Die Kriegslust hatte unsere Jugend ergriffen, und nicht jeder war besonnen genug, sich zurückzuhalten. Manchmal besuchte ich meine Freunde. Dann passierte ich das Tor Zizianaschwilis, bog nach rechts in die Aschumgasse ein, durchquerte die Straße der heiligen Olga und schlenderte gemütlich dem Hause des alten Seinal Aga zu.

Iljas Beg saß am Tisch, über militärische Abhandlungen gebeugt. Neben ihm, mit gerunzelter Stirn und erschrockenem Gesicht, kauerte Mehmed Haidar, der Dümmste aus der ganzen Schule. Der Krieg hatte ihn aufgerüttelt. Er hatte fluchtartig das Haus des Wissens verlassen und hegte, gleich Iljas Beg, nur noch einen Wunsch: die goldenen Achselstücke des Offiziers auf seinen Schultern zu spüren. Beide bereiteten sich auf die Offiziersprüfung vor. Wenn ich ins Zimmer trat, hörte ich gewöhnlich das verzweifelte Gemurmel Mehmed Haidars:

»Die Aufgabe der Armee und Flotte ist die Verteidigung des Zaren und des Vaterlandes gegen den äußeren und inneren Feind.«

Ich nahm dem Armen sein Buch aus der Hand und prüfte ihn.

»Wer, teurer Mehmed Haidar, ist der äußere Feind?«

Er runzelte die Stirn, dachte krampfhaft nach und platzte heraus: »Die Deutschen und die Österreicher.«

»Weit gefehlt, mein Lieber«, frohlockte ich und las triumphierend: »Äußerer Feind ist jede militärische Formation, die in kriegerischer Absicht unsere Grenzen zu überschreiten droht.«

Dann wandte ich mich Iljas Beg zu: »Was versteht man unter einem Schuß?«

Iljas Beg antwortete wie ein Automat: »Unter einem Schuß versteht man das Herausschleudern der Kugel aus der Mündung des Laufs mit Hilfe von Pulvergas.«

Dieses Frage- und Antwortspiel dauerte eine gute Weile. Wir staunten sehr, wie schwer es war, einen Feind nach allen Regeln der Wissenschaft umzubringen, und wie dilettantisch diese Kunst bis jetzt in unserem Land geübt worden war. Dann schwärmten die beiden – Mehmed Haidar und Iljas Beg – von den Freuden des künftigen Feldzugs. Fremde Frauen, die man heil und ganz auf den Trümmern eroberter Städte aufgelesen hatte, spielten dabei die maßgebende Rolle. Nach einer Stunde hemmungsloser Träumerei stellten beide fest, daß jeder Soldat seinen Marschallstab im Tornister trage, und blickten mich herablassend an.

»Wenn ich Offizier bin«, sagte Mehmed Haidar, »mußt du auf der Straße mir den Vortritt geben und mich ehren. Denn dann verteidige ich mit meinem tapferen Blute dein faules Fleisch.«

»Bis du Offizier bist, ist der Krieg schon längst verloren, und die Deutschen haben Moskau erobert.«

Die beiden künftigen Helden waren über diese Prophezeiung keineswegs empört. Es war ihnen gleich, wer den Krieg gewinnen würde, ebenso gleich wie mir. Zwischen uns und der Front lag ein Sechstel der Welt. So viel konnten die Deutschen gar nicht erobern. Statt des einen christlichen Monarchen würde ein anderer christlicher Monarch über uns herrschen. Das war alles. Nein, für Iljas Beg war der Krieg ein Abenteuer, für Mehmed Haidar der willkommene Anlaß, sein Schulstudium auf würdige Art zu beenden und sich einem natürlichen männlichen Beruf zu widmen. Sicherlich würden beide gute Frontoffiziere abgeben. An Mut fehlte es unserem Volk nicht. Aber wozu? Das fragte sich weder Iljas Beg noch Mehmed Haidar, und all meine Mahnungen wären sinnlos gewesen, denn der Blutdurst des Orients war in den beiden erwacht.

Nachdem man mich ausgiebig verachtet hatte, verließ ich das Haus Seinal Agas. Durch das Gewirr des armenischen Stadtviertels gelangte ich zur Meerespromenade. Die Kaspische See, salzig und bleiern, beleckte die Granitmole. Ein Kanonenboot lag im Hafen. Ich nahm auf einer Bank Platz und blickte auf die kleinen einheimischen Segelboote, die tapfer mit den Wellen kämpften. In solch einem Boot könnte ich leicht und bequem nach Persien zum Hafen Astara fahren, einem verfallenen, friedlichen Nest der Pforte zum großen, grünen Lande des Schahs. Dort gab es wehmütige Liebesseufzer der klassischen Dichter, die Erinnerungen an die Heldentaten des Recken Rustem und an die duftenden Rosengärten in den Palästen bei Teheran. Ein schönes, verträumtes Land.

Ich ging mehrmals die Promenade auf und ab. Es war mir immer noch ungewohnt, Nino in ihrem Hause zu besuchen. Es widersprach allen Begriffen der guten Sitte. Im Hinblick auf den Krieg glaubte aber der alte Kipiani ein Auge zudrükken zu können. Endlich holte ich Atem und lief die Treppe des vierstöckigen Hauses hinauf. Im zweiten Stock hing ein Messingschild mit der Aufschrift: »Fürst Kipiani.«

Ein Dienstmädchen mit weißer Schürze öffnete die Tür und machte einen Knicks. Ich gab ihr meine Mütze, obwohl die gute orientalische Sitte verlangt, daß der Gast die Mütze aufbehält. Ich wußte aber, was sich in Europa gehört. Die fürstliche Familie saß im Salon beim Tee.

Es war ein großer Raum, die Möbel darin mit roter Seide bezogen. Die Wände waren weder gestrichen noch mit Teppichen bedeckt, sondern tapeziert. Die fürstliche Familie trank englischen Tee aus großen Tassen mit schönen Verzierungen. Es gab Zwieback und Biskuit, und ich küßte der Fürstin die Hand, die nach Zwieback, Biskuit und Lavendelwasser roch. Der Fürst drückte mir die Hand, und Nino reichte mir drei Finger, verstohlen in die Teetasse blickend.

Ich setzte mich und bekam Tee.

»Sie haben sich also entschlossen, vorläufig nicht in den Krieg zu ziehen«, fragte der Fürst huldvoll.

»Ja, Fürst, vorläufig nicht.«

Die Fürstin stellte die Tasse nieder:

»Ich würde aber an Ihrer Stelle irgendeinem Kriegshilfekomitee beitreten. Dann haben Sie wenigstens eine Uniform.«

»Vielleicht, Fürstin, das ist ein guter Gedanke.«

»Ich werde es auch tun«, sagte der Fürst. »Wenn ich auch in meinem Geschäft unabkömmlich bin, muß ich doch die freie Zeit dem Vaterland opfern.«

»Ganz richtig, Fürst. Ich habe aber leider so schrecklich

wenig freie Zeit. Ich fürchte, das Vaterland wird wenig Nutzen von mir haben.«

Der Fürst war aufrichtig erstaunt:

»Womit beschäftigen Sie sich denn?«

»Ich widme mich der Verwaltung meiner Güter, Fürst.«

Der Satz saß. Ich hatte ihn irgendeinem englischen Roman entnommen. Wenn ein vornehmer Lord gar nichts zu tun hat, so widmet er sich der Verwaltung seiner Güter. Ich gewann zusehends in den Augen der fürstlichen Eltern. Noch einige vornehme Sätze, und Nino erhielt die Erlaubnis, abends mit mir die Oper zu besuchen. Ich küßte wieder die weiche Hand der Fürstin, verbeugte mich und sprach sogar das »R« auf Petersburger Art aus. Ich versprach, um halb acht wiederzukommen.

Nino begleitete mich zur Tür, und als das Dienstmädchen mir die Mütze reichte, errötete sie tief, senkte den Kopf und sagte in bezauberndem, gebrochenem Tatarisch:

»Ich freue mich schrecklich, daß du hierbleibst. Wirklich, ich freue mich. Aber sag, Ali, fürchtest du dich wirklich so vor dem Krieg? Männer müssen doch den Kampf lieben. Ich würde auch deine Wunden lieben.«

Ich errötete nicht. Ich nahm ihre Hand und drückte sie.

»Ich fürchte mich nicht. Irgendwann wirst du auch meine Wunden pflegen dürfen. Wenn es dir aber Spaß macht, kannst du mich bis dahin als Feigling betrachten.«

Nino sah mich verständnislos an. Ich ging nach Hause und zerschnitt ein altes Lehrbuch der Chemie in tausend Papierfetzen.

Dann trank ich richtigen persischen Tee und bestellte eine Loge in der Oper.

Zehntes Kapitel

Rasch die Augen schließen, mit den Händen die Ohren zuhalten und in sich versinken. Wie war das? Damals in Teheran?

Eine ungeheure, blaue, steinerne Halle mit dem edlen Namenszug des Schahs Nassreddin über dem Eingang. In der Mitte eine viereckige Bühne, und im ganzen Saal, sitzend, stehend, liegend, würdige Männer, aufgeregte Kinder, schwärmerische Jünglinge andächtige Zuschauer beim Passionsspiel des heiligen Hussein. Der Saal ist spärlich beleuchtet. Auf der Bühne trösten bärtige Engel den Jüngling Hussein. Der grimmige Kalif Jesid schickt seine Reiter in die Wüste, um den Kopf des heiligen Jünglings zu holen. Klagelieder werden vom Geklirr der Degen unterbrochen. Ali, Fatima und Eva, die erste Frau, wandern über die Bühne und singen vielstrophige Rubayats. Auf einer schweren Goldplatte wird dem gottlosen Kalifen der Kopf des Jünglings überreicht. Die Zuschauer zittern und weinen. Ein Mullah geht durch die Reihen und sammelt mit Watte die Tränen der Zuschauer in eine kleine Flasche. Magische Kräfte aller Art sind in diesen Tränen enthalten. Je tiefer der Glaube der Zuschauer, desto gewaltiger die Wirkung des Spieles. Ein Brett wird zur Wüste, ein Kasten zum diamantbelegten Thron des Kalifen, ein paar Holzpfähle zum Garten Eden und ein bärtiger Mann zur Tochter des Propheten.

Nun die Augen öffnen, die Hände sinken lassen, sich umschauen.

Grelles Licht unzähliger elektrischer Birnen. Roter Samt in den Logen, die von vergoldeten Gipsgöttern getragen werden. Glatzen strahlen aus dem Zuschauerraum wie Sterne vom nächtlichen Firmament. Die Frauen haben weiße Rükken und nackte Arme. Ein dunkler Abgrund trennt die Zuschauer von der Bühne. In diesem Abgrund sitzen schüchtern aussehende Menschen mit Musikinstrumenten. Über dem Parkett liegt das ineinanderfließende Geräusch halblauter Unterhaltungen, raschelnder Programmhefte, klappernder Damenfächer und Lorgnons: die Bakuer städtische Oper wenige Minuten vor Beginn von »Eugen Onegin«.

Nino saß neben mir. Ihr schmales Gesicht war mir zugewandt. Ihre Lippen waren feucht, die Augen trocken. Sie sprach wenig. Als es dunkel wurde, legte ich meinen Arm um ihre Schulter. Sie beugte den Kopf zur Seite und schien ganz in die Tschaikowskische Musik vertieft. Eugen Onegin wanderte im Biedermeierrock über die Bühne, und Tatjana sang eine Arie.

Ich ziehe die Oper dem Schauspiel deshalb vor, weil mir die Handlung von vornherein bekannt ist und ich mich nicht, wie im Theater, anstrengen muß, um zu verstehen, was auf der Bühne vorgeht. Die Musik stört mich nur selten, höchstens, wenn sie sehr laut wird. Es ist dunkel im Saal, und wenn ich die Augen schließe, denken die Nachbarn, daß meine Seele im symphonischen Ozean versunken ist.

Diesmal hielt ich die Augen offen. Hinter Ninos zartem Profil, das etwas vorgeneigt war, sah ich die ersten Reihen des Parketts. In der Mitte der dritten Reihe saß ein dicker Mann mit Schafsaugen und philosophischer Stirn, mein alter Freund Melik Nachararjan, der vornehmste Armenier Schuschas. Sein Kopf bewegte sich zwischen Ninos linkem Auge und ihrer Nase im Takt der Arie.

»Schau, da ist Nachararjan«, flüsterte ich ihr zu.

»Sieh auf die Bühne, du Barbar«, flüsterte sie zurück, warf aber dennoch dem dicken Armenier einen Blick zu.

Dieser wandte sich um und nickte freundlich mit dem Kopf.

In der Pause traf ich ihn am Büfett, wo ich für Nino Pralinen besorgte. Er kam in unsere Loge und saß dick, klug und ein wenig kahlköpfig da.

»Wie alt sind Sie, Melik Nachararjan?« fragte ich ihn.

»Dreißig«, antwortete er.

Nino wurde aufmerksam.

»Dreißig?« sagte sie. »Dann werden wir Sie wohl nicht lange bei uns in der Stadt sehen.«

»Wieso, Prinzessin?«

»Ihr Jahrgang ist ja schon einberufen.«

Er lachte laut, seine Augen quollen hervor, und der dicke Bauch schüttelte sich: »Leider, Prinzessin, darf ich nicht in den Krieg gehen. Der Arzt hat bei mir ein unheilbares Nebenhöhlenemphysem festgestellt. Ich mußte zurückbleiben.«

Der Name der Krankheit klang exotisch und erinnerte an Bauchschmerzen. Nino machte ganz große Augen.

»Ist das eine so gefährliche Krankheit?« fragte sie teilnahmsvoll.

»Wie man es nimmt. Mit Hilfe eines verantwortungsbewußten Arztes kann jede Krankheit gefährlich werden.«

Nino war erstaunt und empört zugleich.

Melik Nachararjan stammte aus der edelsten armenischen Familie von Karabagh. Sein Vater war General. Er selbst bärenstark, kerngesund und unverheiratet. Als er die Loge verließ, bat ich ihn, nach der Oper mit uns zu soupieren. Er dankte höflich und nahm an.

Der Vorhang hob sich, und Ninos Kopf lehnte sich an meine Schulter. Bei den Klängen des berühmten Tschaikowskischen Walzers schlug sie sogar die Augen zu mir auf und flüsterte:

»Im Vergleich zu ihm bist du beinahe ein Held. Du hast wenigstens keine Nebenhöhlen.«

»Die Armenier haben mehr Phantasie als die Mohammedaner«, versuchte ich Nachararjan zu entschuldigen.

Ninos Kopf blieb auch dann an meiner Schulter ruhen, als der heldische Tenor Lensky vor die Mündung der Pistole Onegins trat und programmgemäß erschossen wurde.

Es war ein leichter, eleganter und vollkommener Sieg, der gefeiert werden mußte.

Nachararjan erwartete uns am Eingang der Oper. Er hatte ein Auto, das im Vergleich zu dem Pferdegespann des Schirwanschirschen Hauses ungemein vornehm und europäisch war. Wir fuhren durch die nächtlichen Gassen unserer Stadt, am Gymnasium und Lyzeum vorbei. Nachts hatten die beiden Häuser ein beinahe freundliches Aussehen. Wir hielten vor der Marmortreppe des Stadtklubs. Es war nicht ganz unbedenklich. Nino besuchte noch das Lyzeum. Wenn aber der eine Herr den Namen Schirwanschir führt und der andere Nachararjan heißt, kann eine Prinzessin Kipiani ruhig gegen die Regeln des Lyzeums der heiligen Tamar verstoßen.

Wir gingen zu der hellerleuchteten Terrasse des Klubs, die auf den nächtlichen Gouverneursgarten hinausführte. Ich sah die Sterne, das sanft glitzernde Meer und die Leuchttürme der Insel Nargin.

Die Gläser klirrten. Nino und Nachararjan tranken Sekt. Da mich nichts in der Welt, nicht einmal Ninos Augen, zwingen könnten, öffentlich in meiner Heimatstadt Alkohol zu trinken, schlürfte ich, wie gewöhnlich, eine Orangeade. Als die sechsköpfige Tanzkapelle uns endlich eine Pause gönnte, sagte Nachararjan ernst und nachdenklich:

»Da sitzen wir nun, die Vertreter der drei größten Völker Kaukasiens: eine Georgierin, ein Mohammedaner, ein Armenier. Unter demselben Himmel geboren, von derselben Erde getragen, verschieden und dennoch eins – wie die drei Wesen Gottes. Europäisch und asiatisch zugleich, vom Westen und vom Osten empfangend und beiden gebend.«

»Ich glaubte immer«, sagte Nino, »das Element des Kaukasiers sei der Kampf. Und nun sitze ich zwischen zwei Kaukasiern, von denen keiner kämpfen will.«

Nachararjan blickte sie nachsichtig an: »Beide wollen kämpfen, Prinzessin, beide, aber nicht gegeneinander. Eine steile Wand trennt uns von den Russen. Diese Wand ist das kaukasische Gebirge. Siegen die Russen, dann wird unser Land vollends russisch. Wir verlieren unsere Kirchen, unsere Sprache, unsere Eigenart. Wir werden Bastarde von Europa und Asien, anstatt die Brücke zwischen den beiden Welten zu bilden. Nein, wer für den Zaren kämpft, kämpft gegen den Kaukasus.«

Die Schulweisheit des Lyzeums der heiligen Tamar sprach aus Nino: »Perser und Türken zerrissen unser Land. Der Schah verwüstete den Osten, der Sultan den Westen. Wie viele georgische Sklavinnen kamen in den Harem! Die Russen sind ja nicht von selbst einmarschiert. Wir haben sie gerufen. Georg XII. hat freiwillig seine Krone dem Zaren abgetreten: ›Nicht zur Mehrung der ohnehin unendlichen Gebiete unseres Kaiserreiches übernehmen wir den Schutz über das Königreich Georgien.‹ Kennt ihr denn nicht diese Worte?«

Natürlich kannten wir sie. Acht Jahre lang hatte man uns in der Schule den Wortlaut des Manifestes eingehämmert, das Alexander I. vor hundert Jahren an uns erlassen hatte. An der Hauptstraße von Tiflis standen diese Worte auf bronzener Tafel: »Nicht zur Mehrung der ohnehin unendlichen ...«

Nino hatte nicht unrecht. Die Harems waren damals voll von gefangenen kaukasischen Frauen, die Straßen der kaukasischen Städte voll von christlichen Leichen. Ich hätte ja Nino antworten können: »Ich bin Mohammedaner, ihr seid Christen. Gott hat uns euch zur Beute geschenkt.« Ich schwieg aber und wartete auf die Antwort Nachararjans:

»Sehen Sie, Prinzessin«, sagte er, »ein politisch denkender Mensch muß den Mut zur Ungerechtigkeit, zur Unobjektivität aufbringen. Ich gebe zu: Mit den Russen kam Friede ins Land. Diesen Frieden können aber wir, die Völker Kaukasiens, jetzt auch ohne die Russen aufrechterhalten. Die Russen geben an, daß sie uns gegeneinander schützen müssen. Deshalb die russischen Regimenter, die russischen Beamten und Gouverneure. Aber, Prinzessin, urteilen Sie selbst, müssen Sie vor mir geschützt werden? Muß ich vor Ali Khan geschützt werden? Saßen wir nicht alle friedlich im Kreis auf dem bunten Teppich bei der Quelle von Pechachpür? Persien ist doch heute kein Feind mehr, vor dem sich die kaukasischen Völker fürchten müßten. Der Feind sitzt im Norden, und dieser Feind redet uns ein, wir seien Kinder, die voreinander geschützt werden sollten. Wir sind aber schon lange keine Kinder mehr.«

»Und darum gehen Sie nicht in den Krieg?« fragte Nino.

Nachararjan hatte zuviel Sekt getrunken. »Nicht nur darum«, sagte er, »ich bin faul und bequem. Ich verüble den Russen die Beschlagnahme der armenischen Kirchengüter, und auf der Terrasse dieses Klubs ist es schöner als in den Schützengräben. Meine Familie hat genug Ruhm gesammelt. Ich bin ein Genießer.«

»Ich bin anderer Meinung«, sagte ich, »ich bin kein Genießer, und ich liebe den Krieg. Aber nicht diesen Krieg.«

»Sie sind jung, mein Freund«, sagte Nachararjan und trank.

Er sprach lange und sicherlich sehr klug. Als wir aufbrachen, war Nino beinahe von der Richtigkeit seiner Gedanken überzeugt. Wir fuhren im Auto Nachararjans nach Hause. »Diese herrliche Stadt«, sagte er unterwegs, »die Pforte Europas. Wenn Rußland nicht so zurückgeblieben wäre, wären wir bereits ein europäisches Land.«

Ich dachte an die seligen Zeiten meines Geographieunterrichts und lachte vergnügt.

Es war ein guter Abend. Zum Abschied küßte ich Ninos Augen und Hände, während Nachararjan zum Meer blickte. Später brachte er mich bis zur Pforte Zizianaschwilis... Weiter kam das Auto nicht. Hinter der Mauer begann Asien.

»Werden Sie Nino heiraten?« fragte er noch.

»*Inschallah,* so Gott will.«

»Sie werden einige Schwierigkeiten zu überwinden haben, mein Freund. Falls Sie Hilfe brauchen, stehe ich Ihnen zur Verfügung. Ich bin dafür, daß sich die ersten Familien unserer Völker verschwägern. Wir müssen einig sein.«

Ich drückte ihm warm die Hand. Es gab also wirklich anständige Armenier. Die Entdeckung war verwirrend.

Ermüdet betrat ich das Haus. Der Diener hockte am Boden und las. Ich blickte in das Buch. Die arabische Zierschrift des Korans schlängelte sich über die Seiten. Der Diener stand auf und grüßte. Ich nahm das göttliche Buch und las:

»Oh, ihr, die ihr glaubt, sehet: Der Wein, das Spiel, die Bilder sind ein Greuel und Satanswerk. Meidet sie, vielleicht ergeht es euch dann wohl. Der Satan will euch abwenden von den Gedanken an Allah und vom Gebet.«

Die Seiten des Korans dufteten süßlich. Das dünne, gelbliche Papier knisterte. Das Wort Gottes, eingeklemmt zwischen zwei Lederdeckel, war streng und mahnend. Ich gab das Buch zurück und ging auf mein Zimmer. Der breite, niedrige Diwan war weich. Ich schloß die Augen, wie immer, wenn ich besonders gut sehen wollte. Ich sah Sekt, Eugen Onegin auf dem Ball, die hellen Schafsaugen Nachararjans, Ninos sanfte Lippen und die Schar der Feinde, die über die Bergmauer flutet, um unsere Stadt zu bezwingen.

Von der Straße herauf kam eintöniger Gesang. Es war Haschim, der Verliebte. Er war sehr alt, und niemand wußte, welcher Liebe er nachtrauerte. Man nannte ihn mit dem arabischen Ehrennamen Madjnun, der Liebeskranke. Zur Nachtzeit schlich er durch die leeren Gassen, setzte sich irgendwo an einer Straßenecke nieder und weinte und sang bis zum Morgengrauen von seiner Liebe und seinem Schmerz.

Der monotone Klang seiner Lieder wirkte einschläfernd. Ich drehte mich zur Wand und versank in Dunkel und Traum.

Das Leben war immer noch sehr schön.

Elftes Kapitel

Ein Stock hat zwei Enden. Ein oberes und ein unteres. Dreht man den Stock um, so ist das obere Ende unten und das untere oben. Am Stock indessen hat sich nichts geändert.

So ergeht es mir. Ich bin derselbe wie vor einem Monat und wie vor einem Jahr. Es ist derselbe Krieg draußen, und dieselben Generäle siegen oder werden besiegt. Doch wer mich noch vor kurzem Feigling nannte, senkt jetzt die Augen, wenn ich vorbeigehe; Freunde und Verwandte singen ein Lob meiner Weisheit, und mein eigener Vater sieht mich bewundernd an.

Am Stock indessen hat sich nichts geändert.

Eines Tages lief die Nachricht durch die Stadt: Seine Kaiserliche Majestät der Sultan des Hohen Ottomanischen Reiches, Mehmed V. Raschid, habe beschlossen, die Welt des Unglaubens mit Krieg zu überziehen. Seine siegreichen Truppen zögen gen Ost und West, um die Gläubigen vom Joche Rußlands und Englands zu befreien. Der Heilige Krieg sei erklärt, und die grüne Fahne des Propheten flattere über dem Palast des Kalifen.

So wurde ich zum Helden. Freunde kamen und lobten meinen Weitblick. Ich hatte recht gehabt, als ich mich weigerte, in den Krieg zu ziehen. Nie soll ein Mohammedaner gegen den Sultan kämpfen. Die Türken werden in Baku einziehen, und unser Volk wird sich mit dem ihren zu einer Gemeinde der Gläubigen vereinen.

Ich schwieg und verneigte mich stumm. Lob und Tadel müssen einen Weisen kühl lassen. Meine Freunde breiteten die Landkarten aus. Erbittert stritten sie, durch welchen Stadtteil die Türken in Baku einziehen würden. Ich entschied den Streit, indem ich sagte, die Türken würden, woher immer sie auch kämen, zuerst durch das Stadtviertel Armenikend einziehen, das Viertel der Armenier. Die Freunde sahen mich voll Bewunderung an und lobten meine Weisheit.

Über Nacht änderte sich die Seele der Menschen. Kein Muslim drängte sich mehr zu den Waffen. Für schweres Geld mußte Seinal Aga seinen plötzlich kriegsfaul gewordenen Iljas Beg in der Garnison von Baku unterbringen. Der Arme hatte knapp vor der türkischen Kriegserklärung seine Offiziersprüfung bestanden, und, o Wunder, selbst Mehmed Haidar war durchgerutscht. Jetzt waren beide Leutnants, saßen in der Kaserne und beneideten mich, der ich dem Zaren keinen Fahneneid geleistet hatte. Der Weg zurück war ihnen versperrt. Niemand hatte sie zum Eid gezwungen. Sie hatten ihn freiwillig abgelegt, und ich hätte mich als erster von ihnen abgewendet, wären sie eidbrüchig geworden.

Ich schwieg viel, meine Gedanken waren unklar. Nur hin und wieder ging ich abends von zu Hause weg und eilte zu der kleinen Festungsmoschee. In der Nähe der Moschee stand ein altes Haus. Dort wohnte Seyd Mustafa, ein Schulfreund von mir. Ihn besuchte ich in den späten Abendstunden.

Seyd Mustafa war ein Nachfahre des Propheten. Er hatte kleine geschlitzte Augen und ein pockennarbiges Gesicht. Er trug stets die grüne Schärpe seines Standes. Sein Vater war Imam in der kleinen Moschee und sein Großvater ein berühmter Gelehrter am Grab des Imam Reza in der heiligen Stadt Meschhed. Er betete fünfmal täglich. Mit Kreide schrieb er auf seine Sohlen den Namen des gottlosen Kalifen Jesid, um täglich den Feind des Glaubens mit Füßen zu treten. Am heiligen Trauertage des 10. Moharrem zerfetzte er die Haut an seiner Brust bis aufs Blut. Nino schien er zu bigott, und sie verachtete ihn darum. Ich liebte ihn der Klarheit seines Blickes wegen; denn er konnte wie kein anderer Gut und Böse, Wahr und Unwahr voneinander unterscheiden.

Er empfing mich mit dem heiteren Lächeln eines Weisen.

»Hast du gehört, Ali Khan? Der reiche Jakub Oghly hat

zwölf Kisten Sekt gekauft, um sie mit dem ersten türkischen Offizier zu leeren, der in die Stadt einzieht. Sekt! Sekt zu Ehren des mohammedanischen Heiligen Krieges!«

Ich zuckte die Achseln.

»Was verwunderst du dich noch, o Seyd? Die Menschen haben den Verstand verloren.«

»Wem Allah zürnt, den führt er irre«, sagte Seyd grimmig. Er sprang auf, und seine Lippen bebten. »Acht Mann sind gestern geflohen, um in der Armee des Sultans zu dienen. Acht Mann! Ich frage dich, Khan, was geht vor in den Köpfen dieser acht?«

»Sie sind leer wie der Bauch eines hungrigen Esels«, antwortete ich vorsichtig.

Seyds verbissener Zorn kannte keine Grenzen.

»Siehe«, rief er, »Schiiten kämpfen für den sunnitischen Kalifen. Hat nicht Jesid das Blut des Prophetenenkels vergossen? Hat nicht Moawia den gepriesenen Ali hingemordet? Wem gehört das Erbe des Propheten? Dem Kalifen oder dem Unsichtbaren, dem Imam der Ewigkeit, der das Blut des Propheten in seinen Adern hat? Seit Jahrhunderten trauert das Volk der Schiiten, fließt Blut zwischen uns und den Abtrünnigen, die schlimmer sind als die Ungläubigen. Hie Schia, hie Sunna, und zwischen beiden gibt es keine Brücke. Es ist noch gar nicht lange her, daß Sultan Selim vierzigtausend Schiiten abschlachten ließ. Und nun? Schiiten kämpfen für den Kalifen, der das Erbe des Propheten gestohlen hat. Vergessen ist alles, das Blut der Frommen, das Mysterium der Imame. Hier in unserer schiitischen Stadt sitzen Menschen und warten sehnsüchtig darauf, daß der Sunnite kommen und unsern Glauben zerstören wird. Was will der Türke?! Bis Urmia ist Enver vorgerückt. Iran wird geteilt. Der Glaube zerstört. O Ali, komm mit flammendem Schwert, richte die Abtrünnigen! O Ali, Ali...!«

Tränen flossen über sein Gesicht. Er ballte seine Hand zur

Faust und schlug sich dumpf an die Brust. Erschüttert sah ich ihn an. Ich wußte nicht mehr, was recht und was unrecht war. Ja, die Türken waren Sunniten. Und doch sehnte sich mein Herz nach dem Einzug Envers in unsere alte Stadt. Was war das? War das Blut unserer Märtyrer wirklich umsonst geflossen?

»Seyd«, sagte ich, »die Türken sind unseres Stammes. Ihre Sprache ist unsere Sprache. Das Blut Turans fließt in unser beider Adern. Vielleicht stirbt es sich deshalb leichter unter dem Halbmond des Kalifen.«

Seyd Mustafa trocknete seine Augen.

»In meinen Adern fließt das Blut Mohammeds«, sagte er kühl und stolz. »Das Blut Turans? Ich glaube, du hast selbst das wenige vergessen, was du in der Schule gelernt hast. Fahr in die Berge von Altai oder noch weiter, zur Grenze Sibiriens: Wer wohnt dort? Türken, wie wir, unserer Sprache und unseres Blutes. Gott hat sie irregeführt, und sie sind Heiden geblieben, beten die Götzen an: den Wassergott Su-Tengri, den Himmelsgott Teb-Tengri. Wenn diese Jakuten oder Altaier mächtig wären und gegen uns kämpften, sollten dann wir Schiiten uns über die Siege der Heiden freuen, nur weil sie unseres Blutes sind?«

»Was sollen wir tun, Seyd?« fragte ich. »Irans Schwert ist verrostet. Wer gegen die Türken kämpft, hilft dem Zaren. Sollen wir im Namen Mohammeds das Kreuz des Zaren gegen den Halbmond des Kalifen verteidigen? Was sollen wir tun, Seyd?«

Mustafas Gesicht war unsagbar traurig. Er sah mich an, und mir schien, als spräche die ganze Verzweiflung eines sterbenden Jahrhunderts aus seinen Augen.

»Was wir tun sollen, Ali Khan? Ich weiß es selber nicht.«

Seyd Mustafa war ein ehrlicher Mensch.

Ich schwieg betroffen. Die Petroleumlampe im Zimmer Seyds qualmte. Im schmalen Lichtkreis leuchteten die Farben des Gebetsteppichs. Der Teppich glich einem Garten, den man zusammenfalten und auf Reisen mitnehmen kann. Er, Seyd Mustafa, hatte es leicht, die Sünden des Volkes zu verdammen. Er war auf Erden wie auf einer Reise. Noch zehn, noch zwanzig Jahre, und er wird Imam sein, am Grabe Rezas in Meschhed, einer jener Weisen, die unsichtbar das Schicksal Persiens leiten. Er hatte schon jetzt die müden Augen eines Greises, der um sein Greisentum weiß und es bejaht. Keinen Zoll des wahren Glaubens wird er preisgeben, auch wenn dadurch Persien wieder groß und mächtig werden könnte. Lieber zugrunde gehen, als durch den Kot der Sünde zum Irrlicht des irdischen Glanzes zu gelangen. Deshalb schweigt er und weiß keinen Rat. Deshalb liebe ich ihn, den einsamen Wächter an der Schwelle des wahren Glaubens.

»Unser Schicksal liegt in Allahs Hand, Seyd Mustafa«, sagte ich ablenkend. »Möge Gott uns auf den rechten Weg leiten. Heute wollte ich etwas anderes mit dir besprechen.«

Seyd Mustafa blickte auf seine hennagefärbten Nägel. Ein Rosenkranz aus Bernstein glitt durch seine Finger. Er schlug die Augen auf, und sein pockennarbiges Gesicht wurde breit:

»Ich weiß, Ali Khan, du willst heiraten.«

Bestürzt fuhr ich auf. Ich hatte die Absicht, mit Seyd Mustafa die Gründung einer mohammedanisch-schiitischen Pfadfinderorganisation zu besprechen. Er aber maßte sich schon jetzt das Amt und Wissen eines Seelsorgers an.

»Woher weißt du, daß ich heiraten will, und was geht es dich an?«

»Ich sehe es an deinen Augen, und es geht mich wohl etwas an, denn ich bin dein Freund. Du willst Nino heiraten, die mich nicht mag und die eine Christin ist.«

»So ist es, Mustafa. Was sagst du dazu?«

Mustafa blickte durchdringend und weise:

»Ich sage ›ja‹, Ali Khan. Ein Mann muß heiraten, und am besten die Frau, die ihm gefällt. Es ist nicht nötig, daß er auch ihr gefalle. Ein kluger Mann wirbt nicht um die Gunst einer Frau. Die Frau ist nur ein Acker, den der Mann befruchtet. Muß denn ein Feld den Bauer lieben? Es genügt doch, wenn der Bauer sein Feld liebt. Heirate. Aber vergiß nie, daß die Frau nur ein Acker ist.«

»Glaubst du also, daß eine Frau weder Seele noch Verstand hat?« fragte ich. Er sah mich mitleidig an:

»Wie kannst du fragen, Ali Khan? Natürlich hat eine Frau weder Verstand noch Seele. Wozu denn auch? Es genügt, daß sie tugendhaft ist und viele Kinder bekommt. Das Gesetz sagt: Das Zeugnis eines Mannes gilt mehr als das Zeugnis dreier Frauen. Vergiß das nicht, Ali Khan.«

Ich war gefaßt darauf, daß der fromme Seyd mich verfluchen würde, wenn er hörte, daß ich eine Christin heiraten wollte, die ihn nicht mochte. Seine Antwort rührte mich. Er war wirklich ehrlich und weise. Ich sagte sanft:

»Es stört dich also nicht, daß sie eine Christin ist? Oder soll sie zum Islam übertreten?«

»Wozu?« fragte er. »Ein Geschöpf ohne Verstand und Seele hat ja doch keinen Glauben. Auf eine Frau wartet weder Paradies noch Hölle. Sie zerfällt nach dem Tode in nichts. Die Söhne müssen natürlich Schiiten sein.«

Ich nickte.

Er erhob sich und ging zum Bücherschrank. Seine langen Affenhände ergriffen ein staubiges Buch. Ich warf einen Blick auf den Einband. Die persische Überschrift lautete: *Dscheinabi: Tewarichi Al-y-Seldschuk* – die Geschichte des Hauses der Seldschuken. Er schlug das Buch auf.

»Hier«, sagte er, »Seite 207.« Dann las er:

»Im Jahre der Flucht 637 starb im Schloß Kabadia Sultan Alaeddin Kaikobad. Den Thron der Seldschuken bestieg Chajasseddin Keichosrow. Dieser vermählte sich mit der Tochter eines georgischen Fürsten, und so gewaltig war seine Liebe zu der christlichen Georgierin, daß er befahl, ihr Bild neben dem seinen auf die Münzen zu prägen. Da kamen die Weisen und Frommen und sagten: ›Nicht verletzen soll der Sultan die Gesetze Gottes. Sein Vorhaben ist eine Sünde.‹ Der Gewaltige zürnte: ›Mich hat Gott über euch gesetzt. Gehorsam ist euer Los.‹ Da gingen die Weisen und waren traurig. Gott aber erleuchtete den Sultan. Er rief die Weisen und sprach also: ›Ich will nicht die heiligen Gesetze verletzen, die zu befolgen Gott mir auferlegt hat. Es sei deshalb wie folgt: Der Löwe mit langer Mähne und einem Degen in der rechten Pranke, das bin ich. Die Sonne, die aufgeht über meinem Haupt, das ist die Frau meiner Liebe. Es werde Gesetz.‹ Seit jener Zeit sind Löwe und Sonne die Symbole Persiens. Weise Männer aber sagen: Es gibt keine schöneren Frauen als die aus Georgien.«

Mustafa schloß das Buch und grinste mich an.

»Siehst du, was Keichosrow getan hat, tust jetzt du. Kein Gesetz verbietet es. Georgische Frauen sind ein Teil der Beute, die der Prophet den Frommen verheißen hat: ›Geh und nimm sie.‹ So steht es im Buch.«

Sein finsteres Gesicht war plötzlich weich geworden. Die kleinen, bösen Augen leuchteten. Er war glücklich, die kleinlichen Bedenken des zwanzigsten Jahrhunderts durch das Wort des heiligen Buches zu zerstreuen. Mögen die Ungläubigen wissen, wo der wahre Fortschritt ist.

Ich umarmte und küßte ihn. Ich ging weg, und meine Schritte in den nächtlichen Gassen klangen sicher und fest. Hinter mir standen das heilige Buch, der alte Sultan und der gelehrte Mustafa.

Zwölftes Kapitel

Die Wüste ist wie die Pforte zu einer geheimnisvollen Welt. Staub und Gestein wirbeln unter den Hufen meines Pferdes. Der Kosaken-Sattel ist weich, als wäre er mit Daunen gefüllt. In diesem Sattel kann der Terek-Kosake schlafen, liegen und stehen. Die Satteltaschen bergen sein Hab und Gut: einen Laib Brot, eine Flasche Wodka und geraubte Goldmünzen aus den Dörfern der Kabardiner. Meine Satteltaschen sind leer. Ich höre das Sausen des Wüstenwindes. Ich jage dahin, aufgelöst in der Unendlichkeit des grauen Sandes. Der kabardinische Filzmantel, die Burka, liegt weich und schützend um meine Schultern. Räuber und Ritter haben dieses Kleidungsstück erfunden, für Raub und Ritt. Es läßt weder Sonnenstrahlen noch Regentropfen durch. Ein paar Griffe, und aus dem schwarzen Filz wird ein Zelt. In den Falten der Burka verbirgt sich der Ertrag eines ganzen Beutezuges. Entführte Mädchen kauern im Schutze der Burka wie Papageien im Käfig.

Ich reite zur Pforte des grauen Wolfes. Titanen der Vorzeit haben sie errichtet, mitten in der Wüste bei Baku. Zwei verwitterte, graue Felsen im Ozean des Sandes. Sary Kurt, der graue Wolf, der Stammvater der Türken, soll einst die Sippe der Osmanen durch diese steinerne Enge zu den grünen Ebenen Anatoliens geführt haben.

Bei Vollmond versammeln sich bei diesem Felsen Schakale und Wüstenwölfe. Sie heulen den Mond an. Sie haben einen kosmischen Sinn für den Leichengeruch. Der Mond ist eine Leiche. Wenn in einem Haus ein Mensch im Sterben liegt, heulen die Hunde. Sie wittern den Leichengeruch schon im Sterbenden. Sie sind stammesverwandt mit den Wölfen der Wüste. Wie wir Untertanen der Russen mit den Wölfen, die Enver Pascha nach Kaukasien führt.

Ich reite durch das Nichts der großen Wüste, neben mir mein Vater. Im Sattel gleicht er einem Zentaur, so verwachsen ist er mit dem Tier.

»Safar Khan« – meine Stimme klingt heiser, selten rufe ich den Vater bei seinem Vornamen – »Safar Khan, ich habe mit dir zu reden.«

»Sprich im Reiten, mein Sohn. Es spricht sich leichter, wenn Reiter und Pferd vereint sind.«

Lacht mein Vater über mich? Ich streife mit der Peitsche die Flanke des Pferdes. Mein Vater hebt die Augenbrauen. Eine leichte Bewegung der Schenkel, und er holt mich ein.

»Nun, mein Sohn?« Es klingt beinahe spöttisch.

»Ich will heiraten, Safar Khan.«

Langes Schweigen. Der Wind saust. Steine wirbeln auf unter den Hufen der Pferde. Endlich ertönt seine Stimme:

»Ich werde dir an der Strandpromenade eine Villa erbauen. Ich kenne da einen hübschen Platz. Vielleicht mit einem Stall. Im Sommer kannst du in Mardakjany wohnen. Den ersten Sohn mußt du Ibrahim nennen. Zu Ehren unseres Ahnen. Wenn du willst, schenke ich dir ein Auto. Aber ein Auto ist sinnlos. Wir haben ja keine Straßen dafür. Lieber doch einen Stall.«

Erneutes Schweigen. Das Tor des grauen Wolfes bleibt hinter uns. Wir reiten zum Meer, gegen die Vorstadt Bailow zu. Die Stimme des Vaters klingt, als käme sie von weit her:

»Soll ich dir eine schöne Frau finden, oder hast du schon selbst jemanden gefunden? Heutzutage kommt es oft vor, daß junge Leute sich selbst ihre Frauen aussuchen.«

»Ich will Nino Kipiani heiraten.«

Nichts regt sich im Gesicht des Vaters. Seine Rechte streichelt zärtlich die Mähne des Pferdes:

»Nino Kipiani«, sagt er, »sie hat zu schmale Hüften. Aber ich glaube, das ist bei allen Georgierinnen so. Sie bekommen dennoch gesunde Kinder.«

»Aber Vater!«

Ich weiß nicht genau, worüber ich empört bin, aber ich bin empört. Der Vater sieht mich von der Seite an und lächelt:

»Du bist noch sehr jung, Ali Khan. Die Hüften einer Frau sind viel wichtiger als ihre Sprachkenntnisse.«

Er spricht mit betonter Gleichgültigkeit.

»Wann willst du denn heiraten?«

»Im Herbst, wenn Nino die Schule beendet hat.«

»Sehr gut. Dann kommt das Kind im nächsten Mai. Mai ist ein Glücksmonat.«

»Aber Vater.«

Wieder überkommt mich ein unverständlicher Zorn. Ich habe das Gefühl, daß sich mein Vater über mich lustig macht. Ich heirate Nino nicht wegen ihrer Hüften oder ihrer Sprachkenntnisse. Ich heirate sie, weil ich sie liebe. Mein Vater lächelt. Dann hält er sein Pferd an und sagt:

»Die Wüste ist öde und leer. Es ist ganz gleich, an welchem Hügel wir frühstücken. Ich bin hungrig. Also halten wir hier Rast.«

Wir steigen vom Pferd. Aus der Satteltasche holt mein Vater ein flaches Brot und Schafkäse. Er reicht mir die Hälfte, aber ich habe keinen Hunger. Wir liegen im Sand, er ißt und blickt in die Ferne. Dann wird sein Gesicht ernst, er erhebt sich und sitzt kerzengerade mit gekreuzten Beinen. Er sagt:

»Es ist sehr gut, daß du heiratest. Ich war dreimal verheiratet. Aber die Frauen starben mir weg wie Fliegen im Herbst. Jetzt bin ich, wie du weißt, überhaupt nicht verheiratet. Aber wenn du heiratest, heirate ich vielleicht auch. Deine Nino ist eine Christin. Laß sie den fremden Glauben nicht ins Haus tragen. Sonntags schicke sie zur Kirche. Aber das Haus darf kein Pope betreten. Eine Frau ist ein zerbrechliches Gefäß. Es ist wichtig, das zu wissen. Schlage sie nicht, wenn sie schwanger ist. Aber vergiß nie: Du bist der Herr, und sie lebt in deinem Schatten. Du weißt: Jeder Mohammedaner darf vier

Frauen zugleich haben. Es ist aber besser, du begnügst dich mit einer. Es sei denn, Nino bekommt keine Kinder. Betrüge deine Frau nicht. Sie hat Anspruch auf jeden Tropfen deines Samens. Ewiges Verderben dem Ehebrecher. Sei geduldig mit ihr. Frauen sind wie Kinder, nur um vieles listiger und bösartiger; es ist wichtig, auch das zu wissen. Überhäufe sie, wenn du willst, mit Geschenken, gib ihr Seide und Edelsteine. Brauchst du aber einmal einen Rat und sie gibt ihn dir, so handle genau entgegengesetzt.«

»Vater, aber ich liebe sie doch.«

Er schüttelt den Kopf:

»Man soll im allgemeinen eine Frau nicht lieben. Man liebt die Heimat, den Krieg. Manche Leute lieben schöne Teppiche oder seltene Waffen. Immerhin – es kommt vor, daß der Mann auch eine Frau liebt. Du kennst die vielbesungene Liebe von Leila und Madjnun oder die Liebesghaselen des Hafis. Sein ganzes Leben lang sang Hafis von Liebe. Aber manche Weise sagen, er habe nie mit einer Frau geschlafen. Madjnun aber war einfach ein Irrer. Glaub mir: Der Mann muß die Frau behüten, lieben muß sie ihn. So hat es Gott gewollt.«

Ich schweige. Auch mein Vater verstummt. Vielleicht hat er recht. Liebe ist nicht das Wichtigste im Leben des Mannes. Nur habe ich den hohen Grad seiner Weisheit noch nicht erreicht. Plötzlich lacht mein Vater und ruft heiter:

»Also gut, morgen gehe ich zum Fürsten Kipiani und bespreche die Sache. Oder pflegen die jungen Leute von heute ihre Heiratsanträge selbst zu machen?«

»Ich werde selbst mit den Kipianis sprechen«, sage ich rasch.

Wir bestiegen wieder die Pferde und ritten nach Bailow. Bald zeigten sich die Öltürme von Bibi-Eibat. Die schwarzen Gerüste glichen einem bösen, dunklen Wald. Es roch nach Petroleum. Arbeiter mit öltropfenden Händen standen an den

Bohrlöchern, aus denen sich das Erdöl in breitem Strom über die fette Erde ergoß. Wir ritten am Gefängnis von Bailow vorbei und hörten plötzlich Schüsse.

»Wird jemand erschossen?« fragte ich.

Nein. Diesmal fand keine Hinrichtung statt. Die Schüsse kamen aus der Kaserne der Bakuer Garnison. Dort wurde fleißig die Kunst des Krieges geübt.

»Willst du deine Freunde besuchen?« fragte mein Vater. Ich nickte. Wir ritten in den breiten Exerzierhof der Kaserne ein. Iljas Beg und Mehmed Haidar übten mit ihren Abteilungen.

»Rechts – links! Rechts – links!«

Das Gesicht Mehmed Haidars war tiefernst. Iljas Beg glich einer zarten Marionette, die von einem fremden Willen gelenkt wird. Die beiden kamen auf uns zu und grüßten.

»Wie gefällt euch der Dienst?« fragte ich.

Iljas Beg schwieg. Mehmed Haidar blickte finster vor sich hin.

»Immer noch besser als die Schule«, brummte er.

»Wir bekommen einen neuen Regimentskommandeur. Einen Fürsten Melikow aus Schuscha«, sagte Iljas Beg.

»Melikow? Ist es der mit dem rotgoldenen Pferd?«

»Ja, der ist es. Die ganze Garnison erzählt sich bereits Legenden von dem Pferd.«

Wir schwiegen. Dicker Staub lag über dem Kasernenhof. Iljas Beg blickte zum Portal. In seinen Augen waren Neid und Sehnsucht. Mein Vater schlug ihm mit der Hand auf die Schulter: »Du beneidest Ali Khan um seine Freiheit. Sei nicht neidisch. Er ist gerade im Begriffe, sie zu verschenken.«

Iljas Beg lachte verlegen.

»Ja, aber an Nino.«

Mehmed Haidar hob neugierig den Kopf.

»Huhu«, sagte er, »endlich, höchste Zeit.«

Er war ein alter Ehemann, seine Frau trug den Schleier.

Weder ich noch Iljas kannten auch nur ihren Namen. Jetzt sah er mich sehr überlegen an, runzelte seine niedrige Stirn und sagte: »Nun wirst du erfahren, wie das Leben in Wirklichkeit ist.«

Aus dem Mund von Mehmed Haidar klang das sehr einfältig. Ich drückte den beiden die Hand und verließ die Kaserne. Was konnten Mehmed Haidar und seine verschleierte Frau vom Leben wissen?

Ich kam nach Hause und legte mich auf den Diwan. Das asiatische Zimmer ist immer kühl. Es füllt sich nachts mit Kälte wie eine Quelle mit Wasser. Am Tage taucht man in das Zimmer wie in ein kühles Bad.

Plötzlich läutete das Telefon. Ninos Stimme klagte:

»Ali Khan, ich vergehe vor Sonnenglut und Mathematik. Komm und hilf.«

Zehn Minuten später streckt mir Nino ihre schmalen Arme entgegen. Ihre zarten Finger sind mit Tinte bekleckst. Ich küsse die Tintenflecke.

»Nino, ich hab' mit Vater gesprochen. Er ist einverstanden.«

Nino zittert und lacht zugleich. Scheu blickt sie sich im Zimmer um. Ihr Gesicht wird rot. Sie kommt ganz nah zu mir heran, und ich sehe ihre geweiteten Pupillen. Sie flüstert:

»Ali Khan, ich fürchte mich, ich fürchte mich so.«

»Vor der Prüfung, Nino?«

»Nein«, sie wendet sich ab. Ihre Augen blicken zum Meer. Sie fährt mit der Hand durch ihr Haar und sagt:

»Ali Khan, ein Zug fährt von der Stadt X zur Stadt Y mit einer Geschwindigkeit von fünfzig Kilometern pro Stunde...«

Gerührt beuge ich mich über ihr Schulheft.

Dreizehntes Kapitel

Dichter Nebel drang vom Meer herein und hüllte die Stadt ein. Finster qualmten die Laternen an den Straßenecken.

Ich lief die Strandpromenade entlang. Wie hinter mattem Glas tauchten Gesichter auf und verschwanden, gleichgültig oder erschrocken. Ich stolperte über ein hingeworfenes Brett und stürzte gegen die kauernde Gestalt eines Ambals, eines Lastträgers aus dem Hafen. Sein dicker Mund bewegte sich mechanisch kauend. Seine Augen blickten verschleiert in die Ferne. Er kaute Haschisch und war in wilde Visionen versunken. Ich ballte die Fäuste, schlug ihm auf den Rücken und rannte weiter. Erleuchtete Fensterscheiben am Hafen blinzelten mich an. Ich trat auf irgendein Stück Glas, hörte Klirren und sah ein in Schrecken verzerrtes persisches Gesicht.

Ein Bauch tauchte vor mir im Nebel auf. Der Anblick der menschlichen Fülle versetzte mich in Raserei; ich stieß mit dem Kopf gegen den Bauch. Er war weich und fett. Eine Stimme sagte gutmütig: »Guten Abend, Ali Khan.«

Ich hob das Gesicht und sah Nachararjan, der lächelnd auf mich herabblickte.

»Zum Teufel«, rief ich und wollte weiterlaufen. Er hielt mich fest:

»Zum Teufel«, rief ich und wollte weiterlaufen. Er hielt mich fest:

»Sie sind nicht ganz in Ordnung, mein Freund. Bleiben Sie lieber bei mir.«

Seine Stimme klang teilnahmsvoll. Ich fühlte mich plötzlich sehr müde. Schlapp und schweißtriefend stand ich da.

»Gehen wir zu Filliposjanz«, sagte er. Ich nickte. Es war ganz gleich, was nun geschah. Er führte mich an der Hand die Barjatinskystraße entlang zu dem großen Kaffeehaus. Als wir uns in den tiefen Sesseln niederließen, sagte er mitfühlend:

»Amok, kaukasischer Amok. Wahrscheinlich die Folge dieser Schwüle. Oder haben Sie besondere Gründe, Ali Khan, so zu rasen?«

Das Lokal hatte weichgepolsterte Möbel und Tapeten aus rotem Stoff. Ich schlürfte den heißen Tee und berichtete: wie ich mich heute telefonisch bei den alten Kipianis angemeldet hatte, wie Nino sich ängstlich und verstohlen aus dem Hause schlich. Wie ich der Fürstin die Hand küßte und dem Fürsten die Hand drückte. Wie ich das Alter und die Einkünfte meiner Familie schilderte und wie ich in einem Russisch, um das mich der Zar beneidet hätte, um die Hand der Prinzessin Nino Kipiani bat.

»Und dann, mein Lieber?« Nachararjan schien aufs höchste interessiert.

»Und dann? Hören Sie nur zu.«

Ich imitierte die Haltung des Fürsten und sprach, wie er, mit leicht georgischem Akzent:

»Mein lieber Sohn, mein verehrter Khan. Glauben Sie mir, ich könnte mir keinen besseren Mann für mein Kind wünschen. Welch Glück für eine Frau, von einem Mann mit Ihrem Charakter heimgeführt zu werden. Aber bedenken Sie Ninos Alter. Was weiß das Kind von Liebe? Sie geht ja noch zur Schule. Wir werden doch nicht das indische Beispiel der Kinderehe nachahmen. Und dann: der Unterschied in Religion, Erziehung, Herkunft. Ich sage es auch zu Ihrem Wohl. Ihr Vater wird derselben Meinung sein. Und diese Zeiten, dieser schreckliche Krieg, wer weiß, was aus allem wird? Auch mir liegt Ninos Glück am Herzen. Ich weiß, sie glaubt, Sie zu lieben. Ich will ihrem Glück nicht im Wege stehen. Aber eins sage ich: Warten wir das Ende des Krieges ab. Ihr werdet dann beide älter sein, und wenn Ihr Gefühl noch immer so stark ist, können wir weitersprechen.«

»Und was gedenken Sie nun zu tun, Khan?« fragte Nachararjan.

»Ich werde Nino entführen und nach Persien bringen. Ich kann die Schmach nicht auf mir sitzenlassen. Einem Schirwanschir nein sagen! Was denkt er sich? Ich fühle mich entehrt, Nachararjan. Die Schirwanschirs sind älter als die Kipianis. Unter Aga Mohammed Schah haben wir ganz Georgien verwüstet. Jeder Kipiani wäre damals froh gewesen, seine Tochter einem Schirwanschir geben zu dürfen. Was meint er denn mit dem Unterschied in der Religion? Steht der Islam niedriger als das Christentum? Und meine Ehre? Mein eigener Vater wird mich auslachen. Ein Christ verweigert mir seine Tochter. Wir Mohammedaner sind Wölfe mit ausgefallenen Zähnen. Vor hundert Jahren...«

Ich stockte vor Wut und schwieg. Eigentlich hatte ich viel zuviel gesagt. Nachararjan selbst war ein Christ. Er hätte allen Grund gehabt, beleidigt zu sein. Er war es nicht:

»Ich verstehe Ihren Zorn. Aber er hat doch nicht nein gesagt. Bis zum Kriegsende warten, ist natürlich lächerlich. Er kann sich einfach nicht vorstellen, daß seine Tochter erwachsen ist. Ich sage nichts gegen das Entführen. Es ist ein altes, bewährtes Mittel. Ganz unserer Tradition entsprechend. Aber doch nur als letzter Ausweg. Man müßte dem Fürsten die kulturelle und politische Bedeutung dieser Ehe klarmachen, dann wird er schon nachgeben.«

»Wer soll es tun?«

Da schlug sich Nachararjan mit der breiten Handfläche an die Brust und rief:

»Ich will es tun, ich! Verlassen Sie sich auf mich, Khan.«

Ich sah ihn erstaunt an. Was wollte dieser Armenier? Zum zweitenmal griff er in mein Leben ein. Vielleicht suchte er Anschluß an die Mohammedaner angesichts des Vormarsches der Türken. Oder er wollte im Ernst einen Bund der Kaukasusvölker gründen. Mir war es gleich. Offensichtlich war er ein Verbündeter. Ich reichte ihm die Hand.

Er hielt sie fest.

»Ich werde Sie auf dem laufenden halten. Tun Sie selbst nichts. Und keine Entführung. Nur wenn nichts anderes übrigbleibt.«

Ich stand auf. Ich hatte plötzlich das Gefühl, daß ich mich auf diesen dicken Mann verlassen könne. Ich umarmte ihn und verließ das Lokal. Ich war kaum auf der Straße, als mich jemand einholte. Ich wandte mich um. Es war Suleiman Aga, ein alter Freund meines Vaters. Er hatte vorhin im Kaffeehaus gesessen. Er legte mir schwer die Hand auf die Schulter und sagte:

»Pfui, ein Schirwanschir umarmt einen Armenier.«

Ich zuckte zusammen. Doch schon verschwand er im nächtlichen Nebel. Ich ging weiter. Wie gut, dachte ich, daß ich meinem Vater verschwiegen habe, weshalb ich heute zu den Kipianis gehe. Ich sage einfach, ich habe noch nicht mit ihnen gesprochen.

Als ich zu Hause den Schlüssel ins Schlüsselloch steckte, dachte ich kopfschüttelnd: Wie dumm ist doch dieser blinde Haß gegen die Armenier.

Das Leben der nächsten Wochen kreiste um den schwarzen Kasten des Telefons. Das unförmige Ding mit der großen Kurbel gewann plötzlich eine nie geahnte Bedeutung. Ich saß zu Hause und brummte Unverständliches, wenn mein Vater mich fragte, weshalb ich mit dem Heiratsantrag zögere. Hin und wieder schlug das schwarze Ungeheuer Lärm. Ich hob den Hörer, und Ninos Stimme erstattete Meldung vom Kriegsschauplatz:

»Bist du es, Ali? Hör zu: Nachararjan sitzt bei Mama und spricht mit ihr über die Gedichte ihres Großvaters, des Dichters Iliko Tschawtschawadse.«

Und etwas später: »Ali, hörst du mich? Nachararjan sagt, daß Rustaveli und das Zeitalter Tamars von der persischen Kultur stark beeinflußt waren.«

Und dann: »Ali Khan! Nachararjan trinkt Tee mit Papa. Er hat eben gesagt: ›Die Magie dieser Stadt liegt in der mystischen Verbundenheit ihrer Rassen und Völker.‹ «

Eine halbe Stunde darauf: »Er sondert Weisheit ab wie ein Krokodil die Tränen. Er sagt ›Auf dem Amboß von Baku wird die Rasse des befriedeten Kaukasus geschmiedet.‹ «

Ich lachte und legte den Hörer weg. So ging es Tag für Tag. Nachararjan aß und trank und saß bei den Kipianis. Er machte mit ihnen Ausflüge und erteilte Ratschläge teils mystischer, teils sachlicher Natur. Durch den Draht der Telefonleitung verfolgte ich staunend die Entwicklung der armenischen List:

»Nachararjan sagt, das erste Geld war der Mond. Goldmünzen und ihre Macht über die Menschen seien die Folgen des uralten Mondkultes der Kaukasier und Iranier. Ich kann mir den Blödsinn nicht mehr anhören, Ali Khan. Komm in den Garten.«

Wir trafen uns an der alten Festungsmauer. Kurz und hastig berichtete sie, wie ihre Mutter sie beschwor, ihr junges Leben keinem wilden Mohammedaner anzuvertrauen; wie ihr Vater sie halb scherzend warnte, daß ich sie bestimmt in den Harem stecken werde; und wie sie, die kleine Nino, lachend, aber gleichfalls warnend, den Eltern antwortete: »Paßt auf, er wird mich noch entführen. Was dann?«

Ich streichelte ihr Haar. Ich kannte meine Nino. Sie erreicht das, was sie will.

»Der Krieg kann noch zehn Jahre dauern«, murrte sie, »es ist schrecklich, was die Eltern von uns verlangen.«

»Liebst du mich so, Nino?«

Ihre Lippen zuckten.

»Wir gehören zueinander. Meine Eltern machen es mir schwer. Aber ich müßte so alt und verwittert sein wie diese Mauer, um nachzugeben. Übrigens – ich liebe dich wirklich. Nur wehe, wenn du mich entführst!«

Sie schwieg; denn man kann nicht küssen und sprechen zugleich. Verstohlen schlich sie dann heim, und das Spiel am Telefon begann von neuem:

»Ali Khan, Nachararjan sagt, sein Vetter habe ihm aus Tiflis geschrieben, daß der Statthalter für gemischte Ehen sei. Er nennt es die physische Durchdringung des Orients mit der Kultur des Westens. Kennst du dich da noch aus?«

Nein, ich kannte mich nicht mehr aus. Ich lungerte zu Hause herum und sagte nichts. Meine Kusine Aische, die mit Nino in derselben Klasse war, berichtete, daß Nino in drei Tagen fünf »Ungenügend« bekommen habe. Die Verantwortung dafür werde allgemein mir zugeschrieben. Ich sollte mich mehr um Ninos Schulaufgaben kümmern als um ihre Zukunft. Ich schwieg beschämt und spielte mit meiner Kusine Nardy. Sie gewann und versprach, Nino in der Schule zu helfen.

Wieder läutete das Telefon: »Bist du es? Stundenlanges Gespräch über Politik und Wirtschaft. Nachararjan sagt, daß er die Mohammedaner beneide, die ihr Geld in persischen Ländereien investieren dürfen. Wer kann wissen, was aus Rußland wird? Vielleicht geht hier alles zugrunde. Nur Mohammedaner aber dürfen Boden in Persien erwerben. Er weiß genau, daß der Familie Schirwanschir schon halb Giljan gehört. Bodenbesitz im Ausland ist doch die beste Sicherheit gegen Umwälzungen in Rußland. Der Eindruck auf die Eltern ist gewaltig. Mutter sagte, es gebe auch Mohammedaner mit seelischer Kultur.«

Noch zwei Tage, und die armenische Schachpartie war gewonnen. Ninos Stimme im Telefon schluchzte und lachte:

»Wir haben den Segen der Eltern! Amen.«

»Jetzt muß aber dein Vater mich anrufen. Er hat mich ja beleidigt.«

Und so geschah es. Die Stimme des Fürsten war sanft und milde: «Ich habe das Herz meines Kindes geprüft. Sein Gefühl ist echt und heilig. Es wäre eine Sünde, ihm im Wege zu stehen. Kommen Sie herüber, Ali Khan.«

Ich ging hinüber. Die Fürstin weinte und küßte mich. Der Fürst war feierlich. Er sprach von der Ehe, doch ganz anders als mein Vater: Die Ehe bestand in gegenseitigem Vertrauen und gegenseitiger Achtung. Mann und Frau müssen mit Rat und Tat einander beistehen. Sie müssen auch immer daran denken, daß sie beide Menschen mit freier Seele sind. Ich schwor feierlich, Nino nicht zu verschleiern und keinen Harem zu halten. Nino kam, und ich küßte sie auf die Stirn. Sie zog den Kopf zwischen ihre Schultern ein und glich einem kleinen, schutzbedürftigen Vogel.

»Nach außen darf aber noch nichts bekannt werden«, sagte der Fürst, »erst muß Nino die Schule beenden. Lerne gut, mein Kind. Wenn du durchfällst, mußt du noch ein Jahr warten.«

Ninos schmale, wie mit der Feder gezeichnete Augenbrauen hoben sich:

»Sei unbesorgt, Vater, ich falle nicht durch, weder in der Schule noch in der Ehe. Ali Khan wird mir in beidem helfen.«

Als ich das Haus verließ, stand vor der Tür das Auto Nachararjans. Seine hervorstehenden Augen blinzelten mich an.

»Nachararjan«, rief ich, »soll ich Ihnen ein Gestüt schenken oder ein Dorf in Daghestan, wollen Sie einen persischen Orden oder einen Orangenhain in Enseli?«

Er klopfte mir auf die Schulter.

»Weder – noch«, sagte er, »mir genügt das Gefühl, das Schicksal korrigiert zu haben.«

Dankbar sah ich ihn an. Wir fuhren hinaus zur Bucht von Bibi-Eibat. Dunkle Maschinen folterten dort die ölgetränkte Erde. Wie Nachararjan in mein Schicksal, so griff das Haus Nobel in die ewigen Formen der Landschaft ein. Ein gewaltiges Stück See war vom Ufer weggedrängt worden. Der alte Meeresgrund gehörte nicht mehr der See und noch nicht dem festen Land. Aber schon hatte ein geschäftstüchtiger Wirt am äußersten Ende der neugewonnenen Fläche eine Teestube errichtet. Dort saßen wir und tranken Kjachtatee, den besten Tee der Welt, schwer wie Alkohol. Von dem duftenden Getränk berauscht, sprach Nachararjan viel von den Türken, die vielleicht in Karabagh einfallen würden, und von den Armeniermetzeleien in Kleinasien. Ich hörte kaum zu.

»Fürchten Sie sich nicht«, sagte ich, »wenn die Türken bis nach Baku kommen, verstecke ich Sie in meinem Haus.«

»Ich fürchte mich nicht«, sagte Nachararjan.

Fern überm Meer, hinter der Insel Nargin, leuchteten die Sterne. Friedliche Stille senkte sich über die Ufer: »Meer und Küste sind wie Mann und Frau, im ewigen Kampf miteinander vereint.« Sagte ich es? Sagte es Nachararjan? Ich wußte es nicht mehr. Er brachte mich heim. Dem Vater sagte ich:

»Kipiani dankt für die Ehre, die das Haus Schirwanschir seinem Geschlecht erwiesen hat. Nino ist meine Braut. Geh morgen hin und besprich alles Weitere.«

Ich war sehr müde und sehr glücklich.

Vierzehntes Kapitel

Tage gingen über in Wochen, Monate. Es hatte sich viel ereignet in der Welt, im Land und im Haus. Die Nächte wurden lang, gelbes Laub lag tot und traurig auf allen Wegen des Gouverneursgartens. Herbstlicher Regen verdunkelte den Horizont. Eisschollen trieben im Meer und zerrieben sich an den felsigen Ufern. Eines Morgens bedeckte hauchdünner Schnee die Straßen, und einen Augenblick lang herrschte der Winter.

Dann wurden die Nächte wieder kürzer.

Kamele kamen daher, traurigen Schrittes aus der Wüste. Sie trugen Sand in ihren gelben Haaren, und ihre Augen, die

die Ewigkeit gesehen, blickten immerzu in die Ferne. Auf ihren Höckern schleppten sie Kanonen, deren Läufe seitlich zur Erde herabhingen, sowie Kisten mit Munition und Gewehre: die Kriegsbeute aus den großen Kämpfen. Gefangene Türken zogen durch die Stadt in grauen Uniformen, zerfetzt und zerschunden. Sie marschierten zum Meer, und kleine Küstendampfer brachten sie zur Insel Nargin. Dort starben sie an Ruhr, Hunger oder Heimweh. Oder sie flohen und kamen um in den Salzwüsten Persiens und in den bleiernen Fluten des Kaspischen Meeres.

Weit in der Ferne tobte der Krieg. Doch diese Ferne war plötzlich nahe und greifbar. Züge mit Soldaten kamen vom Norden, Züge mit Verwundeten vom Westen. Der Zar setzte seinen Onkel ab und führte selbst das Heer von zehn Millionen. Der Onkel herrschte jetzt über Kaukasien, und sein düsterer, gewaltiger Schatten fiel über unser Land. Großfürst Nikolai Nikolajewitsch! Bis ins Herz von Anatolien griff seine lange, knochige Hand. Der Groll, den er gegen den Zaren trug, entlud sich in den wilden Angriffen seiner Divisionen. Über Schneeberge und Sandwüsten rollte der Groll des Großfürsten gen Bagdad, gen Trapezunt, gen Stambul. »Der lange Nikolai«, sagten die Menschen und sprachen voll Schreck von der wilden Raserei seiner Seele, von dem dunklen Wahn des tobenden Kriegers.

Unzählige Länder griffen in den Kampf ein. Von Afghanistan bis zur Nordsee zog sich die Front, und die Namen der verbündeten Monarchen, Staaten und Feldherren bedeckten die Zeitungsspalten wie giftige Fliegen die Leichen der Helden.

Und wieder kam der Sommer. Sengende Glut ergoß sich über die Stadt, der Asphalt zerging unter den Schritten der Fußgänger. Siege wurden gefeiert in Ost und West.

Ich saß herum in Teestuben, in Kaffeehäusern, bei Freunden und zu Hause. Viele Leute schalten mich wegen meiner

Freundschaft mit dem Armenier Nachararjan. Das Regiment Iljas Begs stand immer noch in der Stadt und übte auf dem staubigen Kasernenhof die Regeln der Kriegskunst. Oper, Theater und Kinos spielten nach wie vor. Es hatte sich viel ereignet, aber nichts geändert in der Welt, im Land und im Haus.

Wenn Nino, unter der Last des Wissens seufzend, zu mir kam, berührten meine Hände ihre kühle, glatte Haut. Ihre Augen waren tief und von neugieriger Angst erfüllt. Aische, meine Kusine, berichtete, daß die Lehrer in stiller Nachsicht der künftigen Frau Schirwanschir ein Genügend nach dem andern ins Klassenheft eintrugen. Wenn Nino und ich zusammen auf der Straße gingen, blickten uns die Freundinnen aus dem Lyzeum lange nach. Wir besuchten den Stadtklub, das Theater und die Bälle, aber wir waren selten allein. Die Freunde umgaben uns wie eine steile Wand besorgten Wohlwollens. Iljas Beg, Mehmed Haidar, Nachararjan, sogar der fromme Seyd Mustafa begleiteten uns. Untereinander vertrugen sie sich nicht immer. Wenn Nachararjan, dick und reich, seinen Sekt schlürfte und von der Liebe der kaukasischen Völker untereinander sprach, so verdüsterte sich das Gesicht Mehmed Haidars, und er sagte:

»Ich glaube, Herr Nachararjan, daß Ihre Sorge überflüssig ist. Es wird nach dem Krieg sowieso nur eine ganz geringe Zahl von Armeniern übrigbleiben.«

»Aber Nachararjan wird zu den übriggebliebenen gehören!« rief Nino. Nachararjan schwieg und schlürfte den Sekt. Wie ich hörte, war er gerade im Begriff, sein ganzes Geld nach Schweden zu bringen.

Mich ging es nichts an. Wenn ich Mehmed Haidar bat, etwas freundlicher zu Nachararjan zu sein, zog er seine Stirn in Falten und sagte:

»Ich kann die Armenier nicht leiden, weiß der Himmel, warum.«

Dann stand Nino eines Tages im Prüfungssaal des Lyzeums der heiligen Königin Tamar und bewies ihre Reife durch mathematische Gleichungen, klassische Zitate, historische Daten und, in verzweifelten Fällen, durch flehendes Aufschlagen ihrer großen georgischen Augen.

Als ich nach dem Abiturientenball die strahlende Nino nach Hause brachte, sagte der alte Kipiani:

»Jetzt seid ihr verlobt. Pack deine Koffer, Ali Khan. Wir fahren nach Tiflis. Ich muß dich der Familie vorstellen.«

So fuhren wir nach Tiflis, der Hauptstadt von Georgien.

Tiflis glich einem Urwald; und jeder Baum hatte seinen besonderen Namen, war ein Onkel, ein Vetter, eine Tante oder eine Kusine. Es war nicht leicht, sich in diesem Wald zurechtzufinden. Namen klirrten in der Luft und klangen wie alter Stahl. Orbeliani, Tschawtschawadse, Zereteli, Amilachwari, Abaschidse. Am Rande der Stadt, im Garten Didube, gab das Haus Orbeliani zu Ehren des neuen Vetters ein Fest. Die georgische Zurna spielte *Mrawaljawer,* das kachetische Kriegslied, und das wilde chewsurische *Lilo.* Ein Vetter aus Kutais mit Namen Abaschidse sang die *Mgali Delia,* den Sturmgesang der imeretischen Berge. Ein Onkel tanzte die *Dawlur,* und ein alter Mann mit weißem Bart sprang auf den tuchbedeckten, grünen Rasen und erstarrte im Pathos der *Bukhna.* Die ganze Nacht dauerte das Fest. Als sich hinter den Bergen die Sonne zeigte, stimmten die Musiker den Hymnus an: »Steh auf, Königin Tamar, um dich weint Georgien.« Ich saß regungslos neben Nino. Degen und Dolche blitzten vor uns auf. Der georgische Messertanz, im Morgengrauen von einer Schar Vettern vorgeführt, glich einem Bühnenspiel, unwirklich und weit. Ich hörte den Gesprächen der Nachbarn zu. Sie klangen wie aus der Tiefe der Jahrhunderte:

»Ein Zereteli war es, der Tiflis gegen Dschingis Khan verteidigte.«

»Sie wissen doch, wir Tschawtschawadse sind älter als die Bagrations, das königliche Haus.«

»Der erste Orbeliani? Er kam aus China, vor dreitausend Jahren. Er war ein Sohn des Kaisers. Manche Orbelianis haben auch heute noch geschlitzte Augen.«

Schüchtern blickte ich mich um. Was waren dagegen die wenigen Schirwanschirs, die vor mir in die Ewigkeit eingegangen waren? Nino tröstete mich.

»Mach dir nichts draus, Ali Khan. Die Vettern sind natürlich sehr edler Herkunft, aber bedenke: Wo waren ihre Vorfahren, als dein Ahne Tiflis eroberte?«

Ich sagte nichts, war aber sehr stolz: Schon jetzt, inmitten ihrer eigenen Sippe, fühlte sich Nino als die Frau eines Schirwanschir. Ich blickte sie dankbar an.

Der rote Kachetiner war wie flüssiges Feuer. Ich hob zögernd das Glas zu Ehren des Hauses Orbeliani. Eine alte Frau beugte sich zu mir und sagte: »Trinken Sie ruhig, Ali Khan. Im Wein ist Gott. Nur wenige wissen es.«

Es war schon taghell, als wir in die Stadt zurückfuhren. Ich wollte ins Hotel. Ein Vetter oder Onkel hielt mich zurück:

»Heute nacht waren Sie Gast des Hauses Orbeliani, jetzt sind Sie mein Gast. Wir frühstücken in Purgwino. Und zu Mittag empfangen wir unsere Freunde.«

Ich war ein Gefangener der georgischen Fürsten.

Das ging so eine Woche lang. Immer wieder alsanische und kachetische Weine, Hammelbraten und Motalikäse. Die Vettern lösten einander ab wie Soldaten an der Front der georgischen Gastfreundschaft. Nur wir blieben – Nino und ich. Ich bewunderte Ninos Ausdauer. Am Ende der Woche war sie immer noch so frisch wie der erste Tau im Frühling. Ihre Augen lächelten, ihre Lippen wurden nicht müde, sich mit Vettern und Tanten zu unterhalten. Nur eine kaum hörbare Heiserkeit in ihrer Stimme verriet, daß sie Tage und Nächte getanzt, getrunken und fast gar nicht geschlafen hatte.

Am Morgen des achten Tages traten die Vettern Sandro, Dodiko, Wamech und Soso in mein Zimmer. Erschrocken verkroch ich mich unter die Decke.

»Ali Khan«, sagten sie erbarmungslos, »heute sind Sie Gast der Familie Dschakeli. Wir fahren auf ihr Landgut nach Kadschory.«

»Heute bin ich niemandes Gast«, sagte ich düster, »heute öffnen sich mir, dem armen Märtyrer, die Pforten des Paradieses, und der Erzengel Michael mit dem flammenden Schwert läßt mich ein, denn ich starb auf dem Pfad der Tugend.«

Die Vettern sahen einander an und lachten schallend und mitleidslos. Dann sagten sie nur ein Wort:

»Schwefel.«

»Schwefel«, wiederholte ich, »Schwefel? Den gibt es in der Hölle. Ich aber komme ins Paradies.«

»Nein«, sagten die Vettern, »Schwefel ist das richtige.«

Ich versuchte aufzustehen. Mein Kopf war schwer. Die Glieder hingen herab, als gehörten sie nicht zu mir. Ich blickte in den Spiegel und sah ein fahles, grüngelbes Gesicht mit glanzlosem Blick.

»Ja«, sagte ich, »flüssiges Feuer«, und dachte an den kachetischen Wein, »geschieht mir recht. Ein Muslim soll nicht trinken.«

»Wir werden Nino verständigen«, sagte Wamech, »nach Kadschory kommen wir vier Stunden später, wenn du wieder gesund bist.«

Er ging hinaus, und ich hörte seine Stimme am Telefon:

»Ali Khan ist plötzlich erkrankt. Er wird jetzt mit Schwefel behandelt und erst in vier Stunden wieder gesund sein. Prinzessin Nino soll mit ihrer Familie vorausfahren. Wir kommen nach. Nein, es ist nichts Schlimmes. Er ist nur ein bißchen krank.«

Träge zog ich mich an. Mir schwindelte. Die georgische

Gastfreundschaft war so ganz anders als die stillen und würdigen Empfänge bei meinem Onkel in Teheran. Dort trank man starken Tee und sprach von Gedichten und Weisen. Hier trank man Wein, tanzte, lachte und war geschmeidig und hart wie eine Stahlfeder. War dies die Pforte Europas? Nein, natürlich nicht. Das Land gehörte zu uns und war doch so anders als das übrige Asien. Eine Pforte, aber wohin? Vielleicht zur letzten Weisheit, die in kindliche, unbekümmerte Verspieltheit übergeht. Ich wußte es nicht. Ich war maßlos müde. Beinahe taumelnd ging ich die Treppe hinunter. Wir bestiegen den Wagen.

»Zur Pforte des Bades!« rief Sandro. Der Kutscher schlug auf die Pferde ein. Wir fuhren zum Stadtviertel Maidan und hielten vor einem großen Gebäude mit kuppelförmigem Dach. An der Tür stand ein halbnackter Mann mit hagerem, skelettartigem Körper. Seine Augen blickten durch uns hindurch wie ins Nirwana.

»*Hamardschoba,* Mekisse!« rief Sandro.

Der Wächter fuhr zusammen. Er verbeugte sich und sagte:

»*Hamardschoba,* Tawadi. Guten Tag, meine Fürsten.«

Dann führte er uns in die Halle des großen Bebutowschen Bades. Sie war geräumig und warm und hatte viele steinerne Pritschen, auf denen nackte Leiber ruhten. Wir legten die Kleider ab. Durch einen Gang gelangten wir in einen zweiten Raum. Dort waren viereckige Löcher in den Boden eingelassen und mit dampfendem Schwefelwasser angefüllt. Wie im Traum hörte ich die Stimme Sandros:

»Vor langer Zeit ließ einmal ein König einen Falken steigen. Der Falke verfolgte einen Auerhahn. Der König wartete, doch weder Falke noch Auerhahn kehrten zurück. Da machte der König sich auf die Suche und kam zu einem Hain. Durch den Hain floß ein schwefelfarbiges Wasser, darin waren der Auerhahn und der Falke ertrunken. So entdeckte der König die Schwefelquelle und legte den Grundstein zu der Stadt Tiflis. Hier ist das Bad des Auerhahns, und draußen am Maidan stand der Hain. Mit Schwefel begann Tiflis, in Schwefel wird es enden.«

Dampf füllte das gewölbte Zimmer und schwefliger Geruch. Ich stieg in das heiße Bad wie in ein Gebräu aus faulen Eiern. Die Körper der Vettern glänzten vor Feuchtigkeit. Ich rieb mit der nassen Hand meine Brust. Der Schwefel drang in meine Haut. Ich dachte an alle Eroberer und Krieger, die diese Stadt bezwungen hatten und in die Quelle eingetaucht waren: Chwaresmir Dschelaleddin, Dschagatai, Sohn des Dschingis Khan, und der lahme Timur. Vom Blut berauscht und schwer stiegen sie ins Schwefelbad, und alle blutige Schwere fiel von ihnen ab.

»Genug, Ali Khan, steig aus.«

Die Stimme der Vettern zerriß das Traumbild von den badenden Eroberern. Ich kroch aus dem Schwefel, ging in den Nebenraum und fiel entkräftet auf die steinerne Pritsche.

»Mekisse!« rief Sandro.

Der Masseur – es war derselbe Mann, der uns hereingeführt hatte – kam heran. Er war nackt und trug einen Turban auf dem glattrasierten Schädel. Ich legte mich auf den Bauch. Mit nackten Beinen sprang der Mekisse auf meinen Rücken. Er trampelte leichtfüßig auf ihm herum wie ein Tänzer auf einem Teppich. Dann bohrten sich seine Finger wie scharfe Widerhaken in mein Fleisch. Er drehte meine Arme aus, und ich hörte das Knacken meiner Knochen. Die Vettern standen um die Pritsche und gaben Ratschläge:

»Drehe ihm die Arme noch mal aus, Mekisse, er ist sehr krank.«

»Spring ihm noch einmal auf das Rückgrat, so, und nun kneife ihn tüchtig in die linke Seite.«

Es muß sehr geschmerzt haben, doch ich empfand den Schmerz nicht. Ich lag da, weiß von schaumigen Seifenblasen, den harten und elastischen Schlägen des Masseurs hingegeben, und hatte einzig das Gefühl, als lösten sich langsam alle Muskeln meines Leibes auf.

»Genug«, sagte der Mekisse und erstarrte wieder in der Haltung eines Propheten. Ich erhob mich. Mein Körper schmerzte. Ich lief ins Nebenzimmer und stürzte mich in die eiskalte Schwefelflut des zweiten Bades. Mein Atem stockte. Doch die Glieder spannten sich wieder und füllten sich mit neuem Leben. Ich kam zurück, in ein weißes Tuch gehüllt. Die Vettern und der Mekisse blickten mich erwartungsvoll an.

»Hunger«, sagte ich mit Würde und setzte mich mit gekreuzten Beinen auf die Pritsche.

»Er ist gesund«, brüllten die Vettern, »schnell eine Wassermelone, Käse, Gemüse, Wein!«

Die Kur war beendet.

Wir lagen im Vorraum des Bades und schmausten. Alle Müdigkeit und Schwäche waren von mir gewichen. Das rote, duftende Fleisch der eiskalten Wassermelone vertrieb den Geschmack des Schwefels. Die Vettern nippten am weißen Napareuli-Wein.

»Siehst du«, sagte Dodiko und beendete den Satz nicht, denn in diesem »Siehst du« war bereits alles enthalten: der Stolz auf das einheimische Schwefelbad, das Mitleid mit dem Fremden, der unter der georgischen Gastfreundschaft zusammenbrach, und die verwandtschaftlich liebevolle Versicherung, daß er, Dodiko, für die Schwächen seines mohammedanischen Vetters volle Nachsicht habe.

Unser Kreis erweiterte sich. Nachbarn kamen herbei, nackt und mit Weinflaschen bewaffnet. Fürsten und die Gläubiger der Fürsten, Diener, Schmarotzer, Gelehrte, Dichter und Gutsbesitzer aus den Bergen saßen friedlich beisammen, ein heiteres Bild georgischer Gleichheit. Es war kein Bad mehr, es war ein Klub, ein Kaffeehaus oder eine Volksversammlung nackter, lustiger Menschen mit unbekümmerten, lachenden

Augen. Hie und da aber fielen ernste Worte, die von düsteren Vorahnungen erfüllt waren.

»Der Osmane kommt«, sagte ein dicker Mann mit kleinen Augen, »der Großfürst wird Stambul nicht einnehmen. Ich habe gehört, ein deutscher General habe in Stambul eine Kanone gebaut. Wenn sie schießt, trifft sie genau die Kuppel des Zionsdoms in Tiflis.«

»Sie irren, Fürst«, sagte ein Mann mit einem Kürbis-Gesicht, »die Kanone ist noch gar nicht gebaut. Sie ist nur geplant. Aber auch wenn sie fertig wird, kann sie Tiflis nicht treffen. Alle Landkarten, nach denen sich die Deutschen richten müssen, sind falsch. Russen haben sie gezeichnet. Noch vor dem Krieg. Russische Karten. Können die stimmen?«

Jemand seufzte. Ich blickte mich um und sah einen weißen Bart und eine lange gebogene Nase.

»Armes Georgien«, seufzte der Bart, »wir sind wie zwischen zwei Scheren einer glühenden Zange. Siegt der Osmane – ist es aus mit dem Lande Tamars. Siegt der Russe – was dann? Der bleiche Zar hat sein Ziel erreicht, aber unsern Hals umklammern die Finger des Großfürsten. Schon jetzt fallen unsere Söhne im Kampf, die Besten der Besten. Und was übrigbleibt, erwürgt der Osmane, der Großfürst oder sonst jemand, vielleicht eine Maschine, vielleicht ein Amerikaner. Es scheint ein Rätsel – unser kriegerisches Feuer und sein jähes Verlöschen. Es ist aus mit dem Lande Tamars. Schaut doch: Die Krieger sind klein und schmächtig, die Ernte arm, der Wein sauer.«

Der Bart verstummte, leise schnaufend. Wir schwiegen. Plötzlich flüsterte eine ängstliche, unterdrückte Stimme:

»Den Bagration haben sie umgebracht. Die Nichte des Zaren hat er heimgeführt, und die Russen verziehen es ihm nicht. Der Zar selbst befahl ihn ins Eriwanische Regiment an die Front. Wie ein Löwe kämpfte Bagration und fiel, von achtzehn Kugeln durchbohrt.«

Die Vettern nippten den Wein. Ich saß mit gekreuzten Beinen und starrte vor mich hin. Bagration, dachte ich, das älteste Fürstengeschlecht der Christenwelt. Der Bärtige hat recht. Georgien vergeht zwischen zwei Scheren einer glühenden Zange.

»Einen Sohn hat er hinterlassen«, ergänzte ein anderer, »Teymuras Bagration, den wahren König. Jemand hütet ihn.«

Es wurde still. Der Mekisse stand an der Wand. Dodiko reckte sich und gähnte verzückt.

»Schön ist es«, sagte er, »unser Land. Der Schwefel und die Stadt, der Krieg und der kachetische Wein. Schaut, wie die Alasan durch die Ebene fließt. Es ist schön, Georgier zu sein, auch wenn Georgien vergeht. Was ihr da sagt, klingt hoffnungslos. Aber wann war es anders im Lande Tamars? Und dennoch fließen die Flüsse, wächst die Rebe, tanzt das Volk. Schön ist unser Georgien. Und wird es immer bleiben, in all seiner Hoffnungslosigkeit.«

Er erhob sich, jung und schlank, mit weicher, samtener Haut, der Nachfahre von Sängern und Helden. Der weiße Bart in der Ecke lächelte wohlgefällig: »Bei Gott, wenn es noch solche Jugend gibt.«

Wamech beugte sich zu mir: »Ali Khan, vergiß nicht. Du bist heute Gast des Hauses Dschakeli in Kadschory.«

Wir erhoben uns und gingen hinaus. Der Kutscher schlug auf die Pferde ein. Wamech sagte:

»Die Dschakelis stammen aus dem alten, fürstlichen Geschlecht der...« Ich lachte fröhlich und ausgelassen.

Fünfzehntes Kapitel

Wir saßen im Café Mephisto in der Golowinskystraße. Nino und ich. Vor uns erhob sich der Davidsberg mit dem großen Kloster. Die Vettern hatten uns einen Ruhetag gewährt. Nino blickte zum Kloster hinauf. Ich wußte, woran sie dachte. Oben, auf dem Davidsberg, war ein Grab, das wir besucht hatten. Dort ruhte Alexander Gribojedow, Dichter und Minister Seiner Majestät des Zaren. Die Grabinschrift lautete:

»Deine Taten sind unvergeßlich, aber warum überlebte dich die Liebe deiner Nino?«

Nino? Ja. Sie hieß Nino Tschawtschawadse und war sechzehn Jahre, als der Minister und Dichter sie heimführte. Nino Tschawtschawadse, die Großtante der Nino, die neben mir saß. Siebzehn Jahre war sie, als das Volk von Teheran das Haus des russischen Ministers umlagerte.

»*Ya Ali Salawat,* o gepriesener Ali!« rief das Volk. Der Minister hatte nur einen kurzen Degen und eine Pistole. Ein Schmied aus der Sülly-Sultan-Straße hob seinen Hammer und zertrümmerte die Brust des Ministers. Nach Tagen noch fand man am Rande von Teheran zerfetztes Fleisch. Das war alles, was blieb von Alexander Gribojedow, dem Dichter und Minister des Zaren. Feth Ali Schah, der Kadschare, war damals sehr zufrieden, und auch der Thronfolger Abbas Mirza war sehr glücklich. Meschi Aga, ein fanatischer und weiser Greis, wurde vom Schah hoch belohnt, und auch ein Schirwanschir, mein Großonkel, bekam ein Gut in Giljan.

Das Ganze geschah vor hundert Jahren. Jetzt saßen auf der Terrasse des Cafés Mephisto ich, Schirwanschir, der Großneffe, und sie, Nino, die Großnichte.

»Wir müßten Blutfeinde sein, Nino«, ich deutete mit dem Kopf zum Klosterberg. »Wirst du mir auch einmal einen so schönen Grabstein setzen?«

»Vielleicht«, sagte Nino, »je nachdem, wie du dich zu Lebzeiten benimmst.«

Sie trank ihren Kaffee zu Ende.

»Komm«, sagte sie, »wir wollen durch die Stadt gehen.«

Ich erhob mich. Nino liebte diese Stadt wie ein Kind seine Mutter. Wir gingen die Golowinskystraße hinauf zu den Gassen der Altstadt. Vor dem Zionsdom blieb Nino stehen. Wir traten in den dunklen, feuchten Raum. Der Dom war uralt. Oben am Altar stand das Kreuz aus Weinstock. Die heilige Nino, die Erleuchterin Georgiens, brachte es einst aus dem Westen hierher, mit der ersten Kunde vom Heiland der Welt. Nino kniete nieder. Sie bekreuzigte sich und blickte zum Bild ihrer Schutzheiligen empor.

»Heilige Nino, vergib mir«, flüsterte sie.

Im Licht, das durch die Kirchenfenster fiel, sah ich Tränen in ihren Augen.

»Komm hinaus«, sagte ich. Sie trat aus der Kirchentür. Wortlos gingen wir durch die Straßen. Dann sagte ich:

»Was soll die heilige Nino dir verzeihen?«

»Dich, Ali Khan.«

Ihre Stimme war traurig und müde. Es war nicht gut, mit Nino durch die Straßen von Tiflis zu gehen.

»Warum mich?«

Wir waren am Maidan. Georgier saßen in den Kaffeehäusern oder mitten auf der Straße. Von irgendwo erklang eine Zurna. Weit unten schäumte die Kura. Nino blickte in die Ferne, als suchte sie sich dort selber.

»Dich«, wiederholte sie dann, »dich und alles Gewesene.«

Ich ahnte. Dennoch fragte ich weiter:

»Was?«

Nino blieb stehen.

»Geh durch Tiflis«, sagte sie. »Siehst du verschleierte Frauen? Nein. Witterst du die Luft Asiens? Nein. Es ist eine andere Welt. Die Straßen sind breit, die Seelen gerade. Ich werde sehr klug, wenn ich nach Tiflis komme, Ali Khan. Hier gibt es keine bigotten Narren wie Seyd Mustafa, und keine finsteren Gesellen wie Mehmed Haidar. Heiter und leicht ist hier das Leben.«

»Dieses Land ist zwischen zwei Scheren einer glühenden Zange, Nino.«

»Eben deshalb« – ihre Füße trippelten wieder über das uralte Pflaster –, »eben deshalb. Siebenmal hat der lahme Timur Tiflis zerstört. Türken, Perser, Araber, Mongolen fluteten über das Land. Wir blieben. Sie haben Georgien verwüstet, geschändet, gemordet, aber nie wirklich besessen. Vom Westen kam die heilige Nino mit dem Kreuz aus Weinstock, und zum Westen gehören wir. Wir sind nicht Asien. Wir sind das östlichste Land Europas. Spürst du es denn nicht selbst?«

Sie ging schnell. Ihre kindliche Stirn war gerunzelt:

»Weil wir dem Timur und dem Dschingis, dem Schah Abbas, dem Schah Tahmasp und dem Schah Ismail getrotzt haben, deshalb gibt es mich, deine Nino. Und nun kommst du, ohne Schwert, ohne trampelnde Elefanten, ohne Krieger, und bist doch nur ein Erbe der blutigen Schahs. Meine Töchter werden den Schleier tragen, und wenn das Schwert Irans wieder scharf genug sein wird, werden meine Söhne und Enkel zum hundertstenmal Tiflis verwüsten. Oh, Ali Khan, wir sollten doch in der Welt des Westens aufgehen.«

Ich ergriff ihre Hand:

»Was möchtest du, daß ich tue, Nino?«

»Ach«, sagte sie, »ich bin sehr dumm, Ali Khan. Ich will, daß du breite Straßen und grüne Wälder liebst, ich will, daß du mehr von Liebe verstehst und nicht an der morschen Mauer einer asiatischen Stadt klebenbleibst. Ich habe Angst, daß du in zehn Jahren fromm und listig sein, auf deinen Gütern in Giljan sitzen und eines Tages aufwachen und zu mir sagen wirst: ›Nino, du bist nur ein Acker.‹ Sag selbst, was liebst du denn an mir, Ali Khan?«

Tiflis verwirrte Nino, sie war wie trunken von der feuchten Luft des Kura-Ufers.

»Was ich an dir liebe, Nino? Dich, deine Augen, deine Stimme, deinen Duft, deinen Gang. Was willst du mehr? Alles an dir liebe ich. Die Liebe Georgiens und die Liebe Irans sind doch gleich. Hier an dieser Stelle stand vor tausend Jahren Rustaveli, euer größter Dichter. Er sang von der Liebe zur Königin Tamar. Und seine Lieder sind wie persische Rubajats. Ohne Rustaveli kein Georgien, ohne Persien kein Rustaveli.«

»An dieser Stelle«, sagte Nino nachdenklich, »so – aber vielleicht stand hier auch Sajat Nowa, der große Liebesdichter, den der Schah köpfen ließ, weil er die Liebe des Georgiers pries.«

Es war nicht viel anzufangen mit meiner Nino. Sie nahm Abschied von der Heimat, und im Abschied offenbart sich die Liebe. Sie seufzte: »Meine Augen, meine Nase, meine Stirn, alles liebst du, Ali Khan. Und doch hast du etwas vergessen. Liebst du auch meine Seele?«

»Ja, deine Seele liebe ich auch«, sagte ich müde.

Seltsam, wenn Seyd Mustafa behauptete, daß eine Frau keine Seele habe, lachte ich; wenn Nino verlangte, daß ich ihre Seele liebe, wurde ich gereizt. Was ist das, die Seele einer Frau? Eine Frau soll sich freuen, wenn der Mann nichts von der abgründigen Tiefe ihrer Seele wissen will.

»Was liebst du denn an mir, Nino?«

Plötzlich weinte sie, mitten auf der Straße. Große, kindliche Tränen liefen über ihre Wangen:

»Verzeih mir, Ali Khan. Ich liebe dich, einfach dich, so wie du bist, aber ich fürchte mich vor der Welt, in der du lebst. Ich bin verrückt, Ali Khan. Ich stehe auf der Straße mit dir, meinem Bräutigam, und werfe dir sämtliche Feldzüge Dschingis Khans vor. Verzeih deiner Nino. Es ist dumm, dich für jeden Georgier verantwortlich zu machen, der je von einem Mohammedaner umgebracht wurde. Ich werde es nie wieder tun. Aber sieh: Ich, deine Nino, bin doch auch ein winziges Stück von dem Europa, das du haßt, und hier in Tiflis fühle ich das besonders deutlich. Ich liebe dich, und du liebst mich. Aber ich liebe Wälder und Wiesen, und du Berge und Steine und Sand, weil du ein Kind der Wüste bist. Und deshalb fürchte ich mich vor dir, vor deiner Liebe, vor deiner Welt.«

»Und?« fragte ich verständnislos und verwirrt.

»Und?« Sie trocknete ihre Augen, ihr Mund lächelte wieder, und sie neigte den Kopf zur Seite. »Und? In drei Monaten heiraten wir, was willst du mehr?«

Ohne Übergang kann Nino weinen und lachen, lieben und hassen. Sie verzieh mir alle Feldzüge Dschingis Khans und liebte mich wieder. Sie ergriff meine Hand und schleppte mich über die Veri-Brücke zum Labyrinth des Tifliser Basars. Es war eine symbolische Abbitte. Der Basar ist der einzige orientalische Fleck auf dem europäischen Gewand von Tiflis. Dicke Teppichhändler, Armenier und Perser, breiteten dort die bunte Pracht der Schätze Irans aus. Blitzende gelbe Messingschalen mit weisen Aufschriften füllten die Buden; ein kurdisches Mädchen mit hellen, verwunderten Augen las aus der Hand und schien über ihre Allwissenheit selber erstaunt. Am Eingang der Schenken standen die Nichtstuer von Tiflis und disputierten ernst und gewichtig über Gott und die Welt. Wir atmeten die eindringlichen Gerüche dieser Stadt der achtzig verschiedenen Zungen. Ninos Trauer wich beim Anblick des bunten Durcheinanders. Armenische Händler, kurdische Wahrsager, persische Köche, ossetische Priester, Russen, Araber, Inguschen, Inder: Alle Völker Asiens treffen sich in den Gassen des Basars von Tiflis. Bei einer Bude ist ein Tumult. Die Händler umgeben die Streitenden. Ein Assyrer zankt erbittert mit einem Juden. Wir hören nur gerade noch:

»Als meine Ahnen deine Ahnen in die babylonische Gefangenschaft führten...«

Die Umstehenden brüllen vor Lachen. Auch Nino lacht – über den Juden, über den Assyrer, über den Basar, über die Tränen, die sie auf das Tifliser Pflaster vergossen hat.

Wir gehen weiter. Noch einige Schritte, und der Kreis unseres Spaziergangs schließt sich. Wir stehen wieder vor dem Café Mephisto in der Golowinskystraße.

»Wollen wir wieder hinein?« fragte ich unentschlossen.

»Nein. Zur Feier der Versöhnung fahren wir hinauf zum Kloster des heiligen David.«

Wir bogen in eine der Seitenstraßen, die zur Drahtseilbahn führte. Wir bestiegen den roten Wagen, der langsam den Davidsberg emporkroch. Die Stadt versank vor unsern Augen in die Tiefe, und Nino erzählte mir die Geschichte von der Gründung des berühmten Klosters:

»Vor vielen, vielen Jahren lebte auf diesem Berg der heilige David. In der Stadt aber wohnte eine Königstochter, die sich in sündhafter Liebe mit einem Fürsten verband... Der Fürst verließ sie. Sie aber war schwanger. Als der zürnende Vater sie nach dem Namen des Übeltäters fragte, fürchtete sich die Prinzessin, den Geliebten preiszugeben, und beschuldigte den heiligen David. Voll Zorn ließ der König den Heiligen in seinen Palast bringen. Dann rief er die Tochter, und diese wiederholte die Beschuldigung. Da griff der Heilige zu seinem Stab und berührte damit den Leib der Prinzessin. Und ein Wunder geschah. Aus dem Innern des Leibes ertönte die Stimme des Kindes und nannte den wahren Schuldigen. Auf die Bitte des Heiligen aber gebar die Prinzessin einen Stein, und aus diesem Stein sprudelt die Quelle des heiligen David. Frauen, die sich nach Kindern sehnen, tauchen ihren Körper in die heilige Quelle.«

Nachdenklich fügte Nino hinzu: »Wie gut, Ali Khan, daß der heilige David tot ist und sein Wunderstab verschollen.«

Wir waren angekommen.

»Willst du zur Quelle, Nino?«

»Das wird noch ein Jahr Zeit haben.«

Wir standen an der Klostermauer und blickten auf die Stadt hinab. Der Kessel des Kuratales lag in bläulichem Dunst. Kirchenkuppeln ragten aus dem Steinmeer hervor wie einsame Inseln. Im Osten und Westen dehnten sich die Gärten: Tummelplätze der Tifliser Lebewelt. In der Ferne erhob sich die finstere Burg Mtech, einst der Sitz der georgischen Könige, jetzt ein Verlies des russischen Reiches für politisierende Kaukasier. Nino wandte sich ab. Ihre Zarentreue vertrug sich schlecht mit dem Anblick der Folterburg.

»Sitzen keine Vettern von dir in Mtech, Nino?«

»Nein, aber von Rechts wegen gehörst du hinein. Komm, Ali Khan.«

»Wohin?«

»Besuchen wir Gribojedow.«

Wir bogen um die Klostermauer und blieben vor dem verwitterten Grabstein stehen: »Deine Taten sind unvergeßlich, aber warum überlebte dich die Liebe deiner Nino?«

Nino bückte sich und hob einen Kieselstein auf. Sie preßte ihn rasch an den Grabstein und ließ die Hand los. Der Stein fiel zu Boden und kullerte uns vor die Füße. Nino errötete tief. Es war ein alter Tifliser Aberglaube: Wenn ein Mädchen einen Stein an die feuchte Grabplatte preßt und der Stein einen Augenblick klebenbleibt, so wird es noch im selben Jahr heiraten. Ninos Stein fiel zu Boden. Ich lachte:

»Siehst du? Drei Monate vor deiner Hochzeit! Da hat doch unser Prophet recht mit dem Spruch ›Glaube nicht den toten Steinen‹.«

»Ja«, sagte Nino.

Wir gingen zur Drahtseilbahn zurück.

»Was werden wir nach dem Krieg tun?« fragte Nino.

»Nach dem Krieg? Dasselbe wie jetzt. Durch Baku spazieren, Freunde besuchen, nach Karabagh reisen und Kinder in die Welt setzen. Es wird sehr schön sein.«

»Ich will einmal nach Europa.«

»Gerne. Nach Paris, nach Berlin, einen Winter lang.«

»Ja, einen Winter lang.«

»Nino, gefällt dir unser Land nicht mehr? Wenn du willst, leben wir in Tiflis.«

»Danke, Ali, du bist sehr gut zu mir. Wir bleiben in Baku.«

»Nino, ich glaube, es gibt nichts Besseres als Baku.«

»So? Hast du denn so viele Städte gesehen?«

»Nein, aber wenn du willst, reise ich mit dir um die Welt.«

»Und sehnst dich dabei die ganze Zeit nach der alten Mauer und einem seelenvollen Gespräch mit Seyd Mustafa. Aber es macht nichts. Ich liebe dich. Bleibe, wie du bist.«

»Weißt du, Nino, ich hänge an unserer Heimat, an jedem Stein, an jedem Sandkörnchen der Wüste.«

»Ich weiß. Es ist seltsam – diese Liebe zu Baku. Für die Fremden ist unsere Stadt nur heiß, staubig, öldurchtränkt.«

»Ja, weil sie Fremde sind.«

Sie legte ihren Arm um meine Schulter. Ihre Lippen berührten meine Wangen: »Aber wir sind keine Fremden und wollen es nie werden. Wirst du mich immer lieben, Ali Khan?«

»Natürlich, Nino.«

Der Wagen war in der unteren Station angelangt. Eng umschlungen gingen wir durch die Golowinskystraße. Linker Hand lag ein ausgedehnter Park mit schön geschwungenen Gittern. Die Einfahrt war verschlossen. Zwei Soldaten, unbeweglich, als seien sie versteinert, hielten Wache. Über dem vergitterten Tor schwebte majestätisch der vergoldete kaiserliche Doppeladler. Der Park gehörte zum Palais des Großfürsten Nikolai Nikolajewitsch, Statthalter des Zaren im Kaukasus.

Plötzlich blieb Nino stehen. »Schau«, sagte sie und zeigte auf den Park. Hinter dem Gitter, durch die Pinienallee, schritt langsam ein großer, hagerer Mann mit graumelierten Haaren. Jetzt wandte er sich um, und ich erkannte die von kaltem

Wahn erfüllten Augen des Großfürsten. Sein Gesicht war länglich, die Lippen fest verschlossen. Im Schatten der Pinie glich er einem großen, edlen und wilden Tier.

»Woran denkt er wohl, Ali Khan?«

»An die Zarenkrone, Nino.«

»Sie würde ihm gut zu den grauen Haaren stehen. Was wird er tun?«

»Man sagt, er wird den Zaren stürzen.«

»Komm, Ali Khan, ich fürchte mich.«

Wir entfernten uns von dem schön geschwungenen Gitter. Nino sagte: »Du solltest nicht auf den Zaren schimpfen und nicht auf den Großfürsten. Sie schützen uns vor den Türken.«

»Er ist die eine Schere der glühenden Zange, in der dein Land steckt.«

»Mein Land? Und deines?«

»Bei uns ist es anders. Wir liegen auf dem Amboß, und der Großfürst hält den Hammer. Deshalb hassen wir ihn.«

»Und ihr schwärmt für Enver Pascha. Ein Unsinn, du wirst den Einzug Envers nie erleben. Der Großfürst wird siegen.«

»*Allah Barif*, Gott allein weiß es«, sagte ich friedliebend.

Sechzehntes Kapitel

Die Truppen des Großfürsten standen in Trapezunt, sie eroberten Erzerum und wälzten sich über die kurdischen Berge auf Bagdad zu. Die Truppen des Großfürsten standen in Teheran, in Täbris, ja sogar in der heiligen Stadt Meschhed. Der Schatten Nikolai Nikolajewitschs fiel über die halbe Türkei und über halb Persien. Einer Versammlung georgischer Edelmänner erklärte der Großfürst: »Dem Befehl des Zaren gehorchend, werde ich nicht ruhen, als bis das byzantinische Kreuz in neuem Glanz über der Kuppel der Hagia Sophia erstrahlen wird.«

Es stand schlecht um die Länder des Halbmondes. Nur die Kotschis und Ambals in ihren Gassen sprachen noch von der Macht des Osmanen und dem siegreichen Schwert Enver Paschas. Es gab kein Persien mehr, und bald würde es auch keine Türkei mehr geben.

Mein Vater war sehr schweigsam geworden und ging oft aus dem Hause. Manchmal beugte er sich über Kriegsberichte und Landkarten, flüsterte die Namen der verlorenen Städte und saß dann stundenlang unbeweglich, den Rosenkranz aus Bernstein in der Hand.

Ich besuchte Juweliere, Blumenhandlungen und Buchgeschäfte. Ich schickte Nino Edelsteine, Blumen und Bücher. Ich sah sie, und für Stunden verschwanden Krieg, Großfürst und der bedrohte Halbmond.

Eines Tages sagte mein Vater: »Sei abends zu Hause, Ali Khan. Es kommen verschiedene Leute, und es wird über wichtige Dinge gesprochen werden.«

Seine Stimme klang etwas verlegen, und er blickte weg.

Ich begriff und spottete: »Hab' ich dir nicht schwören müssen, Vater, mich nie mit Politik zu befassen?«

»Um sein Volk besorgt sein, heißt noch nicht, Politik treiben. Es gibt Zeiten, Ali Khan, in denen es Pflicht ist, an die Sache des Volkes zu denken.«

An jenem Abend war ich mit Nino in der Oper verabredet. Es gastierte Schaljapin. Seit Tagen freute sich Nino auf die Vorstellung. Ich ging ans Telefon und rief Iljas Beg an.

»Iljas, ich bin heute beschäftigt. Kannst du mit Nino in die Oper gehen? Ich habe bereits die Karten.«

Eine verdrießliche Stimme antwortete:

»Wo denkst du hin? Ich bin doch nicht mein eigener Herr. Ich habe heute Nachtdienst, zusammen mit Mehmed Haidar.«

Ich rief Seyd Mustafa an.

»Ich kann wirklich nicht. Ich bin mit dem großen Mullah

Hadschi Machsud verabredet. Er ist nur für wenige Tage aus Persien gekommen.«

Ich rief Nachararjan an. Seine Stimme klang sehr verlegen:

»Warum gehen Sie denn nicht, Ali Khan?«

»Es kommen Gäste zu uns.«

»Um zu beraten, wie man alle Armenier umbringt. Nicht wahr? In der Zeit, da mein Volk verblutet, sollte ich eigentlich nicht ins Theater gehen. Aber da wir Freunde sind – überdies singt Schaljapin wirklich ausgezeichnet.«

Endlich. In der Not zeigt sich der wahre Freund. Ich verständigte Nino und blieb zu Hause.

Um sieben Uhr kamen die Gäste, genau die, die ich erwartet hatte. Unser großer Saal mit den roten Teppichen und weichen Ottomanen beherbergte um halb acht eine Milliarde Rubel, besser gesagt, Menschen, die zusammen über eine Milliarde verfügten. Ihre Zahl war nicht groß, und sie waren mir alle seit Jahren bekannt.

Seinal Aga, Iljas Begs Vater, kam als erster. Er ging gebeugt, seine wäßrigen Augen waren verschleiert. Er saß auf der Ottomane, den Stock neben sich, und aß langsam und bedächtig ein Stück türkischen Honig. Nach ihm betraten zwei Brüder den Saal: Ali Assadullah und Mirza Assadullah. Ihr Vater, der verstorbene Schamsi, hinterließ ihnen ein Dutzend Millionen. Die Söhne erbten den Verstand des Vaters und lernten dazu noch lesen und schreiben. So vermehrten sie die Millionen um ein Vielfaches. Mirza Assadullah liebte Geld, Weisheit und Ruhe. Sein Bruder war wie das Feuer Zarathustras. Er brannte und verbrannte nicht. Er bewegte sich unaufhörlich. Er liebte Kriege, Abenteuer und Gefahren. Es gab viele blutige Geschichten im Lande, deren Held er gewesen sein sollte. Der finstere Bunjat Sadé, der neben ihm saß, liebte keine Abenteuer, dafür um so mehr die Liebe. Als einziger unter uns hatte er vier Frauen, die sich erbittert befehdeten. Er schämte sich dessen, konnte aber an seiner Natur nichts ändern. Nach der Zahl seiner Kinder gefragt, antwortete er melancholisch: »Fünfzehn oder achtzehn, wie soll ich armer Mann das wissen?« Nach der Zahl seiner Millionen gefragt, antwortete er dasselbe.

Jussuf Oghly, der am andern Ende des Saales saß, sah ihn mißbilligend und neiderfüllt an. Er hatte nur eine, wie es hieß, nicht sehr schöne Frau. Diese sagte ihm schon am Hochzeitstag: »Wenn du deinen Samen an andere Frauen vergeudest, so werde ich diesen anderen Frauen Ohren, Nasen und Brüste abschneiden. Was ich dir antun werde, kann ich gar nicht aussprechen.«

Die Frau stammte aus einem kriegerischen Geschlecht. Es war keine leere Drohung. Also sammelte der Arme Bilder.

Der Mann, der um halb acht in den Saal trat, war sehr klein, sehr mager und hatte zarte Hände und rot gefärbte Nägel. Wir erhoben uns und verbeugten uns, sein Unglück ehrend. Sein einziger Sohn Ismail war vor wenigen Jahren gestorben. Zu Ehren des Sohnes erbaute der Mann in der Nikolaistraße ein prunkvolles Gebäude. »Ismail« stand mit großen goldenen Lettern an der Fassade geschrieben. Das Gebäude schenkte er der islamischen Wohltätigkeit. Er hieß Aga Musa Nagi, und nur das Gewicht seiner zweihundert Millionen verschaffte ihm den Zugang zu unserem Kreis. Denn er war kein Muslim mehr. Er gehörte der ketzerischen Sekte des Bab an, des Häretikers, den Schah Nassreddin hinrichten ließ. Nur wenige von uns wußten genau, was Bab wollte. Dafür wußten wir alle, daß Nassreddin glühende Nadeln unter die Nägel der Babisten jagen, sie auf Scheiterhaufen verbrennen und mit Peitschen zu Tode prügeln ließ. Eine Sekte, die solche Strafen heraufbeschwor, muß Schlimmes gelehrt haben.

Um acht Uhr waren alle Gäste versammelt. Sie saßen da, die Fürsten des Öls, tranken Tee, aßen Süßigkeiten und sprachen von ihren Geschäften, die blühten, von ihren Häusern, ihren Pferden, ihren Gärten und ihren Verlusten am grünen Tisch des Spielkasinos. So sprachen sie bis neun, dem Gebot des Anstandes folgend. Dann räumten die Diener den Tee weg, schlossen die Tür, und mein Vater sagte:

»Mirza Assadullah, der Sohn Schamsi Assadullahs, hat verschiedene Gedanken über das Schicksal unseres Volkes. Wollen wir ihn anhören.«

Mirza Assadullah hob sein schönes, etwas verträumtes Gesicht. Er sagte:

»Wenn der Großfürst den Krieg gewinnt, gibt es kein einziges islamisches Land mehr. Die Hand des Zaren wird schwer sein. Uns wird er nicht anrühren, denn wir haben Geld. Aber er wird Moscheen und Schulen schließen und die Sprache verbieten. Fremde werden in Überzahl ins Land kommen, denn niemand schützt mehr das Volk des Propheten. Es wäre besser für uns, wenn Enver siegen würde, auch wenn er nur ein ganz klein wenig siegen würde. Aber können wir etwas dazu tun? Nein, sage ich. Wir haben Geld, aber der Zar hat mehr Geld. Wir haben Menschen, aber der Zar hat mehr Menschen. Was sollen wir tun? Wenn wir einen Teil unseres Geldes und einen Teil unserer Menschen dem Zaren geben, wenn wir eine Division aufstellen und ausrüsten, wird seine Hand nach dem Krieg vielleicht leichter sein. Oder gibt es einen anderen Weg?«

Er verstummte. Sein Bruder Ali richtete sich auf. Er sagte:

»Die Hand des Zaren ist schwer. Aber wer weiß, vielleicht gibt es nach dem Krieg keine Hand des Zaren mehr.«

»Auch dann, mein Bruder, gibt es immer noch viele Russen im Land.«

»Ihre Zahl kann abnehmen, mein Bruder.«

»Man kann sie nicht alle totschlagen, Ali.«

»Man kann sie alle totschlagen, Mirza.«

Sie schwiegen. Dann sagte Seinal Aga – er sprach sehr leise, altersschwach und ganz ohne Ausdruck:

»Niemand weiß, was im Buche geschrieben steht. Die Siege des Großfürsten sind keine Siege, selbst wenn er Stambul eroberte. Der Schlüssel zu unserm Glück liegt nicht in Stambul. Er liegt im Westen. Und dort siegen die Türken, auch wenn sie Deutsche heißen. Russen besetzen Trapezunt, Türken besetzen Warschau. Die Russen? Sind es überhaupt noch Russen? Ich habe gehört, daß ein Bauer – Rasputin soll sein Name sein – über den Zaren herrscht, die Zarentöchter streichelt und die Zarin Mama nennt. Es gibt Großfürsten, die den Zaren stürzen wollen. Es gibt Menschen, die nur den Frieden abwarten, um zu rebellieren. Es wird alles ganz anders sein nach diesem Krieg.«

»Ja«, sagte ein dicker Mann mit langem Schnurrbart und funkelnden Augen, »es wird ganz anders sein nach dem großen Krieg.«

Es war Feth Ali Khan von Choja, ein Rechtsanwalt. Er grübelte ständig über die Sache des Volkes.

»Ja«, wiederholte er inbrünstig, »und da es ganz anders sein wird, brauchen wir um niemandes Gunst zu betteln. Wer immer in diesem Krieg siegt, er wird schwach, mit vielen Wunden bedeckt, aus dem Kampf hervorgehen, und wir, die nicht geschwächt, nicht verwundet sind, können dann fordern, anstatt zu bitten. Wir sind ein islamisches, ein schiitisches Land, und wir erwarten vom Hause Romanow und vom Hause Osman dasselbe: Selbständigkeit in allen Dingen, die uns angehen. Je schwächer die Mächte nach dem Krieg sein werden, desto näher werden wir der Freiheit sein. Diese Freiheit wird uns erwachsen aus unserer unverbrauchten Kraft, unserem Geld und unserem Öl. Denn vergeßt nicht, die Welt hat uns nötiger als wir die Welt.«

Die im Zimmer versammelte Milliarde war sehr zufrieden. Abwarten, das war ein schönes Wort. Abwarten, ob der Türke oder der Russe siegt. Wir haben das Öl, der Sieger wird um unsere Gunst betteln müssen. Und bis dahin? Spitäler bauen, Kinderasyle, Blindenheime für Krieger unseres Glaubens. Niemand soll uns Mangel an Gesinnung vorwerfen.

Ich saß in der Ecke, schweigend und grollend. Ali Assadullah ging durch den Saal und setzte sich zu mir:

»Was sagen Sie dazu, Ali Khan?«

Ohne meine Antwort abzuwarten, beugte er sich vor und flüsterte: »Wäre es nicht schön, alle Russen in unserem Lande umzubringen? Und nicht nur die Russen. Alle Fremden, die anders sprechen, anders beten und anders denken. Im Grunde wollen wir es ja alle, aber nur ich wage es auszusprechen. Was dann kommt? Meinetwegen soll dann Feth Ali regieren. Obwohl ich mehr für Enver bin. Aber zuerst müssen wir die Fremden ausrotten.«

Er sprach das Wort »ausrotten« mit zarter Sehnsucht aus, als hieße es »lieben«. Seine Augen glänzten, sein Gesicht lächelte spitzbübisch. Ich schwieg. Jetzt sprach Aga Musa Nagi, der Babist. Seine kleinen, tiefsitzenden Augen blinzelten.

»Ich bin ein alter Mann«, sagte er, »und ich bin traurig über das, was ich sehe, und über das, was ich höre. Russen rotten die Türken aus, die Türken die Armenier, die Armenier wollen uns ausrotten und wir die Russen. Ich weiß nicht, ob das gut ist. Wir haben vernommen, was Seinal Aga, Mirza, Ali und Feth Ali über das Schicksal unseres Volkes denken. Ich habe verstanden, daß sie um die Schulen, um die Sprache, um die Krankenhäuser und um die Freiheit besorgt sind. Aber was nützt eine Schule, wenn dort nur Unsinn unterrichtet wird, was ist ein Krankenhaus, wenn dort der Körper geheilt und die Seele vergessen wird! Unsere Seele will zu Gott. Doch jedes Volk denkt, es habe einen andern Gott. Ich glaube aber, daß sich durch die Stimme aller Weisen derselbe Gott offenbarte. Deshalb verehre ich Christus und Konfuzius, Buddha und Mohammed. Von einem Gott kommen wir, und durch Bab kehren wir alle zu ihm zurück. Das sollte dem Volk verkündet werden. Es gibt kein Schwarz, und es gibt kein Weiß, denn in Schwarz ist Weiß, und in Weiß ist Schwarz. Deshalb ist mein Rat: Tun wir nichts, was irgend jemand auf Erden schaden kann, denn wir sind in jedem, und ein jeder ist in uns.«

Wir schwiegen betroffen. Das war also die Häresie des Bab.

Neben mir ertönte ein lautes Schluchzen. Ich blickte mich erstaunt um und sah das Gesicht Ali Assadullahs tränenüberströmt und gramverzehrt.

»Oh, meine Seele«, schluchzte er, »wie recht Sie haben. Welch Glück, Ihnen zu lauschen. Oh, Allmächtiger! Wenn doch alle Menschen zu gleich tiefer Erkenntnis gelangt wären.«

Er trocknete sich die Tränen, schluchzte noch ein paarmal und fügte bedeutend kühler hinzu:

»Ohne Zweifel, mein Verehrungswürdiger, ist die Hand Gottes über allen Händen, aber deshalb ist es nicht weniger wahr, o Quelle der Weisheit, daß man sich auf die gnadenvolle Eingebung des Allerhöchsten nicht unbedingt verlassen kann. Wir sind nur Menschen, und wenn die Eingebung fehlt, müssen wir selbst Wege finden, um die Schwierigkeiten zu beseitigen.«

Es war ein kluger Satz, und es waren kluge Tränen. Ich merkte, wie Mirza seinen Bruder voll Bewunderung ansah.

Die Gäste erhoben sich. Schmale Hände berührten grüßend die dunklen Stirnen. Die Rücken beugten sich, und die Lippen murmelten: »Friede über euch. Bleiben Sie mit einem Lächeln zurück, o Freund.«

Die Sitzung war zu Ende. Die Milliarde ergoß sich über die Straße, grüßend, händeschüttelnd und kopfnickend. Es war halb elf. Der Saal war leer und bedrückend. Einsamkeit überfiel mich. Ich sagte dem Diener: »Ich gehe noch weg. Zur Kaserne. Iljas Beg hat Nachtdienst.«

Ich ging zum Meer, an Ninos Haus vorbei, zur großen Kaserne. Im Fenster des Wachgebäudes brannte Licht. Iljas Beg und Mehmed Haidar würfelten. Ich trat ein. Ein stummes Kopfnicken begrüßte mich. Endlich war das Spiel zu Ende. Iljas Beg warf die Würfel in die Ecke und knöpfte seinen Kragen auf.

»Wie war es?« fragte er. »Hat Assadullah wieder einmal geschworen, alle Russen umzubringen?«

»So ungefähr. Was hört man vom Krieg?«

»Krieg«, sagte er gelangweilt, »die Deutschen haben ganz Polen besetzt. Der Großfürst wird im Schnee steckenbleiben oder auch Bagdad besetzen. Vielleicht werden die Türken Ägypten erobern. Was weiß ich? Es ist langweilig auf dieser Erde.«

Mehmed Haidar rieb seinen kurzgeschorenen, spitzen Schädel. »Es ist gar nicht langweilig«, sagte er, »wir haben Pferde und Soldaten und verstehen mit Waffen umzugehen. Was braucht ein Mann mehr? Manchmal will ich über die Berge ziehen, im Schützengraben liegen und einen Feind vor mir haben. Der Feind soll gute Muskeln haben, und seine Haut soll nach Schweiß riechen.«

»Melde dich doch zur Front«, sagte ich.

Mehmed Haidars Augen blickten unter der niedrigen Stirn traurig und verloren: »Ich bin nicht der Mann, der auf Mohammedaner schießt. Auch wenn sie Sunniten sind. Aber ich habe den Eid geleistet und kann auch nicht desertieren. Es sollte alles ganz anders werden bei uns im Land.«

Ich sah ihn liebevoll an. Er saß breitschultrig, kräftig, mit einfältigem Gesicht und erstickte fast vor Kampflust:

»Ich will an die Front, und ich will auch nicht«, sagte er bekümmert.

»Was soll mit unserm Land geschehen?« fragte ich ihn.

Er schwieg und runzelte die Stirn. Denken war nicht seine Stärke. Endlich sagte er:

»Unser Land? Moscheen sollte man bauen. Der Erde Wasser geben. Unsere Erde ist durstig. Es ist auch gar nicht gut, daß jeder Fremde zu uns kommt und uns sagt, wie dumm wir sind. Es ist unsere Sache, wenn wir dumm sind. Und dann: Ich glaube, es wäre schön, ein großes Feuer anzulegen und alle Öltürme im Lande zu verbrennen. Es wäre ein herrlicher Anblick, und wir wären wieder arm. Niemand brauchte uns dann, und die Fremden ließen uns in Ruhe. Und anstelle der Bohrtürme würde ich eine schöne Moschee bauen, mit blauen Kacheln. Büffel müßten kommen, und auf dem Ölland sollten wir Getreide pflanzen.«

Er verstummte, in die Vision der Zukunft versunken.

Iljas Beg lachte vergnügt: »Und dann sollte man das Lesen und Schreiben verbieten, Kerzenlicht einführen und den dümmsten Menschen im Lande zum König wählen.«

Mehmed Haidar überhörte den Spott. »Gar nicht schlecht«, sagte er, »in früheren Zeiten gab es viel mehr Dumme als jetzt. Die Dummen bauten Wasserkanäle statt Ölquellen, und die Fremden wurden ausgeraubt, statt daß sie uns ausraubten. Früher gab es viel mehr glückliche Menschen.«

Ich wollte den einfältigen Burschen umarmen und küssen.

Ein wildes Klopfen am Fenster riß mich empor. Ich blickte hinaus. Ein dunkles, pockennarbiges Gesicht starrte mich an. Ich lief zur Tür. Seyd Mustafa stürzte ins Zimmer. Sein Turban hing schief über die schweißbedeckte Stirn. Sein grüner Gurt war aufgelöst, und der graue Überwurf staubig. Er sank auf einen Stuhl und rief keuchend:

»Nachararjan hat Nino entführt. Vor einer halben Stunde. Sie sind auf dem Weg nach Mardakjany.«

Siebzehntes Kapitel

Mehmed Haidar sprang auf. Seine Augen wurden ganz klein. »Ich sattle die Pferde!« Er stürzte hinaus. Mein Gesicht glühte. Das Blut drang in die Schläfen, ich hörte ein Sausen, und mir war, als ob eine unsichtbare Hand mit einem Stock auf meinen Kopf einschlage. Wie im Traum vernahm ich die Stimme Iljas Begs:

»Behalte die Fassung, Ali Khan, behalte die Fassung. Verlier sie erst, wenn wir die beiden eingeholt haben.«

Er stand vor mir. Sein schmales Gesicht war sehr blaß. Er umgürtete mich mit einem geraden, kaukasischen Dolch.

»Hier«, sagte er und drückte mir einen Revolver in die Hand. »Bleibe ruhig, Ali Khan. Spar die Wut auf für den Weg nach Mardakjany.«

Mechanisch steckte ich die Waffe in die Tasche. Das pokkennarbige Gesicht Seyd Mustafas neigte sich zu mir. Ich sah, wie sich die dicken Lippen bewegten, und hörte abgerissene Worte:

»Ich verließ mein Haus, um den weisen Mullah Hadschi Machsud zu besuchen. Das Zelt seiner Weisheit steht neben dem Theater. Um elf Uhr verließ ich ihn. Das Sündenspiel war gerade beendet. Ich sah Nino in Begleitung Nachararjans das Auto besteigen. Das Auto fuhr nicht ab. Die beiden sprachen miteinander. Nachararjans Gesicht mißfiel mir. Ich schlich mich heran und lauschte. ›Nein‹ sagte Nino, ›ich liebe ihn.‹

›Ich liebe Sie mehr‹, sagte Nachararjan. ›In diesem Land wird kein Stein auf dem andern bleiben! Ich entreiße Sie den Klauen Asiens.‹ – ›Nein‹, sagte Nino, ›bringen Sie mich heim.‹ Er schaltete den Motor ein. Ich sprang hinten auf das Koffergestell. Das Auto fuhr zum Haus der Kipianis. Ich hörte nicht, was sie unterwegs sprachen. Aber sie sprachen viel. Vor dem Haus hielt der Wagen. Nino weinte. Plötzlich umarmte

Nachararjan sie und küßte ihr Gesicht. ›Sie dürfen nicht in die Hände der Wilden fallen!‹ rief er, dann flüsterte er noch etwas, und zum Schluß hörte ich nur einen Satz: ›Zu mir nach Mardakjany, in Moskau lassen wir uns trauen und fahren dann nach Schweden.‹ Ich sah, wie Nino ihn zurückstieß. Da sprang der Motor an. Sie waren weg. Ich lief, was ich konnte, um...«

Er sprach nicht zu Ende, oder ich habe nicht zu Ende gehört. Mehmed Haidar riß die Tür auf. »Die Pferde sind gesattelt!« rief er. Wir eilten in den Hof. Im Schein des Vollmondes sah ich die Tiere. Sie wieherten leise und stampften mit den Hufen.

»Hier«, sagte Mehmed Haidar.

Er führte mich zu meinem Pferd. Ich sah es an und erstarrte. Das rotgoldene Wunder aus Karabagh, das Pferd Melikows, des Regimentskommandanten!

Mehmed Haidar blickte finster. »Der Kommandant wird toben. Kein anderer hat je dieses Pferd geritten. Es jagt wie der Wind. Schon es nicht. Du holst sie ein.«

Ich sprang in den Sattel. Meine Peitsche streifte die Flanke des Wundertieres. Ein gewaltiger Satz, und ich war aus dem Hof der Kaserne. Ich jagte dem Ufer des Meeres entlang. Haßerfüllt schlug ich auf das Pferd ein. Häuser tanzten an mir vorbei, und ich sah Feuerfunken unter den Hufen des Tieres. Wilde Wut packte mich. Ich riß am Zaumzeug. Das Pferd bäumte sich und raste weiter. Endlich lagen die letzten Lehmhütten hinter mir. Ich sah die mondübergossenen Felder und den schmalen Landweg nach Mardakjany. Die Nachtluft kühlte mich ab. Rechts und links zogen sich die Melonenfelder. Die runden Früchte glichen Goldklumpen. Der Galopp des Pferdes war gestreckt, federnd, von hinreißendem Gleichmaß. Ich beugte mich weit vor, bis zur goldenen Mähne des Pferdes.

So war es also! Deutlich sah ich alles vor mir... Ich hörte jedes Wort, das sie gesprochen hatten. Die Gedanken des Fremden waren plötzlich nah und greifbar: Enver kämpft in Kleinasien. Der Thron des Zaren wankt. In der Armee des Großfürsten armenische Bataillone. Bricht die Front zusammen, dann ergießt sich die Armee Osmans über Armenien, Karabagh und Baku. Nachararjan wittert die Folgen. Goldbarren, schweres, armenisches Gold wandert nach Schweden. Es ist aus mit der Verbrüderung der Kaukasusvölker. Ich sehe die beiden in der Theaterloge.

›Prinzessin, es gibt keine Brücke zwischen Ost und West, auch nicht die Brücke der Liebe.‹

Nino schweigt. Sie hört zu.

›Wir müssen zueinander halten, die wir vom Schwerte Osmans bedroht sind. Wir, die Botschafter Europas in Asien. Ich liebe Sie, Prinzessin. Wir gehören zueinander. In Stockholm ist das Leben leicht und einfach. Dort ist Europa, der Westen.‹

Und dann, als ob die Worte in meiner Gegenwart gesprochen wären: ›Es wird kein Stein in diesem Lande auf dem anderen bleiben.‹

Und zuletzt: ›Bestimmen Sie selbst Ihr Schicksal, Nino. Nach dem Krieg ziehen wir nach London. Wir werden bei Hof empfangen werden. Ein Europäer muß selbst sein Schicksal meistern. Auch ich schätze Ali Khan, aber er ist ein Barbar, ewig gefangen im Bann der Wüste.‹

Ich peitsche das Pferd. Ein wilder Schrei. So heult der Wüstenwolf beim Anblick des Mondes. Lange, hoch, klagend. Die ganze Nacht wird zu einem Schrei. Ich beuge mich ganz nach vorne. Meine Kehle schmerzt. Warum schreie ich auf dem mondübergossenen Weg nach Mardakjany? Ich muß die Wut aufsparen. Scharfer Wind peitscht mein Gesicht. Die Tränen kommen vom Wind, von nichts anderem. Ich weine nicht, selbst dann nicht, wenn ich plötzlich weiß, es gibt keine Brücke zwischen Ost und West, auch nicht die Brücke der

Liebe. Lockende, leuchtende georgische Augen! Ja, ich stamme vom Wüstenwolf, vom grauen Wolf der Türken. Wie schön er sich das ausgedacht hat: ›Wir lassen uns in Moskau trauen und fahren dann nach Schweden.‹ Ein Hotel in Stockholm, sauber, warm, mit weißer Wäsche. Eine Villa in London. Eine Villa? Mein Gesicht berührt die rotgoldene Haut des Pferdes. Plötzlich beiße ich in den Hals des Tieres. Mein Mund füllt sich mit dem salzigen Geschmack des Blutes. Eine Villa? In Mardakjany hat Nachararjan eine Villa. Mitten in den Obstgärten der Oase. Wie alle Reichen von Baku. Aus weißem Marmor, am Meer gelegen, mit korinthischen Säulen. Wie rasch rast ein Auto und wie rasch ein Pferd aus Karabagh? Ich kenne die Villa. Das Bett ist aus Mahagoniholz, rot und sehr breit. Weiße Laken, wie im Hotel in Stockholm. Er wird nicht die ganze Nacht philosophieren. Er wird... natürlich wird er. Ich sehe das Bett und georgische Augen, von Lust und Schrecken verschleiert. Meine Zähne bohren sich tief in das Fleisch des Pferdes. Das Tier rast. Weiter, weiter! Spar die Wut auf, bis du sie eingeholt hast, Ali Khan.

Die Straße ist schmal. Plötzlich lache ich. Welch Glück, daß wir in Asien sind, im wilden, rückständigen, unzivilisierten Asien. Das keine Autostraßen hat, sondern nur holprige Pfade, wie geschaffen für Pferde aus Karabagh. Wie schnell kommt ein Auto auf diesen Straßen vorwärts und wie schnell ein Pferd aus Karabagh?

Die Melonen am Straßenrand blicken mich an, als hätten sie Gesichter.

»Sehr schlechte Straßen«, sagen die Melonen, »nichts für Autos aus England. Nur für Reiter auf Karabagher Pferden.«

Wird das Pferd diesen Ritt überleben? Wahrscheinlich nicht. Ich sehe das Gesicht Melikows, damals in Schuscha, als sein Säbel klirrte und er sprach: ›Nur wenn der Zar zum Kampf ruft, besteige ich dieses Pferd.‹ Ach was! Soll er dem Pferd nachweinen, der alte Mann aus Karabagh. Noch ein

Peitschenhieb und noch einer. Der Wind schlägt mir ins Gesicht, als hätte er Fäuste. Eine Biegung. Wildes Gebüsch wächst am Straßenrand, und endlich in der Ferne, höre ich das Rattern des Motors. Licht fällt auf die Straße. Das Auto! Langsam schleppt es sich vorwärts auf der holprigen Straße. Ein Auto aus Europa. Nicht geschaffen für die Wege Asiens. Noch ein Peitschenhieb! Ich erkenne Nachararjan am Steuer. Und Nino! Nino, zusammengekauert in der Ecke. Warum hören sie nicht den Hufschlag des Pferdes? Lauscht er denn nicht in die Nacht hinaus? Er fühlt sich sicher in seinem Auto aus Europa, auf dem Wege nach Mardakjany. Er soll stehenbleiben, der lackierte Kasten. Sofort, auf der Stelle! Meine Hand entsichert den Revolver. So, liebes Werkzeug aus Belgien. Tu deinen Dienst. Ich drücke ab. Ein schmaler Feuerstreifen leuchtet für einen Augenblick über dem Weg auf. Ich halte das Pferd an. Gut geschossen, gut getroffen, liebes belgisches Werkzeug. Der linke Reifen des Wagens senkt sich wie ein plötzlich entleerter Schlauch. Der lackierte Kasten steht! Ich reite heran, und das Blut hämmert in meinen Schläfen. Ich werfe die Waffe weg, ich weiß nicht mehr genau, was ich tue. Zwei Gesichter sehen mich an, die Augen in wildem Schrekken aufgerissen. Eine fremde zitternde Hand umklammert den Griff eines Revolvers. Er war also doch nicht so sicher im Auto aus Europa. Ich sehe die fetten Finger und einen Ring mit großen Brillanten. Rasch, Ali Khan! Jetzt darfst du die Fassung verlieren. Ich ziehe den Dolch. Sie wird nicht schießen, die zitternde Hand. Der Dolch saust mit melodischem Klang durch die Luft. Wo habe ich das Werfen des Dolches erlernt? In Persien? In Schuscha? Nirgends! In meinem Blut, in meinen Adern kreist das Wissen, welche Linie des Fluges ein Dolch einschlagen muß. Von Ahnen ererbt. Vom ersten Schirwanschir, der nach Indien zog und Delhi bezwang. Ein Schrei, unerwartet dünn und hoch. Die fette Hand spreizt die Finger. Ein Blutstreifen ergießt sich über das Handgelenk.

Herrlich ist das Blut des Feindes auf dem Landweg nach Mardakjany. Der Revolver fällt zu Boden. Und plötzlich hastig kriechende Bewegungen eines dicken Bauches. Ein Satz, und der Mann läuft über den Weg zum wilden Gebüsch am Straßenrand. Ich springe vom Pferd. Ich hebe den Dolch auf und stecke ihn in die Scheide. Nino sitzt ganz aufrecht im weichen Polster des Wagens. Ihr Gesicht ist hart und regungslos, wie aus Stein gemeißelt. Nur der Körper zittert heftig, vom Spuk des nächtlichen Kampfes ergriffen. In der Ferne höre ich Hufschläge. Ich springe ins Gebüsch. Die scharfen Zweige pakken mich, als wären sie die Hände eines unsichtbaren Feindes. Laub knirscht unter meinen Füßen, trockene Äste zerschneiden meine Hände. Fern im Gesträuch atmet heiß das gehetzte Tier – Nachararjan. Ein Hotel in Stockholm! Dicke, satte Lippen an Ninos Gesicht!

Da sehe ich ihn. Er stolpert und zerreißt mit dicken Händen das Gestrüpp. Jetzt rennt er über das Melonenfeld zum Meer. Ich habe den Revolver vorhin weggeworfen. Meine Hände bluten, vom stachligen Gebüsch zerrissen. Da – die erste Melone. Runde Fratze, fett und blöd. Ich trete sie, und sie platzt krachend unter meinem Absatz. Ich laufe über das Feld. Der Mond blickt mit dem Antlitz des Todes. Kalte, goldene Lichtfluten über dem Melonenfeld. Du wirst keine Goldbarren nach Schweden bringen, Nachararjan.

Jetzt. Ich packe seine Schulter. Er dreht sich um, steht wie ein Klotz, in seinen Augen der Haß des Entlarvten. Ein Schlag – seine Faust landet an meinem Kinn. Und wieder – gleich unter dem Brustkorb. Gut, Nachararjan, hast den Faustkampf in Europa gelernt. Mir schwindelt. Für kurze Sekunden stockt der Atem. Bin nur ein Asiate, Nachararjan. Habe die Kunst des Tiefschlags nie erfaßt. Kann nur rasen wie ein Wolf in der Wüste. Ich springe. Ich umfasse seinen Körper, als wäre er ein Baumstamm. Meine Füße pressen sich gegen seinen Bauch, meine Hände umklammern den dicken Hals. Er schlägt wild auf mich ein. Ich ducke mich, und wir stürzen zu Boden. Wir rollen über das Feld. Plötzlich liege ich unten. Die Hände Nachararjans würgen mich. Sein Mund hängt schief im verzerrten Gesicht. Meine Füße schlagen gegen seinen Bauch. Die Absätze bohren sich in das Fett ein. Er läßt los. Einen Augenblick sehe ich seinen nackten Hals. Der zerrissene Kragen ist verschoben. Der Hals ist weiß. Aus meiner Kehle kommt ein dumpfer Schrei. Meine Zähne graben sich in seinen dicken, weißen Hals. Ja, Nachararjan, so machen wir es in Asien. Ohne Tiefschlag.

Der Griff des grauen Wolfes. Ich fühle das Beben seiner Adern.

An meiner Hüfte spüre ich eine leise Bewegung. Nachararjans Hand ergreift meinen Dolch. In der Hitze des Kampfes habe ich ihn vergessen. Stahl blitzt vor meinen Augen. Ein stechender Schmerz an der Rippe. Wie warm mein Blut ist. Der Stoß ist an meiner Rippe abgeglitten. Ich gebe seinen Hals frei und reiße ihm den Dolch aus der verwundeten Hand. Jetzt liegt er unter mir, das Gesicht dem Mond zugewandt. Ich hebe den Dolch. Da schreit er dünn, lang, mit zurückgeworfenem Kopf. Sein Gesicht ist ein einziger Mund – die aufgerissene dunkle Pforte der Todesangst. Hotel in Stockholm. Du Schwein am Spieß. O Melonenfeld bei Mardakjany!

Was zögere ich? Eine Stimme hinter mir: »Stoß zu, Ali Khan, stoß zu!« Es ist die Stimme Mehmed Haidars.

»Etwas über dem Herzen, von oben nach unten.«

Die Stimme bricht ab. Ich weiß, wo die Stelle des Todes ist. Nur noch einen Augenblick. Ich will noch einmal die klagende Stimme des Feindes hören.

Dann hebe ich den Dolch. Meine Muskeln sind gestrafft. Oberhalb des Herzens vereint sich mein Dolch mit dem Körper des Feindes. Er zuckt, einmal, noch einmal. Ich erhebe mich langsam. Blut an meinem Anzug. Mein Blut? Sein Blut? Jetzt ist es gleich.

Mehmed Haidar fletscht die Zähne: »Wie schön du es gemacht hast, Ali Khan. Ich werde dich ewig verehren.«

Meine Rippe schmerzt. Er stützt mich. Wir tauchen im Gebüsch unter und stehen wieder bei dem lackierten Kasten, auf dem Landweg nach Mardakjany. Vier Pferde. Zwei Reiter. Iljas Beg hebt grüßend die Hand. Seyd Mustafa hat den grünen Turban in den Nacken geschoben. Auf seinem Sattel hält er Nino fest umklammert. Nino schweigt.

»Was soll mit dem Weib geschehen? Willst du sie erdolchen, oder soll ich es tun?«

Seyd Mustafa spricht langsam und leise. Die Augen halb geschlossen, wie im Traum.

»Stoß zu, Ali Khan.« Jetzt ist es Mehmed Haidar. Seine Hand reicht mir den Dolch.

Ich blicke zu Iljas Beg. Er nickt. Er ist kreidebleich: »Wir werden die Leiche ins Meer werfen.«

Ich trete an Nino heran. Ihre Augen sind riesengroß... Während der Pause kam sie immer zu uns herüber, in Tränen aufgelöst, mit der Schulmappe in der Hand. Einst lag ich unter ihrer Bank verborgen und flüsterte: ›Karl der Große wurde im Jahre 800 in Aachen gekrönt.‹

Warum schweigt Nino? Warum weint sie nicht, wie damals, in der großen Pause? Sie konnte ja nichts dafür, daß sie nicht wußte, wann Karl der Große gekrönt wurde. Ich umklammere den Hals ihres Pferdes und sehe sie an. Unsere Blicke treffen sich. Ihre Augen schweigen. Schön ist sie im Sattel des Seyd, vom Mondlicht übergossen, die Augen auf den Dolch gerichtet. Georgisches Blut, das beste der Welt. Georgische Lippen, Nachararjan hat sie geküßt. Goldbarren in Schweden – er hat sie geküßt.

»Iljas Beg, ich bin verwundet. Bring Prinzessin Nino nach Hause. Die Nacht ist kalt. Deck Prinzessin Nino zu. Ich ermorde dich, Iljas Beg, falls die Prinzessin nicht heil nach Hause kommt. Hörst du, Iljas Beg, das ist mein fester Wille.

Mehmed Haidar, Seyd Mustafa, ich bin sehr schwach. Bringt mich heim. Stützt mich, ich verblute.«

Ich umfasse die Mähne des Pferdes aus Karabagh. Mehmed Haidar hilft mir aufsitzen. Iljas Beg nähert sich, behutsam ergreift er Nino und legt sie in die weichen Kissen seines Kosakensattels. Sie wehrt sich nicht... Er zieht den Rock aus und legt ihn sanft um ihre Schultern. Er ist immer noch sehr blaß. Er wirft mir einen kurzen Blick zu und nickt. Er wird Nino heil nach Hause bringen. Er reitet voraus. Wir warten eine Weile. Mehmed Haidar und Seyd Mustafa dürfen nicht von mir weichen. Ich stütze mich auf sie. Mehmed Haidar springt in den Sattel:

»Du bist ein Held, Ali Khan. Du hast herrlich gekämpft. Du tatest deine Pflicht.«

Er stützt mich. Seyds Augen sind gesenkt. Er sagt:

»Ihr Leben gehört dir. Du kannst es nehmen. Du kannst es verschonen. Beides ist erlaubt. So lautet das Gesetz.«

Er lächelt verträumt. Mehmed Haidar steckt mir die Zügel in die Hand.

Wir reiten schweigend durch die Nacht. Die Lichter von Baku sind weich und lockend.

Achtzehntes Kapitel

Eine schmale Steinterrasse am Rande des Abgrunds. Gelbe Felsen, trocken, verwittert, baumlos. Steine, riesig, rauh, grob aufeinandergeschichtet. Dicht nebeneinander, viereckig und schmucklos, hängen am Abgrund die Hütten. Das flache Dach der einen Hütte bildet den Hof der darüber gelegenen. Unten rauscht ein Bergbach, in der klaren Luft leuchten die Felsen. Ein schmaler Weg windet sich durch das Gestein und verliert sich im Abgrund. Ein Aul – ein Bergdorf in Daghestan. Der Raum in der Hütte ist dunkel, mit dicken Matten bedeckt. Draußen stützen zwei Holzpfähle einen schmalen Dachvorsprung. Ein Adler, mit ausgebreiteten Flügeln, hängt wie versteinert in der Unendlichkeit des Himmels.

Ich liege auf dem kleinen Dachhof, das Bernsteinmundstück der Wasserpfeife zwischen den Lippen. Ich sauge den kühlen Dunst in die Lungen. Die Schläfen werden kalt, der blaue Rauch entschwindet, vom schwachen Wind getragen. Eine mitleidige Hand hat Haschischkörner in das Tabakkraut gemischt. Meine Augen blicken in den Abgrund und sehen Gesichter im schwimmenden Nebel kreisen. Vertraute Züge tauchen auf. Das Antlitz des Kriegers Rustem vom Teppich an der Wand meines Zimmers in Baku.

Irgendwann lag ich dort, eingehüllt in dicke Seidendecken. Die Rippe schmerzte. Der Verband war weich und weiß. Leise Schritte im Nebenzimmer. Unterdrückte Worte. Ich lauschte. Die Worte wurden lauter. Die Stimme des Vaters:

»Es tut mir leid, Herr Polizeikommissar. Ich weiß selbst nicht, wo mein Sohn sich aufhält. Ich vermute, daß er zu seinem Onkel nach Persien geflohen ist. Ich bedauere es außerordentlich.«

Die Stimme des Kommissars klang lärmend:

»Gegen Ihren Sohn ist ein Verfahren wegen Mordes eingeleitet worden. Ein Haftbefehl ist bereits erlassen. Wir werden ihn auch in Persien finden.«

»Ich würde es sehr begrüßen. Jedes Gericht würde meinen Sohn freisprechen. Eine Affekthandlung, durch die Ereignisse mehr als gerechtfertigt. Im übrigen...«

Ich hörte das Rascheln frischer Geldnoten, oder ich glaubte es zu hören. Dann Schweigen. Und wieder die Stimme des Kommissars:

»Ja, ja. Diese jungen Leute. So rasch mit dem Dolch. Ich bin nur eine Amtsperson. Aber ich fühle mit. Der junge Mann soll sich nicht mehr in der Stadt zeigen. Den Haftbefehl muß ich aber nach Persien weitergeben.«

Die Schritte entfernten sich. Wieder tiefes Schweigen. Die Zierschrift auf dem Teppich war wie ein Labyrinth. Meine Augen verfolgten die Linien der Buchstaben und verirrten sich in einem schön geschwungenen »N«.

Gesichter beugten sich über mich. Lippen flüsterten Unverständliches. Dann saß ich im Bett, aufgerichtet und verbunden, und vor mir standen Iljas Beg und Mehmed Haidar. Beide lächelnd, beide in Feldzugsuniform.

»Wir kommen, um Abschied zu nehmen. Wir sind an die Front versetzt worden.«

»Wieso?«

Iljas zupfte an der Patronentasche:

»Ich habe Nino nach Hause gebracht. Sie schwieg die ganze Zeit. Dann ritt ich zurück zur Kaserne. Nach einigen Stunden war alles bekannt. Melikow, der Regimentskommandeur, schloß sich ein und soff. Er wollte das Pferd nicht mehr sehen. Abends ließ er es erschießen. Dann meldete er sich zur Front. Das mit dem Kriegsgericht konnte mein Vater noch einrenken. Aber an die Front hat man uns versetzt. Gleich in die vordersten Linien.«

»Verzeiht mir. Ich habe euch auf dem Gewissen.«

Beide protestierten heftig.

»Nein, du bist ein Held, du hast wie ein Mann gehandelt. Wir sind sehr stolz.«

»Habt ihr Nino gesehen?«

Die beiden stehen da mit ausdruckslosen Gesichtern.

»Nein, wir haben Nino nicht gesehen.«

Es klang sehr kühl. Wir umarmten uns.

»Mach dir unseretwegen keine Sorgen. Wir werden uns schon an der Front zurechtfinden.«

Ein Lächeln, ein Gruß. Die Tür schloß sich.

Ich lag in den Kissen, die Augen auf das rote Teppichmuster gerichtet. Arme Freunde. Es ist meine Schuld. Ich versank in seltsame Wachträume. Alles Gegenwärtige war verschwunden. Ninos Gesicht schwebte im Nebel, bald lachend, bald ernst. Fremde Hände berührten mich. Jemand sagte auf persisch:

»Er soll Haschisch nehmen. Hilft sehr gegen das Gewissen.«

Jemand steckte mir Bernstein in den Mund, und durch die Fetzen des Wachtraums drangen Worte an mein Ohr:

»Verehrter Khan. Ich bin erschüttert. Welch gräßliches Unglück. Ich bin dafür, daß meine Tochter Ihrem Sohn nachreist. Sie sollen sofort heiraten.«

»Mein Fürst, Ali Khan kann nicht heiraten. Er ist jetzt Kanly, der Blutrache der Nachararjans preisgegeben. Ich habe ihn nach Persien geschickt. Sein Leben ist stündlich bedroht. Er ist nicht der richtige Mann für Ihre Tochter.«

»Safar Khan, ich flehe Sie an. Wir werden die Kinder schützen. Sie sollen weg. Nach Indien, nach Spanien. Meine Tochter ist entehrt. Nur die Ehe kann sie retten.«

»Es ist nicht die Schuld Ali Khans, mein Fürst. Im übrigen wird sich schon ein Russe finden, oder gar ein Armenier.«

»Ich bitte Sie. Ein harmloser, nächtlicher Ausflug. So verständlich in dieser Schwüle. Ihr Sohn hat übereilt gehandelt. Ein völlig falscher Verdacht. Er muß es gutmachen.«

»Wie dem auch sei, Fürst, Ali Khan ist Kanly, er kann nicht heiraten.«

»Ich bin auch nur ein Vater, Safar Khan.«

Die Stimmen verstummten. Es wurde ganz still. Die Körner des Haschisch sind rund und gleichen Ameisen.

Endlich fiel der Verband. Ich befühlte die Narbe – das erste Ehrenmal an meinem Leib. Dann erhob ich mich. Tastenden Schrittes ging ich durchs Zimmer. Die Diener blickten mit scheuer Angst. Die Tür öffnete sich. Mein Vater trat ein. Mein Herz schlug heftig. Der Diener verschwand.

Eine Weile schwieg mein Vater. Er ging im Zimmer auf und ab. Dann blieb er stehen. »Täglich kommt die Polizei und nicht nur die Polizei. Alle Nachararjans suchen dich. Fünf von ihnen sind bereits nach Persien abgereist. Ich muß das Haus von zwanzig Mann bewachen lassen. Die Melikows haben dir übrigens auch Blutfehde erklärt. Wegen des Pferdes. Deine Freunde mußten an die Front.«

Ich schwieg und blickte zu Boden. Der Vater legte mir die Hand auf die Schulter. Seine Stimme klang weich: »Ich bin stolz auf dich, Ali Khan, sehr stolz. Ich hätte genauso gehandelt.«

»Du bist zufrieden, Vater?«

»Beinahe restlos. Nur eines sag mir«, er umarmte mich und blickte mir tief in die Augen, »warum hast du das Weib verschont?«

»Ich weiß nicht, Vater. Ich war müde.«

»Es wäre besser gewesen, mein Sohn. Jetzt ist es zu spät. Aber ich will dir nichts vorwerfen. Wir alle, die ganze Familie, sind sehr stolz.«

»Was soll nun werden, Vater?«

Er ging auf und ab und seufzte besorgt: »Ja, hier kannst du nicht bleiben. Auch nach Persien darfst du nicht. Die Polizei und zwei mächtige Familien suchen dich. Das beste ist, du reist nach Daghestan. In einem Aul wird dich niemand finden. Dort traut sich kein Armenier hin und kein Polizist.«

»Für wie lange, Vater?«

»Für sehr lange. Bis die Polizei den Vorfall vergessen hat und die feindlichen Familien sich mit uns versöhnt haben. Ich werde dich besuchen.«

Nachts fuhr ich weg. Nach Machatsch-Kale und dann in die Berge. Auf engen Pfaden, von kleinen, langmähnigen Pferden getragen. Zum fernen Aul, am Rande der wilden Schlucht.

Nun war ich da, im sicheren Schutz der daghestanischen Gastfreundschaft. »Kanly«, sagten die Menschen und sahen mich verständnisvoll an. Sanfte Hände mischten Haschisch in den Tabak. Ich rauchte viel. Ich schwieg, von Visionen geplagt. Der Freund meines Vaters, Kasi Mullah, der den Schatten seiner Gastfreundschaft über mich ausgebreitet hatte, betreute mich. Er sprach viel, und die Splitter seiner Worte zerrissen die fiebrigen Traumbilder der mondübergossenen Landstraße.

»Träume nicht, Ali Khan, denke nicht, Ali Khan. Hör mir zu. Kennst du schon die Geschichte von Andalal?«

»Andalal«, sagte ich ausdruckslos.

»Weißt du, was Andalal ist? Es war ein schönes Dorf, vor sechshundert Jahren. Dort regierte ein guter, kluger und tapferer Fürst. Das Volk aber vertrug so viel Tugend nicht. Deshalb kam es zum Fürsten und sagte: ›Wir sind deiner überdrüssig, verlasse uns.‹ Da weinte der Fürst, bestieg sein Pferd, nahm Abschied von den Seinen und zog in die Ferne, nach Persien. Dort wurde er ein großer Mann. Das Ohr des Schahs gehörte ihm. Er bezwang Länder und Städte. Doch in seiner Seele hegte er einen Groll gegen Andalal. Deshalb sagte er: ›In den Tälern von Andalal liegen Edelsteine und Gold in großen Mengen. Wir wollen das Land erobern.‹ Mit einem Riesenheer zog der Schah in die Berge. Das Volk von Andalal aber sagte: ›Ihr seid zahlreich, doch ihr sitzt unten. Wir sind weniger zahlreich, doch wir sitzen oben. Und am höchsten ist Allah, der allein ist und dennoch mächtiger als wir beide.‹ Und so zog das Volk in den Kampf. Männer, Frauen und Kinder. Voran kämpften die Söhne des Fürsten, die im Lande geblieben waren. Die Perser wurden geschlagen. Als erster floh der Schah, als letzter der Verräter, der ihn nach Andalal geführt hatte. Zehn Jahre vergingen. Alt wurde der Fürst und bekam Heimweh. Er verließ seinen Palast in Teheran und ritt in die Heimat. Die Einwohner erkannten den Verräter, der das feindliche Heer ins Land geführt hatte. Sie spuckten aus und schlossen die Türen vor ihm. Den ganzen Tag ritt der Fürst durch das Dorf und fand keinen Freund. Da ging er zum Kadi und sagte: ›Ich kam in die Heimat, um meine Schuld zu büßen. Verfahre mit mir, wie das Gesetz gebietet.‹ – ›Bindet ihn‹, sagte der Kadi und verkündete: ›Nach dem Gesetz der Väter muß der Mann lebendig begraben werden‹, und das Volk rief: ›Es sei so.‹ Der Kadi war aber gerecht. ›Was kannst du zu deiner Verteidigung anführen?‹ fragte er, und der Fürst sprach: ›Nichts. Ich bin schuldig. Es ist gut, daß hier die Gesetze der Väter geachtet werden. Aber es gibt auch ein Gesetz, das da lautet: Wer gegen den Vater kämpft, sei getötet. Ich verlange mein Recht. Meine Söhne kämpften gegen mich. Sie sollen an meinem Grabe geköpft werden.‹ – ›So sei es‹, sagte der Kadi und weinte zusammen mit dem Volk. Denn die Söhne des Fürsten waren geschätzt und angesehen. Doch das Gesetz mußte erfüllt werden. So wurde der Verräter lebendigen Leibes begraben und seine Söhne, die besten Krieger des Landes, über seinem Grabe geköpft.«

»Fades Geschwätz«, brummte ich, »weißt du nichts Besseres? Dein Held war der letzte in diesem Land und ist vor sechshundert Jahren gestorben, und er war ein Verräter.«

Kasi Mullah schnaufte verletzt. »Weißt du nichts von Imam Schamil?«

»Ich weiß alles von Imam Schamil.«

»Fünfzig Jahre ist es her. Das Volk war glücklich unter Schamil, es gab keinen Wein, es gab keinen Tabak. Dem Dieb wurde die rechte Hand abgehauen, aber es gab fast keine Diebe. Bis die Russen kamen. Da erschien der Prophet dem Imam Schamil und befahl den *Gasawat*, den Heiligen Krieg. Alle Völker der Berge waren mit furchtbaren Schwüren an Schamil gebunden. Auch das Volk der Tschetschenen. Aber die Russen waren stark. Sie bedrohten die Tschetschenen, verbrannten ihre Dörfer und zerstörten ihre Felder. Da fuhren die Weisen des Volkes nach Dargo, zum Sitz des Imams, um ihn anzuflehen, er möge sie von ihrem Schwur befreien. Doch als sie ihn sahen, wagten sie nicht zu sprechen. Daher gingen sie zur Hanum, der Mutter des Imams, denn sie hatte ein weiches Herz. Sie weinte über das Leid der Tschetschenen. ›Ich werde dem Imam sagen, er soll euch vom Schwur befreien.‹ Die Hanum war einflußreich. Der Imam war ein guter Sohn. Einst hatte er gesagt: ›Verflucht sei, wer seiner Mutter Kummer bereitet.‹ Als die Hanum mit ihm sprach, sagte er: ›Der Koran verbietet Verrat. Der Koran verbietet aber auch, der Mutter zu widersprechen. Meine Weisheit reicht nicht mehr aus. Ich will beten und fasten, damit Allah meine Gedanken erhelle.‹ Drei Tage und drei Nächte fastete der Imam. Dann trat er vor das Volk und sprach: ›Allah verkündete mir das Gebot: der erste, der mit mir über Verrat spricht, sei zu hundert Stockhieben verurteilt. Die erste, die mit mir über Verrat sprach, war die Hanum, meine Mutter. Ich verurteile sie zu hundert Stockhieben.‹ Die Hanum wurde geholt. Die Krieger rissen ihr den Schleier herunter, warfen sie auf die Stufen der Moschee und hoben die Stöcke. Nur einen Hieb empfing die Mutter des Imams. Da fiel der Imam in die Knie, weinte und rief: ›Eisern sind die Gesetze des Allmächtigen. Keiner kann sie aufheben. Auch ich nicht. Doch eins läßt der Koran zu. Die Kinder können die Strafe der Eltern auf sich nehmen, und so übernehme ich den Rest der Strafe.‹ Der Imam entblößte sich, legte sich vor dem ganzen Volk auf die Stufen der Moschee und rief: ›Schlagt mich, und so wahr ich Imam bin, ich köpfe euch, wenn ich merke, daß die Hiebe nicht mit voller Stärke geführt werden.‹ Neunundneunzig Hiebe empfing der Imam. Blutüberströmt lag er da. In Fetzen zerrissen war seine Haut, entsetzt blickte das Volk. Keiner wagte mehr über Verrat zu sprechen. So wurden die Berge regiert. Vor fünfzig Jahren. Und das Volk war glücklich.«

Ich schwieg. Der Adler im Himmel war verschwunden. Es dämmerte. Kasi Mullah breitete den Gebetteppich aus, und wir beteten, das Gesicht nach Mekka gewandt. Die arabischen Gebete klangen wie alte Kriegslieder.

»Geh jetzt, Kasi Mullah. Du bist ein Freund. Ich werde schlafen.«

Er sah mich mißtrauisch an. Seufzend mischte er die Haschischkörner. Dann ging er, und ich hörte, wie er zum Nachbar sagte:

»Kanly sehr krank!«

Und der Nachbar antwortete:

»Niemand bleibt lange krank in Daghestan.«

Neunzehntes Kapitel

Im Gänsemarsch zogen Frauen und Kinder durch das Dorf. Ihre Gesichter waren müde und abgespannt. Sie kamen von weit her. In der Hand hielten sie kleine, mit Erde und Dünger gefüllte Säcke. Wie einen kostbaren Schatz drückten sie die Erde an die Brust. Sie hatten sie in fernen Tälern gesammelt und Schafe, Silbermünzen und Stoffe dafür hergegeben. Sie wollten die harten Felsen ihrer Heimat mit der kostbaren Erde bestreuen, damit das karge Land Korn gebäre, um das Volk zu ernähren.

Schräg über dem Abgrund hingen die Felder. An eine Kette gebunden, ließen sich die Menschen auf die kleine Fläche hinabgleiten. Vorsichtige Hände streuten behutsam die Erde auf den felsigen Boden. Eine rohe Mauer wurde über den künftigen Feldern errichtet, um das dünne Erdreich vor Wind und Lawinen zu schützen. So entstanden Äcker inmitten der verwitterten, zackigen Felsen Daghestans. Drei Schritt breit, vier Schritt lang. Frühmorgens zogen die Männer auf die Felder. Lange betete der Bauer, bevor er sich über die gute Erde beugte. Bei großem Wind holten die Frauen ihre Decken und breiteten sie über das teure Land. Sie liebkosten die Saat mit ihren schmalen, braunen Händen und schnitten mit kleinen Sensen die spärlichen Halme ab. Sie zerrieben die Körner und buken flache, längliche Brote. In das erste Brot wurde eine Münze gelegt, als Dank des Volkes für das Wunder der Saat.

Ich ging an der Mauer eines kleinen Ackers entlang. Oben auf den Felsen stolperten die Schafe herum. Ein Bauer mit breitem, weißem Filzhut kam auf seinem zweirädrigen Karren dahergefahren. Die Räder quietschten wie schreiende Säuglinge. Weithin hörte man das durchdringende Geräusch.

»Brüderchen«, sagte ich, »ich werde nach Baku schreiben, damit man dir Öl schickt. Du solltest die Achsen deines Karrens schmieren.«

Der Bauer grinste: »Ich bin ein einfacher Mensch, ich verberge mich nicht. Jeder kann hören, daß mein Karren naht. Deshalb schmiere ich die Achsen nie. Das tun nur die Abreken.«

»Die Abreken?«

»Ja, die Abreken, die Ausgestoßenen.«

»Gibt es noch viele Abreken?«

»Es gibt ihrer genug. Sie sind Räuber und Mörder. Manche morden zum Wohl des Volkes. Manche zum eigenen Nutzen. Aber jeder muß einen schrecklichen Schwur leisten.«

»Was für einen Schwur?«

Der Bauer hielt den Karren an und stieg aus. Er lehnte sich an die Mauer seines Feldes. Er holte salzigen Schafkäse hervor und zerbrach ihn mit seinen langen Fingern. Ich bekam ein Stück. Dunkle Schafhaare steckten in der zähen Käsemasse. Ich aß.

»Der Schwur des Abreken. Du kennst ihn nicht? Um Mitternacht schleicht der Abreke in die Moschee und schwört:

›Ich schwöre bei dem heiligen Ort, den ich verehre, von heute ab ein Ausgestoßener zu sein. Ich will Menschenblut vergießen und mit niemandem Erbarmen haben. Ich werde die Menschen verfolgen. Ich schwöre, ihnen alles zu rauben, was ihrem Herzen, ihrem Gewissen, ihrer Ehre teuer ist. Ich werde den Säugling an der Mutterbrust erdolchen, die letzte

Hütte des Bettlers in Flammen setzen und überallhin, wo bis jetzt Freude herrschte, den Kummer bringen. Wenn ich diesen Schwur nicht erfülle, wenn Liebe oder Mitleid mein Herz beschleichen, so möge ich nie das Grab meines Vaters erblikken, möge das Wasser nie meinen Durst und das Brot nie meinen Hunger stillen, möge meine Leiche auf dem Wege liegenbleiben und ein Hund seine Notdurft an ihr verrichten.‹ «

Die Stimme des Bauern klang ernst und feierlich. Sein Gesicht war der Sonne zugewandt.

»Ja«, sagte er, »das ist der Schwur des Abreken.«

»Wer legt denn solch einen Schwur ab?«

»Menschen, die viel Unrecht erlitten haben.«

Er schwieg. Ich ging heim. Die viereckigen Hütten des Auls glichen Würfeln. Die Sonne brannte. War ich selber ein Abrek, ausgestoßen, vertrieben in die wilden Berge? Sollte auch ich den blutigen Schwur ablegen wie die Räuber der daghestanischen Berge? Ich betrat das Dorf. Die finsteren Worte klangen lockend in meinen Ohren. Vor meiner Hütte sah ich drei gesattelte fremde Pferde, eins davon mit silbernem Zaumzeug. Auf der Terrasse des Hauses saß ein sechzehnjähriger dicker Junge mit einem goldenen Dolch im Gurt. Er winkte mir zu und lachte. Es war Arslan Aga, ein ehemaliger Mitschüler. Sein Vater hatte viel Öl und der Sohn eine schwache Gesundheit. Deshalb fuhr er oft in die Bäder nach Kislowodsk. Ich kannte ihn kaum, denn er war viel jünger als ich. Hier in der Einsamkeit des Bergdorfes umarmte ich ihn wie einen Bruder. Er wurde rot vor Stolz und sagte:

»Ich ritt gerade mit meinen Dienern am Dorf vorbei und beschloß, Sie zu besuchen.«

Ich schlug ihm auf die Schulter.

»Seien Sie mein Gast, Arslan Aga. Heute feiern wir zu Ehren der Heimat.«

Dann rief ich in die Hütte: »Kasi Mullah, bereite alles zu einem Fest. Ich habe einen Gast aus Baku.«

Eine halbe Stunde später saß Arslan Aga vor mir, aß Hammelbraten und Kuchen und schmolz vor Wonne.

»Ich bin so froh, Sie zu sehen, Ali Khan. Sie leben wie ein Held, im fernen Dorf, und verbergen sich vor Blutfeinden. Sie können ruhig sein. Ich verrate niemandem Ihr Versteck.«

Ich konnte ruhig sein. Offenbar wußte ganz Baku, wo ich mich aufhielt.

»Wie erfuhren Sie, daß ich hier bin?«

»Seyd Mustafa hat es mir gesagt. Ich stellte fest, daß Ihr Dorf an meiner Strecke liegt, und er bat mich, Sie zu grüßen.«

»Wo fahren Sie denn hin, Arslan Aga?«

»Nach Kislowodsk, zu den Bädern. Die beiden Diener begleiten mich.«

»Ach so.« Ich lächelte. Er blickte harmlos drein. »Sagen Sie, Arslan Aga, warum sind Sie denn nicht direkt mit der Bahn gefahren?«

»Gott, ich wollte etwas Bergluft atmen. Ich stieg in Machatsch-Kale aus und schlug den direkten Weg nach Kislowodsk ein.«

Er stopfte sich den Mund voll Kuchen und kaute vergnügt.

»Aber der direkte Weg ist doch drei Tagereisen von hier entfernt.«

Arslan Aga tat sehr verwundert: »So? Da hat man mich also falsch informiert. Aber ich freue mich dennoch, denn nun habe ich Sie wenigstens besucht.«

Der Lümmel hatte offenbar den Umweg nur gemacht, um zu Hause erzählen zu können, daß er mich gesehen habe. Ich mußte in Baku ziemlich berühmt geworden sein.

Ich goß ihm Wein ein, und er trank in großen Schlücken. Dann wurde er zutraulicher:

»Haben Sie inzwischen noch jemanden umgebracht, Ali Khan? Bitte, bitte, sagen Sie es mir, ich erzähle es bestimmt nicht weiter.«

»Ja, noch ein paar Dutzend Menschen.«

»Nein, was Sie sagen!«

Er war entzückt und trank. Ich schenkte nach.

»Werden Sie Nino heiraten? In der Stadt schließt man Wetten darüber ab. Die Leute sagen, Sie lieben sie noch immer.«

Er lachte vergnügt und trank weiter: »Wissen Sie, wir waren alle so überrascht. Tagelang sprachen wir von nichts anderm.«

»So, so. Was gibt es denn Neues in Baku, Arslan Aga?«

»Oh, in Baku? Nichts. Eine neue Zeitung ist gegründet worden. Die Arbeiter streiken. In der Schule sagen die Lehrer, Sie wären schon immer so jähzornig gewesen. Sagen Sie, wie haben Sie es bloß herausgekriegt?«

»Lieber Arslan, teurer Freund, genug gefragt. Jetzt ist die Reihe an mir. Haben Sie Nino gesehen? Oder jemanden von den Nachararjans? Was machen die Kipianis?«

Der Kuchen blieb dem Armen im Halse stecken.

»Oh, ich weiß nichts, gar nichts. Ich habe niemanden gesehen. Ich ging so selten aus.«

»Warum denn, mein Freund? Waren Sie krank?«

»Ja, ja. Ich war krank. Sogar sehr krank. Ich hatte Diphtherie. Stellen Sie sich vor – ich mußte täglich fünf Klistiere bekommen.«

»Gegen die Diphtherie?«

»Ja.«

»Trinken Sie, Arslan Aga. Es ist sehr gesund.«

Er trank. Dann beugte ich mich zu ihm und fragte: »Teurer Freund, wann haben Sie zuletzt die Wahrheit gesprochen?«

Er blickte mich mit Unschuldsaugen an und sagte offen: »In der Schule, als ich noch wußte, wieviel drei mal drei ist.«

Er war sicher schon sehr betrunken, der gute Junge. Ich nahm ihn ins Verhör. Der Wein war sehr süß und Arslan Aga noch sehr jung. Er gestand, daß er aus reiner Neugier hergekommen war, er gestand, daß er keinerlei Diphtherie gehabt hatte und den gesamten Klatsch von Baku kannte.

»Die Nachararjans werden dich ermorden«, plapperte er, »wollen aber auf eine günstige Gelegenheit warten. Sie haben es nicht eilig. Ich besuchte manchmal die Kipianis. Nino war lange krank. Dann brachte man sie nach Tiflis. Jetzt ist sie wieder zurück. Ich habe sie beim Ball des Städteverbandes gesehen. Weißt du – sie trank Wein, als ob es Wasser wäre, und lachte den ganzen Abend. Sie tanzte nur mit Russen. Die Eltern wollen sie nach Moskau schicken, aber sie will nicht. Sie geht täglich aus, und alle Russen sind verliebt in sie. Iljas Beg hat einen Orden und Mehmed Haidar eine Verwundung bekommen. Nachararjans Villa ist abgebrannt, und ich hörte, daß deine Freunde sie angezündet haben. Ja, noch etwas. Nino hat sich einen Hund angeschafft und prügelt ihn täglich unbarmherzig. Niemand weiß, wie sie den Hund nennt – einige sagen Ali Khan, andere sagen Nachararjan. Ich glaube, sie nennt ihn Seyd Mustafa. Deinen Vater habe ich auch gesehen. Er sagte, er wird mich verprügeln, wenn ich noch lange so viel klatsche. Kipianis haben sich in Tiflis angekauft. Vielleicht übersiedeln sie ganz dorthin.«

Ich sah ihn gerührt an.

»Arslan Aga, was soll bloß aus dir werden?« Er schaute trunken zu mir hinüber und antwortete: »König.«

»Was?«

»Ich will König werden in einem schönen Land mit viel Kavallerie.«

»Und sonst?«

»Sterben.«

»Wieso?«

»Bei der Eroberung meines Königreichs!«

Ich lachte, und er war sehr gekränkt.

»In den Karzer haben sie mich gesteckt, die Schurken, für drei Tage.«

»In der Schule?«

»Ja, und rate, warum. Weil ich wieder einmal für die Zeitung geschrieben habe. Über die Mißhandlung der Kinder in den Mittelschulen. Gott, war das ein Spektakel.«

»Aber, Arslan, ein anständiger Mensch schreibt auch nicht für Zeitungen.«

»Doch, und wenn ich zurückkomme, werde ich auch über dich schreiben. Ohne deinen Namen zu nennen. Ich bin diskret und dein Freund. Etwa so: ›Die Flucht vor den Blutfeinden oder ein bedauernswerter Brauch unseres Volkes.‹ «

Er leerte den Rest der Flasche, ließ sich auf die Matte fallen und schlief sofort ein. Sein Diener kam und sah mich mißbilligend an, als wollte er sagen: ›Sie sollten sich schämen, Ali Khan, das gute Kind so betrunken zu machen.‹

Ich ging hinaus. Was für eine kleine, entartete Ratte, dieser Arslan Aga. Wahrscheinlich war die Hälfte gelogen. Warum sollte Nino einen Hund prügeln? Weiß der Himmel, wie sie den Köter nennt!

Ich ging die Dorfstraße hinunter und setzte mich irgendwo am Rande nieder. Die Felsen waren aufgetürmt wie die Mondschatten und starrten grimmig. Erinnerten sie sich des Gewesenen oder des Geträumten? Die Sterne am dunklen Himmel waren wie die Lichter Bakus. Tausende von Lichtstrahlen kamen aus der Unendlichkeit und trafen sich in meinen Pupillen. So saß ich eine Stunde und mehr und blinzelte zum Himmel empor.

›Sie tanzt also mit den Russen‹, dachte ich und hatte plötzlich den Wunsch, in die Stadt zurückzukehren, um den Spuk jener nächtlichen Irrfahrt zu vollenden. Eine Eidechse kroch mit trockenem Rascheln an mir vorbei. Ich ergriff sie. Ihr zu Tode erschrockenes Herz pochte in meiner Hand. Ich streichelte ihre kalte Haut. Die kleinen Augen waren starr vor Furcht oder Weisheit. Ich hob sie zu meinem Gesicht. Sie war wie ein lebendig gewordener Stein, uralt, verwittert, mit welker Haut.

»Nino«, sagte ich zu ihr und dachte an den Hund. »Nino,

soll ich dich auch prügeln? Aber wie prügelt man eine Eidechse?«

Plötzlich öffnete das Geschöpf den Mund. Eine kleine spitze Zunge kam zum Vorschein und verschwand sofort wieder. Ich lachte. Die Zunge war rührend und behend. Ich öffnete die Hand, und die Eidechse verschwand.

Ich erhob mich und ging zurück. Arslan lag noch immer auf dem Boden und schlief. Sein Kopf ruhte auf den Knien des besorgten Dieners.

Ich ging auf das Dach und rauchte Haschisch bis zur Stunde des Gebets.

Zwanzigstes Kapitel

Ich weiß selber nicht, wie es kam. Eines Tages wachte ich auf und sah Nino vor mir.

»Du bist ein Langschläfer geworden, Ali Khan«, sagte sie und setzte sich an den Rand meiner Matte, »außerdem schnarchst du, und das gehört sich nicht.«

Ich erhob mich und war gar nicht verwundert.

»Das Schnarchen kommt vom Haschisch«, sagte ich finster.

Nino nickte. »Dann hörst du eben auf, Haschisch zu rauchen.«

»Warum schlägst du den Hund, du Elende?«

»Den Hund? Ach so! Ich fasse ihn mit der linken Hand am Schweif und haue ihn mit der Rechten auf den Rücken, bis er schreit.«

»Und wie nennst du ihn dabei?«

»Ich nenne ihn Kilimandscharo«, sagte Nino sanft.

Ich rieb mir die Augen, und plötzlich sah ich alles wieder klar vor mir: Nachararjan, das Pferd aus Karabagh, den mondübergossenen Landweg und Nino im Sattel des Seyd.

»Nino«, schrie ich und sprang auf, »wie kommst du hierher?«

»Arslan Aga hat in der Stadt erzählt, daß du mich ermorden willst. Da bin ich gleich hergekommen.«

Ihr Gesicht neigte sich zu mir. Ihre Augen waren voll Tränen.

»Ich habe mich so gesehnt nach dir, Ali Khan.«

Meine Hand vergrub sich in Ninos Haaren. Ich küßte sie, ihre Lippen öffneten sich. Die feuchte Wärme ihres Mundes berauschte mich. Ich legte sie auf die Matte und riß die bunte Hülle ab, die sie verdeckte. Ihre Haut war weich und duftend. Zärtlich streichelte ich sie. Sie atmete heftig. Sie blickte mir in die Augen, und ihr kleiner Busen bebte in meiner Hand. Ich ergriff sie, und sie stöhnte auf in meiner festen Umarmung. Ihre Rippen zeichneten sich unter der Haut ab und waren schmal und zart. Ich legte mein Gesicht auf ihre Brust.

»Nino«, sagte ich, und als wäre in diesem Wort eine geheime, unfaßbare Kraft, verschwand plötzlich alles Sichtbare und Gegenwärtige. Es gab nur noch zwei große, feuchte georgische Augen, die alles widerspiegelten: Angst, Freude, Neugierde und den jähen, schneidenden Schmerz.

Sie weinte nicht. Aber plötzlich ergriff sie die Decke und verkroch sich unter die warmen Daunen. Sie barg ihr Gesicht an meiner Brust, und jede Bewegung ihres schmalen Körpers war wie ein Ruf der Erde, die nach gnadenspendendem Regen dürstet. Behutsam zog ich die Decke herab. Die Zeit stand still…

Wir schwiegen, ermattet und glücklich. Plötzlich sagte Nino:

»So, jetzt fahre ich heim, denn ich sehe, du ermordest mich gar nicht.«

»Bist du allein gekommen?«

»Nein, Seyd Mustafa hat mich hergebracht. Er sagte, er bringt mich her und erschlägt mich, wenn ich dich enttäusche. Er sitzt draußen mit einem Revolver. Wenn ich dich enttäuscht habe, rufe ihn.«

Ich rief ihn nicht. Ich küßte sie.

»Nur dazu bist du hergekommen?«

»Nein«, sagte sie offen.

»Erzähle, Nino.«

»Was?«

»Warum schwiegst du damals, im Sattel des Seyd?«

»Aus Stolz.«

»Und warum bist du jetzt hier?«

»Auch aus Stolz.«

Ich nahm ihre Hand und spielte mit ihren rosigen Fingern.

»Und Nachararjan?«

»Nacharjan«, sagte sie gedehnt, »du sollst nicht denken, daß er mich gegen meinen Willen entführt hat. Ich wußte, was ich tat, und hielt es für richtig. Es war aber falsch. Ich war die Schuldige, und mir gebührte der Tod. Deshalb schwieg ich, und deshalb kam ich auch hierher.«

Ich küßte ihre warme Handfläche. Sie sprach die Wahrheit, obwohl der andere tot war und die Wahrheit Gefahr für sie enthielt. Sie erhob sich, blickte sich im Zimmer um und sagte düster: »Und jetzt fahre ich heim. Du brauchst mich nicht zu heiraten. Ich gehe nach Moskau.«

Ich ging zur Tür und öffnete einen Spalt. Der Pockennarbige saß draußen, mit gekreuzten Beinen und einem Revolver in der Hand. Sein grüner Gurt war eng um den Bauch geschnallt.

»Seyd«, sagte ich, »rufe einen Mullah und noch einen Zeugen. In einer Stunde heirate ich.«

»Ich rufe keinen Mullah«, sagte Seyd, »ich hole nur zwei Zeugen. Ich nehme selbst die Trauung vor. Ich bin dazu berechtigt.«

Ich schloß die Tür. Nino saß im Bett, und ihr schwarzes Haar fiel auf ihre Schultern. Sie lachte:

»Ali Khan, bedenke, was du tust. Du heiratest ein gefallenes Mädchen.«

Ich legte mich zu ihr, und unsere Körper schmiegten sich fest aneinander.

»Willst du mich wirklich heiraten?« fragte Nino.

»Wenn du mich nimmst, ich bin ja ein Kanly, Feinde suchen mich.«

»Ich weiß. Aber bis hierher kommen sie nicht. Wir bleiben einfach hier.«

»Nino, willst du hierbleiben? In diesem Bergnest, ohne Haus, ohne Diener?«

»Ja«, sagte sie, »ich will hierbleiben, denn du mußt hierbleiben. Ich werde das Haus führen, Brot backen und eine gute Frau sein.«

»Wirst du dich nicht langweilen?«

»Nein«, sagte sie, »wir werden ja unter einer Decke liegen.«

Es klopfte an der Tür. Ich zog mich an. Nino schlüpfte in meinen Schlafrock. Seyd Mustafa, mit frisch gebundenem, grünem Turban, trat ein. Hinter ihm zwei Zeugen. Er setzte sich auf den Boden. Aus dem Gurt zog er einen Messingbehälter mit Tinte und Federn. »Nur zum Ruhme Gottes«, stand auf dem Behälter geschrieben. Er entfaltete einen Papierbogen und legte ihn auf die linke Handfläche. Dann tauchte er eine Bambusfeder in die Tinte. Mit zierlicher Schrift schrieb er: »Im Namen Gottes, des Allerbarmers, des Allbarmherzigen.«

Danach wandte er sich zu mir:

»Wie heißen Sie, mein Herr?«

»Ali Khan, Sohn des Safar Khan aus dem Hause Schirwanschir.«

»Glaube?«

»Mohammedaner, schiitischer Richtung, in der Auslegung des Imam Dschafar.«

»Was wünschen Sie?«

»Meinen Willen kundzugeben, diese Frau zu mir zu nehmen.«

»Wie heißen Sie, meine Dame?«

»Prinzessin Nino Kipiani.«

»Glaube?«

»Griechisch-orthodox.«

»Was wünschen Sie?«

»Die Frau dieses Mannes zu sein.«

»Gedenken Sie, Ihren Glauben beizubehalten oder die Religion Ihres Mannes anzunehmen?«

Nino zögerte, dann hob sie den Kopf und sagte entschlossen: »Ich gedenke, meinen Glauben beizubehalten.«

Seyd schrieb. Der Bogen glitt über seine Handfläche und bedeckte sich mit schön geschwungenen arabischen Lettern. Der Ehekontrakt war fertig.

»Unterschreibt«, sagte Seyd.

Ich setzte meinen Namen darunter.

»Welchen Namen muß ich nun schreiben?« fragte Nino.

»Ihren neuen.«

Sie schrieb mit fester Hand: »Nino Hanum Schirwanschir.« Dann folgten die Zeugen. Seyd Mustafa zog sein Namenssiegel hervor und drückte es auf das Papier. In schöner Kufi-Schrift stand da geschrieben: »Hafis Seyd Mustafa Meschedi, Sklave des Herrn der Welt.« Er überreichte mir das Dokument.

Dann umarmte er mich und sagte auf persisch:

»Ich bin kein guter Mensch, Ali Khan. Aber Arslan Aga hat mir erzählt, daß du ohne Nino in den Bergen verkommst und dich dem Trunk ergibst. Das ist eine Sünde. Nino bat, sie hierherzubringen. Wenn es wahr ist, was sie sagte, dann liebe sie. Wenn es nicht wahr ist, töten wir sie morgen.«

»Es ist nicht mehr wahr, Seyd Mustafa, aber wir töten sie dennoch nicht.«

Er blickte verblüfft drein und lachte.

Eine Stunde später wurde die Haschischpfeife feierlich in den Abgrund versenkt.

Das war die ganze Hochzeit.

Unerwarteterweise begann das Leben wieder schön zu werden. Sogar sehr schön. Das Dorf lächelte, wenn ich über die Straße ging, und ich lächelte zurück, denn ich war glücklich. Ich fühlte mich sehr wohl. So wohl wie noch nie. Am liebsten hätte ich mein ganzes Leben hier auf unserem Dachhof verbracht. Allein mit Nino, die so kleine Füße hatte und knallrote, daghestanische Pumphosen trug. Nichts verriet an ihr, daß sie gewohnt war, anders zu leben, zu denken und zu handeln als alle andern Frauen im Aul.

Kein Mensch im Dorf hatte Diener, und sie weigerte sich auch, Dienerschaft aufzunehmen. Sie bereitete das Essen, plauderte mit den Nachbarfrauen und erzählte mir die kleinen Klatschgeschichten des Dorfes. Ich ritt, ging auf die Jagd, brachte ihr das erlegte Wild und aß die seltsamen Speisen, die ihre Phantasie schuf und ihr Geschmack sofort verwarf.

Unser tägliches Leben spielte sich so ab: Frühmorgens sah ich, wie Nino barfuß und mit leerem Tonkrug in der Hand zum Bach eilte. Sie kehrte zurück, die nackten Fersen vorsichtig auf das kantige Gestein setzend. Den Wasserkrug trug sie auf der rechten Schulter. Ihre schmale Hand umklammerte fest das Gefäß. Nur einmal, ganz zu Anfang, stolperte sie und ließ den Krug fallen. Sie weinte bitterlich über die Schande. Nachbarfrauen trösteten sie. Täglich holte Nino das Wasser, zusammen mit allen Frauen des Dorfes. Im Gänsemarsch gingen sie den Berg hinauf, und ich sah von weitem Ninos nackte Beine und den ernst geradeaus gerichteten Blick. Mich sah sie nicht an, und auch ich blickte an ihr vorbei. Sie erfaßte sofort das Gesetz der Berge. Nie, unter keinen Umständen vor andern Leuten seine Liebe zeigen. Sie kam in die Hütte, schloß die Tür und setzte den Krug auf den Boden. Sie reichte mir das Wasser. Aus der Ecke holte sie Brot, Käse und Honig. Wir aßen mit den Händen, wie alle Leute im Aul. Wir saßen auf dem Boden, und Nino erlernte bald die schwere Kunst des Sitzens mit gekreuzten Beinen. Nach dem Essen leckte Nino ihre Finger ab und zeigte ihre weißen, glänzenden Zähne.

»Nach hiesiger Sitte«, sagte sie, »muß ich dir jetzt die Füße waschen. Da wir aber allein sind und ich zum Bach gelaufen bin, wirst du mir die Füße waschen.«

Ich setzte die kleinen, lustigen Spielzeuge, die sie Füße nannte, ins Wasser, und sie plätscherte darin herum, daß mir die Tropfen ins Gesicht spritzten. Dann gingen wir auf den Dachhof. Ich saß auf den Kissen, und Nino zu meinen Füßen. Manchmal summte sie ein Lied, manchmal schwieg sie, ihr Madonnengesicht mir zugewandt.

»Bist du glücklich, Ali Khan?« fragte sie einmal.

»Sehr. Und du? Willst du nicht nach Baku?«

»Nein«, sagte sie ernst, »ich will zeigen, daß ich dasselbe kann, was alle Frauen Asiens können: ihrem Mann dienen.«

Wenn die Petroleumlampe erlosch, lag Nino neben mir, starrte in die Dunkelheit und stellte lange Betrachtungen an: Ob es wirklich notwendig sei, in den Hammelbraten so viel Knoblauch zu geben; ob der Dichter Rustaveli mit der Königin Tamar ein Verhältnis gehabt habe; was sie tun solle, wenn sie plötzlich im Dorf Zahnschmerzen bekäme; und warum wohl die Nachbarin gestern ihren Mann mit dem Besen so schrecklich verprügelt habe.

»Das Leben birgt so viele Geheimnisse«, sagte sie bekümmert und schlief ein. Nachts wachte sie auf, stieß sich an meinem Ellbogen und brummte sehr stolz und überheblich: »Ich bin Nino«, dann schlief sie weiter, und ich bedeckte ihre schmalen Schultern mit der Decke.

Nino, dachte ich, eigentlich hast du Besseres verdient, als in einem Dorf in Daghestan zu leben.

Einmal fuhr ich nach Chunsach, die nächstgelegene kleine Stadt. Ich kehrte zurück, mit Erzeugnissen der Kultur beladen: einer Petroleumlampe, einer Laute, einem Grammophon und einem Seidenschal... Ninos Augen verklärten sich, als sie das Grammophon sah. Leider waren in ganz Chunsach nur zwei Platten aufzutreiben. Ein Bergtanz und eine Arie aus »Aida«. Wir spielten sie abwechselnd, bis sie voneinander nicht mehr zu unterscheiden waren.

Aus Baku kamen spärliche Nachrichten. Ninos Eltern flehten uns an, in ein zivilisierteres Land zu ziehen, oder drohten, uns zu verfluchen. Ninos Vater kam ein einziges Mal zu uns. Er wurde rasend, als er die Hütte seiner Tochter sah:

»Um Gottes willen, reist sofort ab. Nino wird krank in dieser Wildnis.«

»Ich war nie so gesund wie jetzt, Vater«, sagte Nino, »wir können nicht weg. Ich will noch nicht Witwe werden.«

»Aber es gibt ja noch neutrales Ausland, wo kein Nachararjan hinkommt. Spanien zum Beispiel.«

»Aber Vater, wie kommt man jetzt nach Spanien?«

»Über Schweden.«

»Ich fahre nicht über Schweden«, sagte Nino wütend. Der Fürst reiste ab und sandte allmonatlich Wäsche, Kuchen und Bücher. Nino behielt die Bücher und verschenkte den Rest. Auch mein Vater kam eines Tages. Nino empfing ihn mit einem schüchternen Lächeln. So lächelte sie in der Schule vor einem Gleichnis mit vielen Unbekannten. Das Gleichnis war bald gelöst:

»Du kochst?«

»Ja.«

»Du holst das Wasser?«

»Ja.«

»Ich bin müde vom Weg, kannst du mir die Füße waschen?«

Sie holte den Topf und wusch ihm die Füße.

»Danke«, sagte er und griff zur Tasche. Er holte eine lange Kette rosiger Perlen hervor und legte sie Nino um den Hals. Dann speiste er und stellte fest:

»Du hast eine gute Frau, Ali Khan, aber eine schlechte Köchin. Ich schicke dir einen Koch aus Baku.«

»Bitte nicht«, rief Nino, »ich will meinem Mann dienen.«

Er lachte und schickte ihr aus der Stadt zwei Ohrringe mit großen Brillanten.

Es war friedlich in unserem Dorf. Nur einmal kam Kasi Mullah mit einer großen Nachricht gelaufen: Am Rande des Dorfes hatte man einen Fremden ergriffen. Offensichtlich einen Armenier. Bewaffnet. Das ganze Dorf lief zusammen. Ich war Gast des Auls. Mein Tod wäre ewige Schande auf der Ehre jedes einzelnen Bauern gewesen. Ich ging hinaus, um mir den Mann anzuschauen. Es war ein Armenier. Doch niemand wußte, ob er ein Nachararjan war. Die Dorfweisen kamen, berieten und fällten den Beschluß: den Mann zu verprügeln und aus dem Dorfe zu treiben. Sollte er ein Nachararjan sein, so würde er die andern warnen. Sollte er keiner sein, so würde Gott die gute Absicht der Bauern erkennen und ihnen vergeben.

Irgendwo auf einem anderen Planeten tobte der Krieg. Wir wußten nichts davon. Die Berge waren erfüllt von Märchen aus den Zeiten Schamils. Kriegsberichte erreichten uns nicht. Manchmal schickten uns Freunde Zeitungen. Ich las sie nie.

»Weißt du noch, daß Krieg ist?« fragte Nino einmal.

Ich lachte: »Wirklich, Nino, ich habe es beinahe vergessen.«

Nein, es konnte kein besseres Leben geben, auch wenn es nur ein Spiel war zwischen Vergangenheit und Zukunft. Zufälliges Geschenk Gottes an Ali Khan Schirwanschir.

Da kam der Brief, von einem Reiter auf schaumbedecktem Pferd ins Haus gebracht. Nicht vom Vater und nicht von Seyd. »Arslan Aga an Ali Khan« stand auf dem Brief.

»Was will er?« fragte Nino verwundert.

Der Reiter sagte:

»Es ist viel Post für Sie unterwegs. Arslan Aga gab mir viel Geld, damit Sie zuerst von ihm die Nachricht erfahren.«

Es ist aus mit dem Leben im Aul, dachte ich und öffnete den Brief. Ich las:

»Im Namen Gottes. Ich grüße Dich, Ali Khan. Wie geht es Dir, Deinen Pferden, Deinem Wein, Deinen Schafen und den Menschen, mit denen Du lebst? Auch mir geht es gut, auch meinen Pferden, meinem Wein und meinen Leuten. Wisse: Großes hat sich in unserer Stadt ereignet. Die Zuchthäusler gingen aus dem Gefängnis weg und spazieren jetzt in den Straßen. ›Wo bleibt denn die Polizei?‹ hör' ich Dich fragen. Doch siehe – die Polizei sitzt jetzt dort, wo früher die Zuchthäusler saßen. Im Gefängnis am Meer. Und die Soldaten? Es gibt keine Soldaten. Ich sehe, mein Freund, Du schüttelst den Kopf und denkst Dir, wieso unser Gouverneur solches zuläßt. Erfahre also: Unser weiser Gouverneur ist gestern weggelaufen. Er wurde müde, so schlechte Leute zu regieren. Er hinterließ einige Paar Hosen und eine alte Kokarde. Jetzt lachst Du, Ali Khan, und denkst, daß ich lüge. Staune, mein Freund, ich lüge nicht. Ich sehe, wie Du fragst: ›Ja, warum schickt denn der Zar keine neue Polizei und keinen neuen Gouverneur?‹ Erfahre also: Es gibt keinen Zaren mehr. Es gibt überhaupt nichts mehr. Ich weiß noch nicht, wie das Ganze heißt, aber wir haben gestern den Schuldirektor verprügelt, und niemand hinderte uns daran. Ich bin Dein Freund, Ali Khan, deshalb will ich, daß Du es zuerst durch mich erfährst, obwohl viele in dieser Stadt Dir heute schreiben. Erfahre also: Alle Nachararjans sind nach Hause gefahren, und Polizei gibt es nicht mehr. Friede sei mit Dir, Ali Khan. Ich bin Dein Freund und Diener Arslan Aga.«

Ich blickte auf. Nino war plötzlich sehr blaß geworden.

»Ali Khan«, sagte sie, und ihre Stimme zitterte, »der Weg ist frei, wir fahren, wir fahren, wir fahren!«

Von einer seltsamen Ekstase ergriffen, wiederholte sie nur dieses eine Wort. Sie fiel mir um den Hals und schluchzte. Ihre nackten Füße strampelten ungeduldig im Sand des Hofes.

»Ja, Nino, natürlich fahren wir.«

Ich war froh und traurig zugleich. Die Berge glänzten in der gelben Pracht ihrer kahlen Felsen. Die Hütten glichen Bienenkörben, und der kleine Gebetturm lockte in stummer Mahnung.

Es war aus mit dem Leben im Aul.

Einundzwanzigstes Kapitel

Glück und Angst mischten sich in den Gesichtern der Menschen. Quer über die Straßen hingen scharlachrote Transparente mit sinnlosen Aufschriften. Marktweiber standen an den Ecken und verlangten Freiheit für die Indianer Amerikas und die Buschleute in Afrika. Die Front flutete zurück. Der Großfürst war verschwunden, und Scharen zerlumpter Soldaten lungerten in der Stadt herum. Nachts wurde geschossen, und am Tage plünderte die Menge die Läden.

Nino beugte sich über den Atlas. »Ich suche ein friedliches Land«, sagte sie, und ihr Finger glitt über die bunten Grenzlinien.

»Vielleicht Moskau. Oder Petersburg«, sagte ich spöttisch. Sie zuckte mit den Achseln. Ihre Finger entdeckten Norwegen.

»Sicher ein friedliches Land«, sagte ich, »aber wie kommt man hin?«

»Man kommt nicht hin«, seufzte Nino. »Amerika?«

»U-Boote«, sagte ich heiter.

»Indien, Spanien, China, Japan?«

»Entweder Krieg, oder man kommt nicht hin.«

»Ali Khan, wir sind in der Mausefalle.«

»Du hast es erkannt, Nino. Es ist sinnlos zu fliehen. Wir müssen uns überlegen, wie wir unsere Stadt zur Vernunft bringen, wenigstens bis die Türken da sind.«

»Wozu habe ich einen Helden zum Mann!« sagte Nino vorwurfsvoll. »Ich habe eine Abneigung gegen Transparente, Aufrufe und Reden. Wenn es so weitergeht, fliehe ich zu deinem Onkel nach Persien.«

»Es geht nicht so weiter«, sagte ich und verließ das Haus.

Im Saal des islamischen Wohltätigkeitsvereins tagte eine Versammlung. Die besseren Herren, die sich einst im Hause meines Vaters sosehr um die Zukunft des Volkes sorgten, waren abwesend. Junge Leute mit guten Muskeln füllten den Raum. In der Tür traf ich Iljas Beg. Er und Mehmed Haidar waren von der Front zurückgekehrt. Der Thronverzicht des Zaren hatte sie von ihrem Eid befreit, und sie erschienen in der Stadt, braungebrannt, stolz und kraftstrotzend. Der Krieg war ihnen gut bekommen. Sie glichen Menschen, die den Blick in eine andere Welt geworfen haben und das Bild dieser anderen Welt für immer in ihren Herzen tragen.

»Ali Khan«, sagte Iljas Beg, »wir müssen handeln. Der Feind steht an der Pforte der Stadt.«

»Ja, wir müssen uns verteidigen.«

»Nein, wir müssen angreifen.«

Er trat auf die Tribüne und sprach laut und im Kommandoton:

»Mohammedaner! Ich will noch einmal die Lage unserer Stadt darstellen. Seit Beginn der Revolution bröckelt die Front auseinander. Russische Deserteure aller Parteirichtungen, bewaffnet und raublustig, lagern vor Baku. In der Stadt gibt es nur eine einzige mohammedanische militärische Formation. Das sind wir, die Freiwilligen der ›Wilden Division‹. Wir sind den Russen unterlegen, sowohl zahlenmäßig als auch, was die Munition anlangt. Die zweite Kampfeinheit in unserer Stadt ist der Militärbund der armenischen nationalistischen Partei ›Daschnak-Tütün‹. Die Führer dieser Partei, Stepa Lalai und Andronik, haben sich mit uns in Verbindung gesetzt. Sie bilden aus den armenischen Einwohnern der Stadt eine Armee, die nach Karabagh und Armenien gebracht werden soll, um diese Länder zu schützen. Wir haben den Plan der Bildung dieser Armee sowie ihres Ausmarsches nach Armenien gebilligt. Dafür richten die Armenier gemeinsam mit uns ein Ultimatum an die Russen. Wir verlangen, daß russische Soldaten und Flüchtlinge nicht mehr über unsere Stadt geleitet werden. Lehnen die Russen unser Angebot ab, so sind wir, vereint mit den Armeniern, in der Lage, unsere Forderungen auf militärischem Wege durchzusetzen. Mohammedaner, tretet der ›Wilden Division‹ bei, ergreift die Waffen. Der Feind steht vor der Tür.«

Ich hörte zu. Es roch nach Kampf und Blut. Seit Tagen übte ich auf dem Kasernenhof die Handhabung eines Maschinengewehrs. Nun sollte das neue Wissen eine nützliche Anwendung finden. Mehmed Haidar stand neben mir und spielte mit seinem Patronengurt. Ich beugte mich zu ihm.

»Komm nach der Versammlung mit Iljas zu mir. Auch Seyd Mustafa wird da sein. Wir wollen die Lage besprechen.«

Er nickte. Ich ging heim. Nino sorgte hausfraulich für den Tee. Die Freunde kamen bald. Sie waren bewaffnet, selbst hinter dem grünen Gurt Seyds steckte ein Dolch. Eine merkwürdige Stille war in uns. Die Stadt am Vorabend des Kampfes war bedrückend und fremd. Noch gingen die Menschen durch die Straßen ihren Geschäften nach oder spazieren. Aber ihr Treiben hatte etwas Unwirkliches, Gespensterhaftes, als hätten sie bereits eine Vorahnung von der baldigen Sinnlosigkeit ihres alltäglichen Tuns.

»Habt ihr genug Waffen?« fragte Iljas Beg.

»Fünf Gewehre, acht Revolver, ein Maschinengewehr und Munition. Außerdem ist ein Keller da für die Frauen und Kinder.«

Nino hob plötzlich den Kopf.

»Ich gehe nicht in den Keller«, sagte sie fest, »auch ich werde mein Haus verteidigen.«

Sie sprach hart und verbissen.

»Nino«, antwortete Mehmed Haidar ruhig, »wir werden schießen, und Sie werden die Wunden verbinden.«

Da senkte Nino die Augen. Ihre Stimme klang gepreßt:

»Mein Gott, unsere Straßen werden zu Schlachtfeldern, das Theater zum Generalstabsquartier. Es wird bald schwerer sein, über die Nikolaistraße zu gehen, als früher nach China zu reisen. Um zum Lyzeum der Königin Tamar zu gelangen, wird man entweder die Weltanschauung ändern oder eine Armee besiegen müssen. Ich sehe euch schon bewaffnet auf dem Bauch durch den Gouverneursgarten kriechen, und am Bassin, wo ich mich früher mit Ali Khan traf, wird ein Maschinengewehr aufgestellt sein. Wir wohnen in einer seltsamen Stadt.«

»Es wird zu keinem Kampfe kommen«, sagte Iljas. »Die Russen werden unser Ultimatum annehmen.«

Mehmed Haidar lachte finster: »Ich vergaß zu erzählen: Auf dem Wege hierher traf ich Assadullah. Er sagte, daß die Russen ablehnen. Sie verlangen, daß wir alle Waffen abliefern. Ich gebe meine Waffe nicht ab.«

»Das bedeutet Kampf«, sagte Iljas, »für uns und für unsere armenischen Verbündeten.« Nino schwieg. Ihr Gesicht war dem Fenster zugewandt. Seyd Mustafa schob seinen Turban zurecht.

»Allah, Allah«, sagte er, »ich war nicht an der Front. Ich bin nicht so klug wie Ali Khan. Aber ich kenne das Gesetz. Es ist schlimm, wenn Mohammedaner im Kampf auf die Treue von Ungläubigen angewiesen sind. Es ist überhaupt schlimm, auf jemanden angewiesen zu sein. So lautet das Gesetz, und so ist das Leben. Wer führt die armenischen Truppen? Stepa Lalai! Ihr kennt ihn. Im Jahre 1905 haben Mohammedaner seine Eltern erschlagen. Ich glaube nicht, daß er es vergessen hat. Ich glaube überhaupt nicht, daß Armenier für uns gegen die Russen kämpfen werden. Wer sind denn eigentlich diese Russen? Zerlumptes Pack, Anarchisten, Räuber. Ihr Führer heißt Stepan Schaumjan und ist auch ein Armenier. Und ein armenischer Anarchist und ein armenischer Nationalist werden sich viel schneller einigen als ein mohammedanischer Nationalist und ein armenischer Nationalist. Das ist das Geheimnis des Blutes. Es wird zum Zerwürfnis kommen, so wahr der Koran ist.«

»Seyd«, sagte Nino, »es gibt außer Blut noch die Vernunft. Wenn die Russen siegen, wird es weder dem Lalai noch dem Andronik gut ergehen.«

Mehmed Haidar lachte plötzlich auf.

»Verzeiht, Freunde«, sagte er dann, »ich überlegte nur, wie es den Armeniern ergehen wird, falls wir siegen. Wenn die Türken Armenien überfluten, werden doch wir ihr Land nicht verteidigen.«

Iljas Beg wurde sehr böse:

»So was darf man weder sagen noch denken. Die armenische Frage wird sehr einfach gelöst: Die Bataillone, die Lalai aufstellt, wandern nach Armenien aus. Mit den Soldaten ziehen ihre Familien. In einem Jahr gibt es keinen Armenier mehr in Baku. Sie haben dann ein Land für sich und wir ein Land für uns. Wir werden einfach zwei Nachbarvölker.«

»Ilias Beg«, sagte ich, »Seyd hat nicht unrecht. Du vergißt das Geheimnis des Blutes. Stepa Lalai, dessen Eltern von Mohammedanern erschlagen wurden, müßte ein Schurke sein, vergäße er die Pflicht des Blutes.«

»Oder ein Politiker, Ali Khan, ein Mensch, der den Drang

seines Blutes bändigt, um das Blut seines Volkes zu schonen. Wenn er klug ist, hält er zu uns. In seinem Interesse und im Interesse seines Volkes.«

Wir stritten, bis der Abend einbrach. Dann sagte Nino:

»Was immer ihr seid, Politiker oder Menschen, ich möchte, daß ihr in einer Woche wieder hier seid. Mit heilen Gliedern. Denn sollte in der Stadt gekämpft werden...«

Sie sprach nicht weiter.

Nachts lag sie neben mir und schlief nicht. Ihr Mund war leicht geöffnet und ihre Lippen feucht. Sie starrte zum Fenster hinaus und schwieg. Ich umarmte sie. Sie wandte mir das Gesicht zu und sagte leise: »Wirst du auch kämpfen, Ali Khan?«

»Natürlich, Nino.«

»Ja«, sagte sie, »natürlich.«

Plötzlich ergriff sie mein Gesicht und drückte es an ihre Brust. Sie küßte mich wortlos, mit weit geöffneten Augen. Eine wilde Leidenschaft ergriff sie. Sie preßte sich an mich, schweigend und unersättlich, von Lust, Todesangst und Hingabe erfüllt. Ihr Gesicht war wie in eine andere Welt entrückt, eine Welt, zu der nur sie allein Zugang hatte. Plötzlich fiel sie zurück, hielt meinen Kopf dicht vor ihre Augen und sagte kaum hörbar:

»Ich werde das Kind Ali nennen.«

Dann schwieg sie wieder, den verschleierten Blick zum Fenster gewandt.

Der alte Gebetturm erhob sich schlank und zierlich im fahlen Mondschein. Die Schatten der Festungsmauer waren dunkel und drohend. Aus der Ferne tönte das Geklirr von Eisen. Jemand schliff einen Dolch, und es klang wie eine Verheißung. Dann läutete das Telefon. Ich erhob mich und torkelte durch die Dunkelheit. In der Muschel ertönte die Stimme Iljas Begs:

»Die Armenier haben sich mit den Russen verbündet. Sie fordern die Entwaffnung aller Mohammedaner. Bis morgen nachmittag um drei. Wir lehnen natürlich ab. Du bedienst das Maschinengewehr an der Mauer, links vom Tor Zizianaschwilis. Ich schicke noch dreißig Mann. Bereite alles zur Verteidigung des Tores vor.«

Ich legte den Hörer ab. Nino saß im Bett und starrte mich an. Ich nahm den Dolch und prüfte seine Schneide.

»Was gibt's, Ali?«

»Der Feind steht vor den Mauern, Nino.«

Ich zog mich an und rief die Diener. Sie kamen, breit, stark und ungelenk. Ich gab jedem ein Gewehr. Dann ging ich zu meinem Vater. Er stand vor dem Spiegel, und der Diener bürstete seinen Tscherkessenrock.

»Wo ist dein Platz, Ali Khan?«

»An der Pforte Zizianaschwilis.«

»Gut so. Ich bin im Saal des Wohltätigkeitsvereins, beim Stab.« Sein Säbel klirrte, und er zupfte am Schnurrbart. »Sei tapfer, Ali. Die Feinde dürfen nicht über die Mauer. Wenn sie den Platz vor dem Tor besetzen, überzieh sie mit Maschinengewehrfeuer. Assadullah wird die Bauern aus den Dörfern holen und dem Feind durch die Nikolaistraße in den Rücken fallen.« Er steckte den Revolver ein und blinzelte müde. »Um acht Uhr geht der letzte Dampfer nach Persien. Nino soll unbedingt wegfahren. Wenn die Russen siegen, werden sie alle Frauen schänden.«

Ich ging in mein Zimmer. Nino sprach ins Telefon.

»Nein, Mama«, hörte ich, »ich bleibe hier. Es droht ja keine Gefahr. Danke, Papa, sei unbesorgt, wir haben Nahrungsvorräte genug. Ja, vielen Dank. Aber laßt mich nun endlich in Ruhe. Ich komme nicht, nein und nochmals nein.«

Es klang wie ein Schrei. Sie hängte ab.

»Du hast recht, Nino«, sagte ich, »bei deinen Eltern wird es auch nicht sicher sein. Um acht Uhr geht der Dampfer nach Persien. Pack deine Sachen.«

Ihr Gesicht wurde glutrot.

»Du schickst mich weg, Ali Khan?«

Ich habe Nino noch nie so erröten gesehen.

»In Teheran bist du sicher, Nino. Wenn die Feinde siegen, werden sie alle Frauen schänden.«

Sie hob den Kopf und sagte trotzig:

»Mich wird man nicht schänden, mich nicht. Sei unbesorgt, Ali.«

»Fahr nach Persien, Nino, noch ist es Zeit.«

»Laß das«, sagte sie streng. »Ali, ich fürchte mich sehr. Vor dem Feind, vor dem Kampf, vor all den schrecklichen Dingen, die uns erwarten. Und ich bleibe dennoch da. Helfen kann ich dir nicht. Aber ich gehöre zu dir. Ich bleibe, und damit Schluß.«

Es blieb dabei. Ich küßte ihre Augen und war sehr stolz. Sie war eine gute Frau, obwohl sie mir widersprach. Ich verließ das Haus.

Der Morgen graute. Staub hing in der Luft. Ich bestieg die Mauer. Meine Diener lagen mit Gewehren hinter den steinernen Zinnen. Die dreißig Mann Iljas Begs beobachteten wachsam den menschenleeren Dumaplatz. Schnurrbärtig, mit braunen Gesichtern, lagen sie da, schwerfällig, schweigend und verbissen. Das Maschinengewehr glich einer russischen Nase, emporgestülpt und breit. Es war sehr still ringsum. Hin und wieder liefen Verbindungsleute die Mauer entlang. Sie brachten kurze Meldungen. Irgendwo verhandelten noch Geistliche und Greise und versuchten im letzten Augenblick, das Wunder der Versöhnung zu vollbringen.

Die Sonne ging auf. Die Glut strömte vom Himmel und sammelte sich in den Steinen. Ich sah zu meinem Haus hinüber. Auf dem Dach saß Nino. Ihr Gesicht war der Sonne zugewandt. Um die Mittagszeit kam sie zur Mauer. Sie brachte Essen und Trinken und blickte neugierig auf das Maschinengewehr. Schweigend kauerte sie im Schatten, bis ich sie nach Hause schickte.

Es war ein Uhr. Vom Gebetturm sang Seyd Mustafa klagend und feierlich sein Gebet. Dann kam er zu uns, ein Gewehr unbeholfen hinter sich herschleifend. In seinem Gurt steckte der Koran. Ich blickte auf den Dumaplatz jenseits der Mauer. Ich sah Staub und einige ängstlich gebückte Gestalten, die rasch über den Platz eilten. Eine verschleierte Frau lief schimpfend und stolpernd ihren Kindern nach, die auf dem Platz spielten.

Eins, zwei, drei. Der Schlag der Rathausglocke durchbrach dröhnend die Stille. Und im selben Augenblick, als hätten diese Glockenschläge geheimnisvoll die Tür in eine andere Welt geöffnet, vom Rande der Stadt kommend, die ersten Schüsse...

Zweiundzwanzigstes Kapitel

Die Nacht war mondlos. Das Segelboot glitt über die trägen Wellen des Kaspischen Meeres. Kleine Wasserspritzer schlugen zuweilen über Bord. Das schwarze Segel glich in der Nacht dem ausgebreiteten Flügel eines großen Vogels.

Ich lag auf dem durchnäßten Boden des Bootes, in Schafspelze gehüllt. Der Bootsmann, ein Tekine mit breitem, bartlosem Gesicht, blickte gleichgültig in die Sterne. Ich hob den Kopf.

»Seyd Mustafa...?« fragte ich.

Der Pockennarbige beugte sich zu mir. Der Rosenkranz aus roten Steinen glitt durch seine Finger... Es war, als spielte die gepflegte Hand mit Blutstropfen.

»Lieg ruhig, Ali Khan, ich bin da«, sagte er. Ich sah Tränen in seinen Augen und setzte mich auf.

»Mehmed Haidar ist tot«, sagte ich, »ich sah seine Leiche an der Nikolaistraße. Ohren und Nase waren abgeschnitten.«

Seyds Gesicht neigte sich zu mir:

»Die Russen kamen von Bailow und umzingelten die Strandpromenade. Du hast die Leute vom Dumaplatz weggefegt.«

»Ja«, erinnerte ich mich, »und dann kam Assadullah und befahl Attacke. Wir gingen mit Bajonetten und Dolchen vor. Du sangst das Gebet *Ya sin.*«

»Und du – du trankst das Blut der Feinde. Weißt du, wer an der Aschum-Ecke stand? Die ganze Sippe der Nachararjans. Die sind alle hin.«

»Die sind hin«, wiederholte ich, »ich hatte acht Maschinengewehre auf dem Dach des Aschum-Hauses aufgestellt. Wir beherrschten die ganze Gegend...«

Seyd Mustafa rieb sich die Stirn. Sein Gesicht war wie mit Asche bestreut: »Es knatterte da oben den ganzen Tag. Jemand sagte, du seist tot. Nino hörte es auch, aber sie schwieg. Sie wollte nicht in den Keller gehen. Sie saß im Zimmer und schwieg. Die Maschinengewehre knatterten. Plötzlich bedeckte sie das Gesicht mit den Händen und schrie: ›Ich will nicht mehr, ich will nicht mehr‹, und die Maschinengewehre knatterten. Bis acht Uhr abends. Dann war die Munition zu Ende. Aber der Feind wußte es nicht. Er dachte, es sei eine List. Musa Nagi ist auch tot. Lalai hat ihn erwürgt...«

Ich blieb stumm. Der Tekine aus der Wüste des roten Sandes starrte in die Sterne. Sein bunter Seidenkaftan flatterte im leichten Wind.

Seyd sagte: »Ich hörte, daß du im Handgemenge an der Pforte Zizianaschwilis warst. Ich habe es selbst nicht gesehen, denn ich war am andern Ende der Mauer.«

»Ich war in dem Handgemenge. Es war da eine schwarze Lederjoppe. Ich durchbohrte sie mit dem Dolch, und sie wurde rot. Meine Kusine Aische ist auch tot.«

Das Wasser war glatt. Im Boot roch es nach Teer. Das Boot war namenlos wie die Küste der Wüste des roten Sandes, an der wir entlangfuhren. Seyd sprach leise: »Wir aus den Moscheen, wir legten Leichengewänder an. Dann nahmen wir Dolche und stürzten uns auf den Feind. Fast alle sind tot. Aber mich ließ Gott nicht sterben. Auch Iljas lebt. Er verbirgt sich auf dem Land. Wie euer Haus geplündert wurde! Kein Teppich, kein Möbelstück, kein Geschirr ist übriggeblieben. Nur die nackten Wände.«

Ich schloß die Augen. Alles in mir war ein einziger Schmerz. Ich sah Karren mit Leichen und Nino mit einem Bündel Sachen, nachts am öldurchtränkten Ufer von Bibi-Eibat. Dann legte das Boot mit dem Mann aus der Wüste an. Von der Insel Nargin leuchtete der Turm. Die nächtliche Stadt verschwand im Dunkeln. Die schwarzen Bohrtürme blickten wie drohende Wächter...

Nun lag ich hier in Schaffelle gehüllt, und dumpfer Schmerz zerriß meine Brust. Ich erhob mich. Unter einem kleinen Verdeck lag Nino. Ihr Gesicht war schmal und sehr blaß. Ich nahm ihre kalte Hand und fühlte das leise Beben ihrer Finger.

Hinter uns, neben dem Bootsmann, saß mein Vater. Ich hörte abgerissene Sätze:

»...Sie meinen also wirklich, daß man in der Oase Tschardschui willkürlich die Farbe der Augen verändern kann?«

»Ja, Khan. Auf der ganzen Welt gibt es nur einen Ort, wo die Menschen das können – die Oase Tschardschui. Ein heiliger Mann hat prophezeit...

»Nino«, sagte ich, »mein Vater unterhält sich über die Wunder der Oase Tschardschui. So muß man sein, um diese Welt zu ertragen.«

»Ich kann es nicht«, sagte Nino, »ich kann es nicht, Ali Khan, der Staub auf der Straße war rot von Blut.«

Sie verbarg ihr Gesicht in den Händen und weinte lautlos. Ihre Schultern zitterten... Ich saß neben ihr und dachte an den Platz vor der großen Mauer, an die Leiche Mehmed Haidars, die in der Nikolaistraße lag, und an die schwarze Lederjoppe, die plötzlich rot wurde.

Es tat weh, am Leben zu sein.

Weit weg klang die Stimme des Vaters:

»Auf der Insel Tscheleken soll es Schlangen geben?«

»Ja, Khan, ungeheuer lange, giftige Schlangen. Aber keines Menschen Auge hat sie je gesehen. Nur ein Heiliger aus der Oase Merw hat einmal erzählt…«

Ich hielt es nicht mehr aus. Ich ging zum Steuer und sagte:

»Vater, Asien ist tot, unsere Freunde sind gefallen und wir vertrieben. Gott zürnt uns, und du sprichst über die Schlangen auf der Insel Tscheleken.

Das Gesicht meines Vaters blieb ruhig. Er lehnte sich an den kleinen Mast und sah mich lange an:

»Asien ist nicht tot. Nur seine Grenzen haben sich verschoben. Für immer. Baku ist jetzt Europa. Und es ist kein Zufall. Es gab in Baku keine Asiaten mehr.«

»Vater, ich habe drei Tage lang mit Maschinengewehr, Bajonett und Dolch unser Asien verteidigt.«

»Du bist ein tapferer Mann, Ali Khan. Aber was ist Mut? Auch Europäer sind mutig. Du und alle, die mit dir kämpften, ihr seid ja keine Asiaten mehr. Ich hasse Europa nicht. Mir ist Europa gleichgültig. Du haßt es, weil du selbst ein Stück Europa in dir trägst. Du besuchtest eine russische Schule, du kannst Latein, du hast eine europäische Frau. Bist du noch Asiat? Du selbst würdest doch, wenn du gesiegt hättest, Europa in Baku eingeführt haben, ohne es zu wollen. Es ist ja gleich, ob wir oder die Russen die neuen Autostraßen bauen und Fabriken errichten. Es ging nicht anders. Man ist noch lange kein guter Asiat, wenn man mit viel Blutdurst zahlreiche Feinde umbringt.«

»Wann ist man es denn?«

»Du bist ein halber Europäer, Ali Khan, deshalb fragst du

so. Es hat keinen Sinn, es dir zu erklären, denn nur das Sichtbare wirkt auf dich. Dein Antlitz ist der Erde zugewandt. Darum schmerzt dich die Niederlage, und darum zeigst du deinen Schmerz.«

Mein Vater schwieg. Seine Blicke waren wie verhängt. Wie alle älteren Leute in Baku und in Persien kannte er außer der Welt der Wirklichkeit noch eine zweite Welt, in die er sich zurückziehen konnte und in der er unangreifbar war. Ich ahnte diese Welt der fast jenseitigen Ruhe, in der es möglich war, Freunde zu begraben und sich gleichzeitig mit einem Bootsmann über die Wunder der Oase Tschardschui zu unterhalten. Ich pochte an ihrer Pforte und fand keinen Einlaß. Ich war zu sehr befangen in der schmerzhaften Wirklichkeit.

Ich selber war kein Asiat mehr. Keiner warf es mir vor, aber alle schienen es zu wissen. Ich war ein Fremder geworden und sehnte mich danach, wieder beheimatet zu werden in der Traumwelt Asiens.

Ich stand im Boot und blickte in den schwarzen Spiegel des Wassers. Mehmed Haidar tot, Aische tot, unser Haus verwüstet. Und ich fuhr im kleinen Segelboot zum Lande des Schahs, zur großen Ruhe Persiens.

Nino stand plötzlich neben mir.

»Persien«, sagte sie und senkte die Augen, »was werden wir dort tun?«

»Uns erholen.«

»Ja, erholen. Ich will schlafen, Ali Khan, einen Monat oder ein Jahr. Schlafen in einem Garten mit grünem Laub. Und es darf nicht geschossen werden.«

»Da fährst du in das richtige Land. Persien schläft seit tausend Jahren, und es wird dort nur sehr selten geschossen.«

Wir kehrten zum Verdeck zurück. Nino schlief sofort ein. Ich lag noch lange wach und sah die Silhouette Seyds und die Blutstropfen an seinen Fingern. Er betete. Auch er kannte die verborgene Welt, die jenseits der sichtbaren beginnt.

Hinter der aufgehenden Sonne lag Persien. Sein Atem drang zu uns, wenn wir, auf dem Boden des Bootes kauernd, getrocknete Fische aßen und Wasser tranken. Der wilde Mann aus dem Volk der Tekinen sprach mit meinem Vater und blickte mich so gleichgültig an, als wäre ich ein Gegenstand.

Am Abend des vierten Tages erschien ein gelber Streifen am Horizont. Er glich einer Wolke, aber es war Persien. Der Streifen wurde breiter. Ich sah Lehmhütten und bescheidene Hafenanlagen: Enseli – der Hafen des Schahs. Wir ankerten am verfaulten, hölzernen Pier. Ein Mann in Gehrock und hoher Lammfellmütze kam heran. An seiner Stirn prangte der Silberne Löwe mit erhobener Pranke und aufgehender Sonne. Zwei Hafenpolizisten, barfuß und zerlumpt, schlenderten hinter ihm her. Der Mann blickte uns mit großen, runden Augen an und sagte:

»Wie ein Kind die ersten Strahlen der Sonne am Tage seiner Geburt begrüßt, so begrüße ich euch, edle Gäste. Habt ihr Papiere?«

»Wir sind Schirwanschirs«, antwortete mein Vater.

»Hat der große Löwe des Kaiserreiches, Assad es Saltaneh Schirwanschir, dem die Diamantenpforte des Kaisers offensteht, das Glück, das gleiche Blut wie ihr in seinen Adern zu haben?«

»Er ist mein Bruder.«

Wir stiegen aus. Der Mann begleitete uns. Am Lagerhaus sagte er: »Assad es Saltaneh ahnte euer Kommen. Stärker als der Löwe, schneller als ein Hirsch, schöner als ein Adler, sicherer als eine Felsenburg ist die Maschine, die er geschickt hat.«

Wir bogen um die Ecke: ein alter, klappriger Ford mit geflickten Reifen keuchte am Straßenrand. Wir bestiegen ihn. Die Maschine zitterte. Der Chauffeur blickte in die Ferne wie der Kapitän eines Ozeandampfers. Es dauerte nur eine halbe

Stunde, und der Wagen setzte sich in Bewegung. Wir fuhren über Rescht nach Teheran.

Dreiundzwanzigstes Kapitel

Enseli, Rescht, Straßen und Dörfer, umgeben vom Hauch der Wüste. Hin und wieder spukt am Horizont das Abi-Jesid, das Wasser des Teufels, die persische Fata Morgana. Der große Weg nach Rescht führt an einem Flußbett entlang. Der Fluß selber ist versiegt, sein Grund rissig. Es gibt kein Wasser in den Flüssen Persiens, nur hie und da stehengebliebene Pfützen und Lachen. Felsen erheben sich am trockenen Ufer und werfen Riesenschatten. Sie gleichen Giganten der Vorzeit, dickbäuchig, befriedigt und schläfrig. In der Ferne ertönen die Glocken einer Karawane. Der Wagen verlangsamt seine Fahrt. Am steilen Berghang schreiten die Kamele. Voran, mit dem Stab in der Hand, der Karawanenführer. Menschen in schwarzen Gewändern folgen ihm. Voll gespannter Kraft schreiten die Kamele. Langsam bimmeln an ihrem Hals die kleinen Glocken. Rechts und links hängen längliche, dunkle Säcke von den grauen Rücken. Stoffe aus Ispahan? Wolle aus Giljan? Der Wagen bleibt stehen. Leichen hängen an den Rücken der Kamele. Hundert, zweihundert Leichen, in schwarze Tücher gehüllt. Durch Wüsten und Berge, durch die weiße Glut der Salzsteppe, durch grüne Oasen, vorbei an großen Seen trägt die Karawane ihre Last. Weit im Westen, an der türkischen Grenze, werden die Kamele niederknien. Beamte im roten Fes werden die Leichen betasten, und weiter zieht die Karawane, bis zu den Kuppeln der heiligen Stadt Kerbela. An der Gruft des Märtyrers Hussein hält die Karawane. Behutsame Hände tragen die Leichen zu Grabe, damit sie im Sand von Kerbala ruhen, bis die Trompete des Erzengels sie aus dem Schlaf erwecken wird.

Wir verbeugen uns. Unsere Hände bedecken die Augen:

»Betet auch für uns am Grabe des Heiligen!« rufen wir, und der Führer antwortet:

»Wir selbst sind eines Gebetes bedürftig.«

Und weiter zieht die Karawane, still und schattenhaft wie das Abi-Jesid, die Fata Morgana der großen Wüste...

Wir fahren durch die Straßen von Rescht. Holz und Lehm verdecken den Horizont. Hier wittert man die vergangenen Jahrtausende. Mit einem Blick umfaßt man Häuser aus Lehm und enge Gassen. Die Enge der Gassen verrät die Furcht vor dem Raum. Alles ist einfarbig. Asche oder glühende Kohle. Alles ist winzig klein, vielleicht aus Ergebenheit vor dem Schicksal. Nur hie und da tauchen plötzlich Moscheen auf.

Die Menschen tragen runde, kürbisähnliche Mützen auf ihren geschorenen Schädeln. Die Gesichter sind wie Larven.

Überall Staub und Schmutz. Nicht daß der Perser den Staub liebte oder den Schmutz. Er läßt nur die Dinge, wie sie sind, weil er weiß, daß sich schließlich alles in Staub verwandelt. Wir rasten in einer kleinen Teestube. Der Raum duftet nach Haschisch. Schiefe Blicke streifen Nino. In Lumpen gehüllt, mit zerzausten Haaren und offenem Mund, die Lippen voll Speichel, steht an der Ecke ein Derwisch mit einer ziselierten Kupferschale in der Hand. Er blickt alle an und sieht niemanden, als lausche er dem Unsichtbaren und warte auf ein Zeichen. Unerträgliches Schweigen geht von ihm aus. Plötzlich springt er hoch, mit immer gleich geöffnetem Mund, und ruft: »Ich sehe die Sonne im Westen aufgehen!«

Die Menge erschauert.

Ein Bote des Gouverneurs erscheint an der Tür: »Seine Exzellenz haben eine Wache beordert wegen der nackten Frau.«

Er meint die unverschleierte Nino. Ninos Gesicht bleibt gleichmütig. Sie versteht kein Persisch.

Wir verbringen die Nacht im Hause des Gouverneurs. Am Morgen sattelt die Wache ihre Pferde. Sie geleitet uns bis Teheran – wegen der Nacktheit Ninos, die ihr Gesicht nicht verbirgt, und wegen der Räuber, die das Land durchziehen.

Langsam schleppt sich das Auto durch die Wüste. Noch achtzig, noch siebzig, noch sechzig Kilometer. Die Straße windet sich wie eine Schlange. Die vier Türme des Stadttors von Teheran zeichnen sich vom Schnee des fernen Demawend ab. Die Kacheln des Tors sind bunt, die Farben milde und weich. Der arabische Bogen mit der weisen Aufschrift blickt mich an wie das schwarze Auge eines Dämons. Bettler mit ekelerregenden Geschwüren, Derwische, Wanderer in bunten Lumpen liegen im Staub unter dem großen Tor. Ihre Hände mit schmalen, edlen Fingern strecken sich uns entgegen. Sie singen von der Pracht der Kaiserstadt Teheran, und in ihren Stimmen liegt Wehmut und Trauer. Auch sie kamen einst voll Hoffnung in die Stadt der vielen Kuppeln. Nun liegen sie im Staub, selbst Staub und Schutt, und singen wehmütige Weisen von dieser Stadt, die sie verstoßen hat.

Der kleine Wagen schlängelt sich durch das Gewirr der Gassen, über den Kanonenplatz, vorbei am Diamantentor des kaiserlichen Palastes, und fährt, wieder außerhalb der Mauern, auf der breiten Straße zum Vorort Schimran.

Die Tore des Palais in Schimran sind weit geöffnet. Rosenduft schlägt uns entgegen. Die blauen Kacheln der Wände sind kühl und freundlich. Wir eilen durch den Garten, am Springbrunnen vorbei. Das dunkle Zimmer mit verhängten Fenstern ist wie eine kühle Quelle. Nino und ich werfen uns auf die weichen Kissen und versinken sofort in einen endlosen Schlaf.

Wir schliefen, wachten auf, schlummerten, träumten und schliefen weiter. Es war herrlich in dem kühlen Zimmer mit verhängten Fenstern. Unzählige Kissen, Matten und Polster bedeckten die niedrigen Diwane und den Boden. Im Traum hörten wir das Schlagen der Nachtigall. Es war ein seltsames

Gefühl, in dem großen, ruhigen Haus zu schlummern, fern allen Gefahren, fern der verwitterten Mauer von Baku. Stunden vergingen. Hin und wieder seufzte Nino, erhob sich schlaftrunken und legte ihren Kopf auf meine Brust. Ich vergrub mein Gesicht in den weichen Kissen, die den süßlichen Duft des persischen Harems ausströmten. Eine unendliche Trägheit überfiel mich. Ich lag stundenlang und litt, weil mich die Nase juckte und ich zu faul war, die Hand auszustrecken und sie zu reiben. Schließlich hörte die Nase von selber zu jucken auf, und ich schlief ein.

Plötzlich wachte Nino auf, erhob sich und sagte:

»Ich habe einen Wolfshunger, Ali Khan.«

Wir gingen in den Garten. Blühende Rosenbüsche umgaben den Springbrunnen. Zypressen ragten zum Himmel. Ein Pfau, mit prächtigem Rad, blickte regungslos in die untergehende Sonne. In der Ferne erhob sich die weiße Spitze des Demawend. Ich klatschte in die Hände. Ein Eunuch mit aufgedunsenem Gesicht stürzte herbei. Hinter ihm torkelte ein altes Weib, mit Teppichen und Kissen beladen. Wir ließen uns im Schatten einer Zypresse nieder. Der Eunuch brachte Wasser und Waschschüssel und bedeckte den ausgebreiteten Teppich mit den Leckerbissen der persischen Küche.

»Lieber mit Fingern essen als Maschinengewehrsalven hören«, sagte Nino und steckte ihre linke Hand in den dampfenden Reis. Der Eunuch machte ein entsetztes Gesicht und blickte weg. Ich belehrte Nino, wie man in Persien Reis ißt: mit drei Fingern der rechten Hand. Sie lachte zum erstenmal, seit wir Baku verlassen hatten, und eine große Ruhe überkam mich. Es war schön im stillen Land des Schahs, im Palais von Schimran, im Land der frommen Dichter und der Weisen.

Plötzlich fragte Nino: »Wo bleibt dein Onkel, Assad es Saltaneh, und sein ganzer Harem?«

»Er wird vermutlich im Stadtpalais sein. Seine drei Frauen sind wohl bei ihm. Und der Harem? Aber dies hier ist der Harem, dieser Garten und all die Zimmer, die in den Garten führen.«

Nino lachte: »Dann bin ich also doch im Harem eingesperrt. Ich habe es ja kommen sehen.«

Ein zweiter Eunuch, ein trockener Greis, kam und fragte, ob er uns etwas vorsingen dürfe. Wir wollten nicht. Drei Mädchen rollten den Teppich zusammen, das alte Weib von vorhin trug die Überreste der Speisen weg, und ein kleiner Knabe fütterte den Pfau.

»Wer sind all diese Leute, Ali Khan?«

»Dienerschaft.«

»Mein Gott, wie viele Diener sind denn hier?«

Ich wußte es nicht und rief den Eunuchen. Er dachte lange nach, mit lautlos sich bewegenden Lippen. Es stellte sich heraus, daß der Harem von achtundzwanzig Menschen betreut wurde.

»Und wie viele Frauen wohnen hier?«

»So viele du befiehlst, Khan. Im Augenblick nur die eine, die neben dir sitzt. Es ist aber genug Platz da. Assad es Saltaneh ist mit seinen Frauen in der Stadt. Dieses ist dein Harem.«

Er kauerte nieder und fuhr würdevoll fort:

»Mein Name ist Jahja Kuli. Ich bin der Hüter deiner Ehre, Khan. Ich kann lesen, schreiben und rechnen. Ich kenne mich in allen Fragen der Verwaltung und der Weiblichkeit aus. Du kannst dich auf mich verlassen. Wie ich sehe, ist dieses Weib eine Wilde, aber ich werde ihr die guten Sitten allmählich beibringen. Sag mir, wann sie unwohl wird, damit ich es mir aufschreibe. Ich muß es wissen, um das Maß ihrer Launen beurteilen zu können. Denn sie hat bestimmt Launen. Ich werde sie selbst waschen und rasieren. Ich sehe, sie hat sogar in den Achselhöhlen Haare. Es ist bedauernswert, wie in manchen Ländern die Erziehung der Frau vernachlässigt wird. Morgen werde ich ihr die Nägel rot färben, und vor dem Schlafen schaue ich ihr in den Mund.«

»Mein Gott, wozu denn das?«

»Frauen mit schlechten Zähnen riechen schlecht aus dem Munde. Ich muß ihre Zähne sehen.«

»Was plappert dieses Geschöpf?« fragte Nino.

»Er empfiehlt sich als Zahnarzt. Scheint ein komischer Kauz zu sein.« Es klang einigermaßen verlegen.

Zum Eunuchen sagte ich: »Ich sehe, Jahja Kuli, daß du ein erfahrener Mensch bist, der über die Dinge der Kultur Bescheid weiß... Allein, meine Frau ist schwanger, und man muß sie schonen. Deshalb verschieben wir die Erziehung, bis sie das Kind bekommen hat.«

Ich sprach und fühlte, wie meine Wangen rot wurden. Nino war wirklich schwanger, und ich hatte dennoch gelogen.

»Du bist weise, Khan«, sagte der Eunuch, »schwangere Frauen sind schwer von Begriff. Übrigens gibt es ein Mittel, damit es ein Knabe wird. Aber« – er blickte prüfend auf Ninos schlanke Gestalt – »ich glaube, es hat noch ein paar Monate Zeit.«

Draußen auf der Veranda schlurften zahlreiche Pantoffel. Eunuchen und Weiber machten geheimnisvolle Zeichen. Jahja Kuli ging hinüber und kehrte mit ernstem Gesicht zurück.

»Khan, Seine Ehrwürden, der hochgelehrte Hafis Seyd Mustafa Meschedi will dich begrüßen. Ich würde es nie wagen, dich, Khan, mitten in den Freuden des Harems zu stören. Aber der Seyd ist ein gelehrter Mann aus der Sippe des Propheten. Er erwartet dich in den Herrengemächern.«

Bei dem Wort »Seyd« hob Nino den Kopf.

»Seyd Mustafa?« sagte sie. »Er soll kommen, wir werden zusammen Tee trinken.«

Das Ansehen des Hauses Schirwanschir blieb nur dadurch erhalten, daß der Eunuch kein Russisch verstand. Es wäre kaum auszudenken – die Frau eines Khans empfängt einen fremden Mann im Harem. Ich sagte verlegen und etwas beschämt:

»Der Seyd darf doch nicht herein. Hier ist der Harem.«

»Ach so. Komische Sitten. Dann empfangen wir ihn draußen.«

»Ich fürchte, Nino... wie soll ich es dir sagen... es ist alles etwas anders in Persien. Ich meine... der Seyd gilt doch als Mann.«

Ninos Augen wurden weit vor Staunen: »Du meinst, daß ich mich dem Seyd nicht zeigen darf, der mich zu dir nach Daghestan gebracht hat?«

»Ich fürchte, Nino, wenigstens die erste Zeit.«

»Gut«, sagte sie mit plötzlicher Kühle, »aber nun geh.«

Ich ging und war bedrückt. Ich saß in der großen Bibliothek und trank Tee mit Seyd Mustafa. Er sprach von seiner Absicht, zu seinem berühmten Onkel nach Meschhed zu fahren, bis Baku aus den Händen der Ungläubigen befreit sei. Ich pflichtete ihm bei. Er war ein höflicher Mann. Er fragte nicht nach Nino und erwähnte nicht einmal ihren Namen. Plötzlich öffnete sich die Tür:

»Guten Abend, Seyd.«

Ninos Stimme klang ruhig, aber gepreßt. Mustafa sprang auf. Sein pockennarbiges Gesicht drückte beinahe Schrecken aus. Nino setzte sich auf die Matten:

»Noch einen Tee, Seyd?«

Draußen schlurften verzweifelt zahlreiche Pantoffel hin und her. Die Ehre des Hauses Schirwanschir brach unwiderruflich zusammen, und es dauerte Minuten, bis der Seyd sich von seinem Entsetzen erholen konnte.

Nino lächelte schmollend: »Ich habe mich vor den Maschinengewehren nicht gefürchtet, ich werde mich auch vor deinen Eunuchen nicht fürchten.«

Und so blieben wir zusammen bis in den späten Abend. Denn der Seyd war ein taktvoller Mensch.

Vor dem Schlafengehen näherte sich der Eunuch demütig: »Herr, strafe mich. Ich durfte sie nicht aus den Augen lassen. Aber wer konnte ahnen, daß sie so wild ist, so wild. Es ist mein Verschulden.«

Sein dickes Gesicht war zerknirscht.

Vierundzwanzigstes Kapitel

Seltsam! Als am öldurchtränkten Ufer von Bibi-Eibat die letzten Schüsse verklangen, glaubte ich, nie wieder glücklich sein zu können. Vier Wochen in den duftenden Gärten von Schimran – und Ruhe erfüllte mich. Ich war wie einer, der die Heimat wiedergefunden hat.

Nur selten fuhr ich in die Stadt. Ich besuchte Verwandte und Freunde und schlenderte, von Dienern begleitet, durch das dunkle Labyrinth des Basars von Teheran.

Enge Pfade, Buden wie Zelte, das Ganze von einem ungeheuren schirmartigen Dach überdeckt. Ich wühle in Rosen, Nüssen, Teppichen, Schals, Seidenzeug und Juwelen. Ich entdecke Krüge mit Goldmuster, uralte Filigranarbeit, Saffiankissen und seltene Parfüms. Schwere Silbertomane gleiten in die Taschen des persischen Händlers. Meine Diener sind mit allen Herrlichkeiten des Orients beladen. Alles für Nino. Ihr kleines Gesichtchen soll nicht so erschrocken in den Rosengarten blicken.

Die Diener beugen sich unter der Last. Ich gehe weiter. In einer Ecke gibt es Korane in Saffianleder und gemalte Miniaturen: ein Mädchen unter einer Zypresse und daneben ein Prinz mit mandelförmigen Augen; ein König auf der Jagd, eine Lanze und ein fliehendes Reh. Wieder klirren die Silbertomane. Etwas weiter hocken am niederen Tisch zwei Kaufherren. Aus einer breiten Tasche holt der eine Silbertomane hervor und reicht sie dem andern. Dieser prüft sie mit aufmerksamen Blicken, beißt sie an, wiegt sie auf einer kleinen Waage und steckt sie in einen großen Sack. Hundert-, tausend-, vielleicht zehntausendmal greift der Kaufmann in seine Tasche, ehe er die Schuld erledigt hat. Seine Gebärden sind voll Würde. *Tidscharet!* Handel! Der Prophet selbst war ein Kaufherr.

Verschlungen wie die Wege eines Irrgartens windet sich der Basar. In der Bude neben den beiden Kaufleuten hockt ein weiser Mann und blättert in einem Buch. Das Gesicht des Greises gleicht einer moosüberwachsenen Felseninschrift, die feinen Finger verraten Nachsicht und Schonung. Aus den vergilbten Blättern des Folianten steigt der Duft der Schirasrose auf, der Laut der iranischen Nachtigall, jauchzender Gesang, die Vision mandelförmiger Augen und langer Wimpern. Vorsichtig blättert die gepflegte Hand in dem alten Buch.

Flüstern, Lärmen, Schreien. Ich feilsche um einen uralten Kerman-Teppich in zarten Farben. Nino liebt die sanften Linien des gewirkten Gartens. Jemand verkauft Rosenwasser und Rosenöl. Tausende von Rosen sind in einem Tropfen Rosenöl vereint, wie Tausende von Menschen in dem engen Labyrinth des Teheraner Basars. Ich sehe Nino über ein Schälchen Rosenöl gebeugt.

Erschöpft stehen die Diener da.

»Bringt das alles sofort nach Schimran. Ich komme später nach.«

Die Diener verschwinden in dem Gewirr der Menschen. Noch einige Schritte, und ich trete gebückt durch die niedrige Tür einer persischen Teestube. Die Stube ist voll Menschen. In der Mitte sitzt ein Mann mit rotem Bart. Mit halbgeschlossenen Lidern rezitiert er ein Liebesgedicht von Hafis. Die Zuhörer seufzen in süßer Wonne. Dann liest der Mann aus der Zeitung:

»In Amerika wurde eine Maschine erfunden, die das gesprochene Wort der ganzen Welt hörbar macht. – Seine Kaiserliche Majestät der König der Könige, dessen Glanz die Sonne überstrahlt, dessen Hand zum Mars reicht, dessen Thron die Welt überragt, Sultan Achmed Schah, empfing in seinem Palais Bagheschah den Residenten des gegenwärtig in England regierenden Monarchen. – In Spanien ist ein Kind mit drei Köpfen und vier Füßen zur Welt gekommen. Die Bevölkerung deutet das als ein böses Omen.«

Die Zuhörer schnalzen verwundert mit der Zunge. Der Rotbärtige faltet die Zeitung zusammen. Wieder erklingt ein Lied. Dieses Mal vom Ritter Rustem und seinem Sohn Sorab. Ich höre kaum zu. Ich blicke in den dampfenden Tee und denke nach: Es ist nicht alles ganz so, wie es sein sollte.

Ich bin in Persien, ich bewohne ein Palais, und ich bin zufrieden. Nino bewohnt dasselbe Palais und ist ganz unzufrieden. In Daghestan nahm sie willig alle Entbehrungen des wilden Lebens auf sich. Hier versagt sie vor den würdigen Regeln der persischen Etikette. Sie will mit mir durch die Straßen gehen, obwohl das polizeilich verboten ist. Mann und Frau dürfen weder gemeinsam Besuche empfangen noch gemeinsam ausgehen. Sie bittet mich, ich möge ihr die Stadt zeigen, und ist gereizt, wenn ich es ihr ausreden will:

»Ich würde dir gern die Stadt zeigen, Nino. Aber ich darf dich der Stadt nicht zeigen.«

Ihre großen, dunklen Augen blicken vorwurfsvoll und verwirrt. Wie soll ich sie überzeugen, daß es für die Frau eines Khans wirklich nicht angeht, unverschleiert durch die Stadt zu wandeln? Ich kaufe die teuersten Schleier:

»Sieh doch, Nino, wie schön sie sind. Wie sie das Gesicht vor Sonne und Staub schützen. Ich würde selbst gern einen Schleier tragen.«

Sie lächelt traurig und legt die Schleier weg:

»Es ist einer Frau unwürdig, ihr Gesicht zu verdecken, Ali Khan. Ich würde mich selbst verachten, wenn ich diese Tracht anlegte.«

Ich zeige ihr die Polizeiverordnung. Sie zerreißt sie, und ich bestelle eine geschlossene Kutsche mit geschliffenen Glasscheiben.

So fuhr ich mit ihr durch die Stadt. Am Kanonenplatz sah sie meinen Vater und wollte ihn begrüßen. Es war entsetzlich, und ich habe die Hälfte des Basars aufgekauft, um sie zu verwöhnen...

Ich sitze allein und blicke in die Teetasse.

Nino vergeht vor Langeweile, an der ich nichts zu ändern vermag. Sie will mit den Frauen der europäischen Kolonie zusammenkommen. Doch die Frau eines Khans soll nicht mit Frauen des Unglaubens zusammenkommen. Sie werden sie so lange bemitleiden, daß sie das Leben im Harem ertragen muß, bis sie es tatsächlich nicht mehr erträgt.

Kürzlich besuchte sie meine Kusinen und Tanten und kehrte ganz verstört nach Hause.

»Ali Khan«, rief sie verzweifelt, »sie wollten wissen, wie oft am Tage du mich mit deiner Liebe beehrst. Sie sagen, daß du immer bei mir bist. Das wissen sie von ihren Männern. Und sie können sich nicht vorstellen, daß wir auch etwas anderes tun. Sie gaben mir ein Mittel gegen Dämonen und empfahlen mir ein Amulett. Es soll mit Sicherheit vor einer Nebenbuhlerin schützen. Deine Tante Sultan Hanum fragte mich, ob es nicht ermüdend sei, die einzige Frau eines so jungen Mannes zu sein, und alle wollten wissen, wie ich es anstelle, daß du nie zu den Tanzknaben gehst. Deine Kusine Suata war neugierig zu erfahren, ob du noch nie eine schmutzige Krankheit gehabt hast. Sie behaupteten, daß ich zu beneiden sei. Ali Khan, ich fühle mich wie mit Kot beworfen.«

Ich tröstete sie, so gut ich konnte. Sie kauerte in der Ecke wie ein verstörtes Kind, blickte ängstlich um sich und konnte sich lange nicht beruhigen.

Der Tee wird ganz kalt. Ich sitze in der Teestube, damit die Leute sehen, daß ich nicht mein ganzes Leben im Harem verbringe. Es schickt sich nicht, immer bei seiner Frau zu sitzen. Meine Vettern spotten bereits. Nur bestimmte Stunden des Tages gehören der Frau. Die übrigen dem Mann. Aber ich bin Ninos einzige Zerstreuung, bin ihre Zeitung, ihr Theater, Kaffeehaus, Bekanntenkreis und Ehemann zugleich. Deshalb kann ich sie nicht allein lassen, deshalb kaufe ich den ganzen Basar auf, denn heute abend ist großer Empfang beim Onkel zu Ehren meines Vaters, ein kaiserlicher Prinz wird anwesend sein, und Nino muß allein zu Hause bleiben, in Gesellschaft des Eunuchen, der sie erziehen will.

Ich verlasse den Basar und fahre nach Schimran. Im großen, teppichbelegten Saal sitzt Nino nachdenklich vor dem Berg von Ohrringen, Armbändern, Seidenschals und Parfümflaschen. Sie küßt mich still und zart, und Verzweiflung steigt plötzlich in mir auf. Der Eunuch bringt Scherbet und blickt mißbilligend auf die Geschenke. Man soll seine Frau nicht so verwöhnen.

Das Leben eines Persers beginnt in der Nacht. Nachts werden die Menschen lebendiger, die Gedanken leichter, die Worte gelöster. Hitze, Staub und Schmutz belasten den Tag. Nachts erwacht der *Teschachüt*, die seltsame persische Vornehmheit, die ich liebe und bewundere und die so ganz anders ist als die Welt Bakus, Daghestans oder Georgiens.

Es war acht Uhr, als die Galakutschen des Onkels vor unserem Haus hielten, eine für meinen Vater, eine für mich. So verlangt es die Etikette. Vor jeder Kutsche drei Peschhedmeten, Herolde und Läufer, mit langen Laternen in der Hand, deren grelles Licht auf ihre inbrünstigen Gesichter fiel. In der Jugend war ihnen die Milz herausgeschnitten worden, und die Aufgabe ihres Lebens war lediglich, vor den Kutschen herzulaufen und mit tiefem Pathos »Achtung!« zu rufen.

Der Weg war menschenleer. Trotzdem riefen die Läufer gleichmäßig ihr »Achtung!«, denn auch das gehörte zur Etikette. Wir fuhren durch enge Gassen, an endlosen grauen, lehmigen Mauern vorbei, hinter denen sich Kasernen oder Hütten, Paläste oder Ämter verbergen. Auf die Straße blicken nur die grauen Lehmmauern, die das persische Leben vor unbefugten Blicken abschließen.

Die gewölbten Kuppeln der Basarläden glichen im Mondschein unzähligen Luftballons, von einer unsichtbaren Hand zusammengehalten. Wir hielten vor einer breiten Mauer, in die eine schön geschwungene Messingpforte eingelassen war. Die Pforte öffnete sich, und wir fuhren in den Hof des Palais ein.

Wenn ich sonst dieses Haus allein aufsuchte, stand an der Pforte nur ein alter Diener mit zerlumptem Rock. Heute hingen an der Front des Palastes Girlanden und Lampions, und acht Mann verbeugten sich, als die Wagen vor der Schwelle hielten.

Der ungeheure Hof war durch eine niedrige Mauer in zwei Hälften geteilt. Drüben war der Harem. Dort plätscherte die Fontäne und sang die Nachtigall. Im Männerhof befand sich ein einfaches, rechteckiges Bassin mit Goldfischen.

Wir stiegen aus. Der Onkel trat an die Schwelle. Seine kleine Hand verdeckte das Gesicht. Er verbeugte sich tief und begleitete uns ins Haus. Der große Saal mit vergoldeten Säulen und geschnitzten Holzwänden war voll Menschen. Ich sah schwarze Lammfellmützen, Turbane und weite, dünne Gewänder aus dunkelbraunem Stoff. In der Mitte saß ein älterer Mann mit mächtig gebogener Nase, grauen Haaren und breitgeschwungenen Augenbrauen – Seine Kaiserliche Hoheit der Prinz. Alle erhoben sich, als wir eintraten. Wir grüßten zuerst den Prinzen, dann die andern. Wir ließen uns auf weiche Kissen nieder. Die Anwesenden folgten unserem Beispiel. So saßen wir eine Minute oder zwei. Dann sprangen wir alle auf und verbeugten uns erneut gegeneinander. Endlich setzten wir uns endgültig hin und versanken in würdiges

Schweigen. Die Diener brachten bläuliche Tassen mit duftendem Tee. Körbe mit Obst wanderten von Hand zu Hand, und die Kaiserliche Hoheit brach das Schweigen mit den Worten:

»Ich bin weit gereist und kenne viele Länder. Es gibt nirgends Gurken oder Pfirsiche, die so wohlschmeckend wären wie die in Persien.«

Er schälte eine Gurke, bestreute sie mit Salz und aß langsam und mit traurigen Augen.

»Hoheit haben recht«, sagte mein Onkel, »ich war in Europa und staunte immer, wie klein und häßlich das Obst der Ungläubigen ist.«

»Ich atme jedesmal auf, wenn ich nach Persien zurückkehre«, sagte ein Herr, der das persische Kaiserreich an einem europäischen Hof vertrat. »Es gibt nichts, um das wir die Welt zu beneiden brauchten. Eigentlich gibt es nur Perser und Barbaren.«

»Höchstens könnte man noch einige Inder dazurechnen«, meinte der Prinz. »Als ich vor Jahren in Indien war, sah ich Menschen, die achtenswert waren und beinahe unsere Kulturstufe erreichten. Allerdings irrt man sich leicht. Ein vornehmer Inder, den ich kannte, erwies sich dann doch als Barbar. Ich war bei ihm zu Tisch, und stellt euch nur vor, er aß die Außenblätter des Salates!«

Die Anwesenden waren entsetzt. Ein Mullah mit schwerem Turban und eingefallenen Wangen sagte mit leiser, müder Stimme:

»Der Unterschied zwischen Persern und Nichtpersern ist, daß wir allein die Schönheit zu schätzen verstehen.«

«Es ist wahr«, sagte mein Onkel, »mir ist ein schönes Gedicht lieber als eine lärmende Fabrik. Ich verzeihe Abu Seyd seine Ketzerei, weil er als erster die Rubayats, unsere schönste Versform, in die Literatur eingeführt hat.«

Er räusperte sich und rezitierte halb singend:

»Te medressé we minaré wirán neschúd
In kár kalendári bismán neschúd
Ta imán kafr we káft imán neschúd
Ek bendé hakikatá musulmán neschúd.«

»Solange Moschee und Medresse
nicht verwüstet sind,
Wird das Werk der Wahrheitssucher
nicht erfüllt sein.
Solange Glaube und Unglaube
nicht eins sind,
Wird der Mensch in Wahrheit
nicht Muslim sein.«

»Schrecklich«, sagte der Mullah. »Schrecklich. Aber dieser Klang!« Und er wiederholte liebevoll: *»Ek bendé hakikatá musulmán neschúd.«*

Er erhob sich, nahm eine zierliche, silberne Wasserkanne mit langem, schmalem Hals und wankte aus dem Zimmer. Nach einer Weile kam er zurück und stellte die Kanne auf den Boden. Wir erhoben uns und beglückwünschten ihn laut, denn sein Körper hatte sich inzwischen des Überflüssigen entleert.

Indessen fragte mein Vater: »Ist es wahr, Hoheit, daß Wossugh ed Dawleh, unser Premierminister, mit England einen neuen Vertrag abschließen will?«

Der Prinz lächelte: »Das müssen Sie Assad es Saltaneh fragen. Obwohl es eigentlich gar kein Geheimnis ist.«

»Ja«, sagte der Onkel, »es ist ein sehr guter Vertrag. Denn von nun ab werden die Barbaren unsere Sklaven sein.«

»Wieso?«

»Nun, die Engländer lieben die Arbeit und wir die Schönheit. Sie lieben Kampf, und wir lieben Ruhe. Also haben wir uns geeinigt. Wir brauchen uns nicht mehr um die Sicherheit unserer Grenzen zu sorgen. England übernimmt den Schutz Irans, baut Straßen, errichtet Gebäude und zahlt uns noch Geld dazu. Denn England weiß, was die Kultur der Welt uns verdankt.«

Der junge Mann neben dem Onkel war mein Vetter Bahram Khan Schirwanschir. Er hob den Kopf und sagte:

»Glauben Sie, daß England uns wegen unserer Kultur schützt oder wegen unseres Öls?«

»Beides leuchtet in der Welt und bedarf des Schutzes«, sagte der Onkel gleichgültig, »aber wir können nicht selbst Soldaten sein!«

»Warum nicht?« Dieses Mal war ich es, der die Frage stellte. »Ich, zum Beispiel, kämpfte für mein Volk und kann mir vorstellen, daß ich auch weiterhin kämpfen würde.«

Assad es Saltaneh blickte mich mißbilligend an, und der Prinz setzte die Teetasse nieder.

»Ich wußte nicht«, sagte er überheblich, »daß es unter den Schirwanschirs Soldaten gibt.«

»Aber Hoheit! Er war ja eigentlich Offizier.«

»Es ist dasselbe, Assad es Saltaneh. Offizier«, wiederholte er spöttisch und spitzte die Lippen.

Ich schwieg. Ich hatte ganz vergessen, daß in den Augen eines vornehmen Persers Soldat sein nicht standesgemäß ist.

Nur der Vetter Bahram Khan schien anderer Meinung zu sein. Er war noch jung. Muschir ed Dawleh, ein vornehmer Würdenträger, der neben dem Prinzen saß, belehrte ihn umständlich, das gottbehütete Iran brauche kein Schwert mehr, um in der Welt zu leuchten. Es habe in der Vergangenheit den Mut seiner Söhne bewiesen.

»In der Schatzkammer des Königs der Könige«, schloß er, »gibt es einen Globus aus Gold. Darauf sind alle Länder mit verschiedenen Edelsteinen dargestellt. Aber nur die Fläche Irans ist mit reinsten Diamanten bedeckt. Das ist mehr als ein Symbol. Das ist Wahrheit.«

Ich dachte an die ausländischen Soldaten, die das Land besetzt hielten, und an die zerlumpten Polizisten im Hafen von Enseli. Hier war Asien, das vor Europa die Waffen streckte, aus Angst, selbst europäisch zu werden. Der Prinz verachtete das Handwerk des Soldaten und war dennoch der Nachfolger jenes Schahs, unter dem mein Ahne siegreich in Tiflis einzog. Damals verstand Iran, Waffen zu führen, ohne sein Gesicht zu verlieren. Die Zeit hatte sich geändert. Iran verfiel wie in den Tagen der kunstbeflissenen Sefewiden. Dem Prinzen war ein Gedicht lieber als ein Maschinengewehr, vielleicht, weil er sich in Gedichten besser auskannte. Der Prinz war alt, der Onkel auch. Iran starb, aber es starb mit Grazie.

Mir fiel ein Gedicht Omars, des Zeltmachers, ein:

»Ein großes Schachbrett ward aus Nacht und Tag,
Wo das Geschick mit Menschen spielen mag.
Es stellt sie auf und bietet Schach und Matt
Und legt dann jeden wieder, wo er lag.«

Ich hatte gar nicht bemerkt, daß ich in Gedanken das Gedicht laut vor mich hingesprochen hatte. Das Gesicht des Prinzen erhellte sich.

»Sie waren wohl nur zufällig Soldat«, sagte er gnädig. »Sie sind doch ein Mensch mit Bildung. Wenn Sie die Wahl Ihres Schicksals hätten, würden Sie denn ernstlich den Beruf des Soldaten wählen?«

Ich verbeugte mich: »Was ich wählen würde, Hoheit? Nur vier Dinge: Rubinrote Lippen, Gitarrenklänge, weise Lehren und roten Wein.«

Dakikis berühmter Vers gewann mir die Gunst aller Anwesenden. Selbst der Mullah mit den eingefallenen Wangen lächelte huldvoll.

Es war um Mitternacht, als sich die Tür zum Speisezimmer öffnete. Wir traten ein. Über die Teppiche war ein endloses

Tuch ausgebreitet. Diener mit Laternen standen regungslos in den Ecken. Große, weiße Brotfladen lagen auf dem Tuch. In der Mitte erhob sich die riesige Messingschüssel mit Pilaw. Unzählige kleine, große und mittlere Schüsseln bedeckten das Tuch. Wir nahmen Platz und aßen verschiedene Speisen aus verschiedenen Schüsseln, jeder in der Reihenfolge, die ihm behagte. Wir aßen schnell, wie es die Sitte gebietet, denn das Essen ist das einzige, was der Perser schnell tut. Der Mullah sprach ein kurzes Gebet.

Neben mir saß mein Vetter Bahram Khan. Er aß wenig und blickte neugierig zu mir herüber:

»Gefällt es dir in Persien?«

»Ja, sehr.«

»Wie lange willst du hier bleiben?«

»Bis die Türken Baku erobert haben.«

»Ich beneide dich, Ali Khan.«

Seine Stimme war voll Bewunderung. Er rollte einen Brotfladen zusammen und füllte ihn mit heißem Reis.

»Du hast hinter einem Maschinengewehr gesessen und die Tränen in den Augen deiner Feinde gesehen. Irans Schwert aber ist verrostet. Wir schwärmen für Gedichte, die Firdausi vor tausend Jahren schrieb, und wir können unfehlbar einen Vers Dakikis von einem Vers Rudakis unterscheiden. Aber keiner von uns weiß, wie man eine Autostraße baut oder ein Regiment befehligt.«

»Autostraße«, wiederholte ich und dachte an das mondübergossene Melonenfeld bei Mardakjany. Es war gut, daß niemand in Asien wußte, wie man Autostraßen baut. Sonst könnte ein Pferd aus Karabagh nie und nimmer ein europäisches Auto einholen:

»Wozu brauchst du Autostraßen, Bahram Khan?«

»Um Soldaten auf Lastautos zu transportieren. Obwohl die Minister behaupten, daß wir gar keine Soldaten brauchen. Aber wir brauchen Soldaten! Wir brauchen Maschinengewehre, Schulen, Krankenhäuser, ein geordnetes Steuersystem, neue Gesetze und Leute wie dich. Was wir am wenigsten brauchen, sind alte Verse, bei deren wehmütigem Klang Iran zerfällt. Aber es gibt auch andere Lieder. Kennst du das Gedicht des Dichters Aschraf, der in Giljan wohnt?« Er beugte sich vor und rezitierte leise:

»*Leid und Kummer überfallen das Vaterland. Steh auf und folge dem Sarge Irans. Die Jugend Persiens wurde im Leichenzuge erschlagen. Von ihrem Blute sind Mond, Felder, Hügel und Täler rot gefärbt.*« – Greuliche Reime, würde der Prinz sagen, denn sein Kunstsinn wäre tief verletzt.

»Es gibt noch ein schöneres Gedicht«, fuhr Bahram Khan hartnäckig fort, »der Verfasser heißt Mirza Aga Khan. Hör zu: *Möge Iran das Schicksal erspart bleiben, vom ungläubigen Feind beherrscht zu werden. Die Braut Iran darf nicht das Lager des russischen Bräutigams teilen. Ihre überirdische Schönheit soll nicht der Freude des englischen Lords dienen.*«

»Nicht schlecht«, sagte ich – und lächelte, denn das junge Persien unterschied sich vom alten in erster Linie durch schlechte Gedichte. »Aber sag, Bahram Khan, was willst du eigentlich erreichen?«

Er saß steif auf dem blaßroten Teppich und sprach:

»Warst du am Maidani-Sipeh-Platz? Dort sind einhundert alte, verrostete Kanonen aufgestellt, und ihre Mündungen blicken in alle vier Himmelsrichtungen. Weißt du, daß es in ganz Persien keine einzige Kanone gibt außer diesen verstaubten, sinnlosen Erbstücken eines sterbenden Geschlechts? Und keine einzige Festung, kein einziges Kriegsschiff und so gut wie keinen einzigen Soldaten außer den russischen Kosaken, den englischen Schützen und den vierhundert dicken Bahaduran der Palastwache? Sieh dir den Onkel an oder den Prinzen oder all die Würdenträger mit prunkvollen Titeln. Trübe Augen und kraftlose Hände, veraltet und verrostet wie die Kanonen am Maidani-Sipeh-Platz. Sie werden nicht mehr lange leben. Und es ist höchste Zeit, daß sie abtreten. Zu lange lag unser Geschick in den müden Händen von Prinzen und Dichtern. Persien ist wie die ausgestreckte Handfläche eines greisen Bettlers. Ich will, daß die ausgedörrte Handfläche zur geballten Faust eines Jünglings wird. Bleibe hier, Ali Khan. Ich habe einiges über dich erfahren: wie du bis zuletzt hinter einem Maschinengewehr saßest und die alte Mauer von Baku verteidigt hast; wie du nachts beim Mondschein einem Feind die Kehle durchgebissen hast. Hier gibt es mehr zu verteidigen als eine alte Mauer, und du wirst mehr als ein Maschinengewehr haben. Das ist besser, als im Harem zu sitzen oder die Herrlichkeiten des Basars zu durchwühlen.«

Ich schwieg, in Gedanken versunken. Teheran! Die älteste Stadt der Welt. Roga-Rey nannten sie die Menschen Babylons. Roga-Rey, die königliche Stadt. Staub der alten Legenden, verblichenes Gold zerfallener Paläste, gewundene Säulen des Diamantentores, blasse Linien der alten Teppiche und stille Rhythmen der weisen Rubayats - da standen sie vor mir, in Vergangenheit, Gegenwart, Zukunft!

»Bahram Khan«, sagte ich, »wenn du dein Ziel erreicht hast, wenn du Asphaltstraßen und Festungen gebaut und die schlechtesten Dichter in den modernsten Schulen eingeführt hast – wo bleibt dann die Seele Asiens?«

»Die Seele Asiens?« Er lächelte. »Am Ende des Kanonenplatzes werden wir ein großes Gebäude errichten. Dort bringen wir die Seele Asiens unter: Moscheenfahnen, Dichtermanuskripte, Miniaturzeichnungen und Lustknaben, denn auch die gehören zur Seele Asiens. An die Fassade schreiben wir in schönster Kufi-Schrift das Wort ›Museum‹. Onkel Assad es Saltaneh kann Museumswärter werden und Seine Kaiserliche Hoheit Museumsdirektor. Willst du uns helfen, das schöne Gebäude zu errichten?«

»Ich will es mir überlegen, Bahram Khan.«

Das Essen war beendet. Die Gäste saßen in losen Gruppen im Saal. Ich erhob mich und ging hinaus auf die offene Veranda. Die Luft war frisch. Aus dem Garten drang der Duft der iranischen Rosen. Ich setzte mich nieder und blickte in die Nacht. Drüben hinter der lehmigen Kuppel des Basars war Schimran. Dort lag, in Kissen und Teppichen eingewickelt, meine Nino. Wahrscheinlich schlief sie, mit leicht geöffneten Lippen, die Augenlider von Tränen geschwollen. Tiefe Trauer erfüllte mich. Alle Herrlichkeiten des Basars reichten nicht aus, um ihre Augen wieder lächeln zu machen.

Persien! Sollte ich hierbleiben? Zwischen Eunuchen und Prinzen, Derwischen und Narren? Asphaltstraßen bauen, Armeen aufstellen, Europa ein Stück weiter ins Innere Asiens hineintragen helfen?

Und plötzlich fühlte ich, daß nichts, nichts auf der Welt mir so teuer war wie das Lächeln in Ninos Augen. Wann lachten diese Augen zuletzt? Irgendwann in Baku an der morschen Mauer. Wildes Heimweh ergriff mich. Ich sah die staubbedeckte Mauer vor mir und die Sonne, die hinter der Insel Nargin unterging. Ich hörte die Schakale, die draußen an der Pforte des grauen Wolfes den Mond anheulten. Der Sand der Wüste bedeckte die Steppe bei Baku. Fettes, öldurchtränktes Land zog sich an den Küsten entlang, am Mädchenturm feilschten die Händler, und durch die Nikolaistraße kam man zum Lyzeum der heiligen Königin Tamar. Unter den Bäumen des Lyzeumshofes stand Nino, das Schulheft in der Hand, mit großen erstaunten Augen. Der Duft der persischen Rosen war plötzlich geschwunden. Ich rief nach der Heimat wie ein Kind nach der Mutter und ahnte dumpf, daß es diese Heimat nicht mehr gab. Ich witterte die klare Wüstenluft Bakus und den leichten Duft von Meer, Sand und Öl. Nie hätte ich diese Stadt verlassen dürfen, in der mich Gott zur Welt kommen ließ. Ich war angekettet an die alte Natur wie ein Hund an seine Hütte. Ich blickte zum Himmel. Die persischen Sterne waren groß und fern wie die Edelsteine in der Krone des Schahs. Nie war mir das Gefühl meines Andersseins so deutlich bewußt geworden wie jetzt. Ich gehöre nach Baku. Zu der alten Mauer, in deren Schatten Ninos Augen lächelnd aufblitzen.

Bahram Khan berührte meine Schulter:

»Ali Khan, du scheinst zu träumen? Hast du dir meine Worte überlegt, willst du das Haus des neuen Iran bauen?«

»Vetter Bahram Khan«, sagte ich, »ich beneide dich: Denn nur ein Vertriebener weiß, was Heimat ist. Ich kann das Land Iran nicht aufbauen. Mein Dolch ist an den Mauersteinen Bakus geschliffen.«

Er sah mich traurig an.

»Madjnun«, sagte er auf arabisch, und das bedeutet Verliebter und Wahnsinniger zugleich.

Er war meines Blutes und hatte mein Geheimnis erraten. Ich erhob mich. Im großen Saal verbeugten sich die Würdenträger vor dem aufbrechenden Prinzen. Ich sah seine magere Hand mit den langen, dürren Fingern und den rot gefärbten Nägeln. Nein, nicht dazu war ich da, um die Verse Firdausis, die Liebesseufzer des Hafis und die Weisheitssprüche Saadis in einem prunkvollen Museumsgebäude aufzubahren.

Ich ging in den Saal und neigte mich über die Hand des Prinzen. Seine Augen waren traurig und abwesend, von der Ahnung eines drohenden Verhängnisses erfüllt. Dann fuhr ich nach Schimran und dachte im Wagen an den Platz mit den verrosteten Kanonen, an die müden Augen des Prinzen, an Ninos demütige Stille und an das Rätsel des Untergangs, aus dem es kein Entrinnen gab.

Fünfundzwanzigstes Kapitel

Die Landkarte lag auf dem Diwan ausgebreitet, und ich saß davor mit bunten Fähnchen in der Hand. Die Farben der Karte waren grell und verworren. Die Namen der Orte, Gebirge und Flüsse gingen ineinander über und waren unleserlich. Neben mir hatte ich eine Zeitung liegen, in deren Spalten die Namen der Orte, Gebirge und Flüsse ebenso verdruckt waren wie auf der bunten Karte. Ich beugte mich über beide und versuchte eifrig, die Fehler der Zeitung mit der Unleserlichkeit der Landkarte in Einklang zu bringen. Ich steckte ein grünes Fähnchen in einen kleinen Kreis. Daneben stand gedruckt »Elisabethpol (Gandscha)«. Die letzten fünf Buchstaben überdeckten sich bereits mit den Bergen von Sanguldak. Nach Mitteilung der Zeitung hatte der Rechtsanwalt Feth Ali Khan von Choja in Gandscha die freie Republik Aserbeidschan ausgerufen. Die Reihe der grünen Fähnchen östlich von Gandscha stellte die Armee dar, die Enver zur Befreiung unseres Landes entsandt hatte. Rechts näherten sich die Regimenter Nuri Paschas der Stadt Agdasch. Links besetzte Mursal Pascha die Täler von Elissu. In der Mitte kämpften die Bataillone der aserbeidschanischen Freiwilligen. Langsam schloß sich der türkische Ring um das russisch besetzte Baku. Noch einige Verschiebungen der grünen Fähnchen, und die roten Bahnen des Feindes würden sich in wirren Haufen auf dem großen Klecks mit der Aufschrift Baku zusammendrängen.

Jahja Kuli, der Eunuch, stand hinter meinem Rücken und verfolgte angestrengt das seltsame Spiel, das ich trieb. Das Verpflanzen der Fähnchen auf dem bunten Papier mochte ihm wie dunkle Beschwörungskünste eines mächtigen Zauberers erscheinen. Vielleicht verwechselte er die Ursache mit der Wirkung und dachte, daß ich lediglich die grünen Fähnchen in dem roten Fleck Baku aufzustellen brauchte, um mit

Hilfe übersinnlicher Kräfte meine Stadt den Händen der Ungläubigen zu entreißen. Er wollte mich nicht bei diesem geheimnisvollen Werk stören und erstattete lediglich mit monotoner, ernster Stimme seinen pflichtgemäßen Bericht:

»O Khan, als ich ihr die Nägel mit roter Henna färben wollte, warf sie die Schale um und kratzte mich, obwohl ich das teuerste Henna genommen hatte, das nur aufzutreiben war. Frühmorgens führte ich sie zum Fenster, nahm ihren Kopf ganz zart in meine Hände und wollte, daß sie den Mund öffne. Es ist doch meine Pflicht, o Khan, ihre Zähne zu sehen. Sie riß sich aber zurück, hob ihre rechte Hand und schlug mich auf meine linke Wange. Es hat nicht sehr geschmerzt, aber es war entehrend. Verzeih deinem Sklaven, Khan, aber ich traue mich nicht, die Haare von ihrem Körper zu entfernen. Sie ist eine seltsame Frau. Sie trägt keine Amulette und nimmt keine Mittel, um ihr Kind zu schützen. Zürne mir nicht, Khan, wenn es ein Mädchen wird, zürne Nino Hanum. Sie muß von einem bösen Geist besessen sein, denn sie zittert, wenn ich sie berühre. Ich kenne an der Moschee Abdul-Asim eine alte Frau. Sie versteht sich auf das Austreiben böser Geister. Vielleicht wäre es gut, sie hierher zu befehlen. Bedenke, Khan: Sie wäscht ihr Gesicht mit eiskaltem Wasser, damit ihre Haut verderbe. Sie putzt ihre Zähne mit harten Bürsten, so daß das Zahnfleisch blutet, anstatt sie wie alle Leute mit dem rechten Zeigefinger zu putzen, der vorher in duftende Salbe getaucht ist. Nur ein böser Geist kann ihr solche Gedanken eingegeben haben.«

Ich hörte ihm kaum zu. Fast täglich erschien er in meinem Zimmer und erstattete seine einförmigen Berichte. Seine Augen waren von ehrlicher Sorge erfüllt, denn er war ein pflichtbewußter Mensch und fühlte sich für mein künftiges Kind verantwortlich. Nino führte mit ihm einen verspielten, aber zähen Kampf. Sie warf nach ihm mit Kissen, spazierte unverschleiert auf der Mauer des Hauses, warf seine Amulette aus dem Fenster und bedeckte die Wände ihrer Zimmer mit Fotografien ihrer georgischen Vettern. Er meldete mir das alles betrübt und erschrocken, und abends saß Nino vor mir auf dem Diwan und entwarf den Schlachtplan für den nächsten Tag.

»Was meinst du, Ali Khan«, sagte sie und rieb sich gedankenvoll das Kinn, »soll ich nachts einen dünnen Wasserschlauch auf sein Gesicht richten oder lieber am Tage eine Katze nach ihm werfen? Nein, ich weiß etwas anderes. Ich werde täglich an der Fontäne turnen, und er muß mitturnen, denn er wird zu fett.«

Sie brütete Rachepläne, bis sie einschlief, und am nächsten Tage meldete der Eunuch entsetzt:

»Ali Khan, Nino Hanum steht am Bassin und macht mit Armen und Beinen sehr seltsame Bewegungen. Ich fürchte mich, Herr. Sie beugt ihren Körper nach vorne und nach hinten, als hätte sie gar keine Knochen. Vielleicht ehrt sie auf diese Weise eine unbekannte Gottheit. Sie will, daß ich ihre Bewegungen nachahme. Aber ich bin ein frommer Muslim, Khan, und werfe mich nur vor Allah in den Staub. Ich habe große Angst um ihre Knochen und um mein Seelenheil.«

Es hätte keinen Sinn, den Eunuchen zu entlassen. An seiner Stelle wäre ein anderer gekommen, denn ohne Eunuchen ist ein Haushalt undenkbar. Niemand anders kann die Weiber beaufsichtigen, die im Haus beschäftigt sind, niemand anders kann rechnen, das Geld aufbewahren und die Ausgaben prüfen.

Deshalb schwieg ich und blickte auf die grüne Linie der Fähnchen, die Baku umschloß... Der Eunuch hüstelte dienstbeflissen:

»Soll ich die alte Frau von der Moschee Abdul-Asim herbestellen?«

»Wozu, Jahja Kuli?«

»Um die bösen Geister aus Nino Hanums Leib auszutreiben.«

Ich seufzte, denn die weise Frau von der Moschee Abdul-Asim würde den Geistern Europas kaum gewachsen sein.

»Nicht nötig, Jahja Kuli. Ich verstehe mich selbst auf Geisterbeschwörungen. Ich werde gelegentlich alles ordnen. Doch jetzt ist meine Zauberkraft durch diese Fähnchen in Anspruch genommen.«

In den Augen des Eunuchen zeigten sich Furcht und Neugierde:

»Wenn die grünen Fähnchen die roten verdrängt haben, dann ist deine Heimat befreit? Nicht wahr, Khan?«

»So ist es, Jahja Kuli.«

»Könntest du nicht gleich die grünen Fähnchen dahin stellen, wo sie hingehören?«

»Das kann ich nicht, Jahja, meine Kraft reicht nicht.«

Er sah mich voller Sorge an: »Du solltest Gott bitten, daß er dir die Kraft dazu gebe. Nächste Woche beginnt das Fest des Monats Moharrem. Wenn du im Moharrem Gott anflehst, wird er dir die Kraft verleihen.«

Ich faltete die Karte zusammen und war müde, verwirrt und traurig zugleich. Es wurde auf die Dauer unbehaglich, dem Plappern des Eunuchen zuzuhören. Nino war nicht zu Hause. Ihre Eltern waren nach Teheran gekommen, und Nino verbrachte lange Stunden in der kleinen Villa, in der die fürstliche Familie Wohnung genommen hatte. Heimlich traf sie sich dort mit andern Europäern; ich wußte davon und schwieg, denn sie tat mir sehr leid. Der Eunuch stand regungslos, meine Befehle abwartend. Ich dachte an Seyd Mustafa. Mein Freund war für kurze Zeit aus Meschhed nach Teheran gekommen. Ich sah ihn selten, denn er verbrachte seine Tage in Moscheen, Heiligengräbern und weisen Gesprächen mit zerlumpten Derwischen.

»Jahja Kuli«, sagte ich endlich, »fahr zu Seyd Mustafa. Er wohnt an der Moschee Sepahlesar. Bitte ihn, mir die Ehre seines Besuches zu erweisen.«

Der Eunuch ging. Ich blieb allein. Meine Kraft reichte in der Tat nicht aus, um die grünen Fähnchen nach Baku zu versetzen. Irgendwo in den Steppen meiner Heimat kämpften die Bataillone der Türken, mit ihnen auch die Truppen der Freiwilligen mit der neuen Fahne Aserbeidschans. Ich kannte die Fahne, ich kannte die Zahl der Truppen und die Kämpfe, in denen sie fochten. In den Reihen der Freiwilligen kämpfte Iljas Beg. Ich sehnte mich nach dem Schlachtfeld mit dem morgendlichen Hauch des frischen Taus. Doch der Weg zur Front war mir versperrt. Englische und russische Formationen bewachten die Grenzen. Die breite Brücke über den Araxes, die Iran mit dem Schauplatz des Krieges verband, war jetzt mit Stacheldraht, Maschinengewehren und Soldaten abgeriegelt. Wie eine Schnecke in ihr Haus, so verkroch sich das Land Iran in seine wohlbehütete Ruhe. Kein Mensch, keine Maus, keine Fliege durfte in das verpestete Gebiet gelangen, in dem gekämpft, geschossen und wenig gedichtet wurde. Dagegen waren viele Flüchtlinge aus Baku gekommen: darunter Arslan Aga, das schwatzhafte Kind mit unruhigen Gebärden. Er lief durch die Teestuben und schrieb Artikel, in denen er die Siege der Türken mit den Feldzügen Alexanders verglich. Ein Artikel wurde verboten, denn der Zensor witterte in der Verherrlichung Alexanders einen geheimen Ausfall gegen Persien, das einst von Alexander besiegt wurde. Seitdem bezeichnete sich Arslan Aga als Märtyrer seiner Gesinnung. Er besuchte mich und erzählte mir sehr genau von den Heldentaten, die ich bei der Verteidigung Bakus vollbracht haben sollte. In seiner Phantasie waren Legionen von Feinden an meinem Maschinengewehr vorbeimarschiert, in der ausschließlichen Absicht, von mir erschossen zu werden. Er selbst hatte die Zeit der Kämpfe im Keller einer Druckerei verbracht, beim Abfassen patriotischer Aufrufe, die nirgends verkündet wurden. Er las sie mir vor und bat mich, ihm die Gefühle mitzuteilen, die ein Held beim Nahkampf verspürt.

Ich stopfte ihm den Mund mit Süßigkeiten und führte ihn hinaus. Er hinterließ den Geruch von Druckerschwärze und ein dickes, unbeschriebenes Heft, in dem ich die Gefühle des Helden im Nahkampf niederlegen sollte. Ich blickte auf die weißen Blätter, dachte an Ninos traurige und abwesende Blicke, dachte an mein verworrenes Leben und ergriff die Feder. Nein, nicht um die Gefühle des Helden im Nahkampf niederzuschreiben, sondern um den Weg aufzuzeichnen, der uns, Nino und mich, in die duftenden Gärten von Schimran geführt und das Lächeln aus ihren Augen gebannt hatte.

Ich saß und schrieb mit der geschlitzten, persischen Bambusfeder. Ich ordnete die losen Notizen, die ich noch in der Schule begonnen hatte, und die Vergangenheit erstand vor mir. Bis Seyd Mustafa ins Zimmer trat und sein pockennarbiges Gesicht an meine Schulter drückte.

»Seyd«, sagte ich, »mein Leben ist in Unordnung geraten. Der Weg zur Front ist abgeschnitten. Nino lacht nicht mehr, und ich vergieße Tinte anstatt Blut. Was soll ich tun, Seyd Mustafa?«

Mein Freund sah mich ruhig und durchdringend an. Er trug schwarze Gewänder, und sein Gesicht war abgemagert. Sein hagerer Körper schien unter der Last eines Geheimnisses gebückt. Er setzte sich hin und sprach:

»Mit den Händen kannst du nichts erreichen, Ali Khan. Aber ein Mensch besitzt mehr als bloß Hände. Siehe mein Gewand, und du wirst wissen, was ich meine. In der Welt des Unsichtbaren liegt die Macht über die Menschen. Streife das Geheimnis, und du wirst der Macht teilhaftig.«

»Ich verstehe dich nicht, Seyd. Meine Seele schmerzt, und ich suche einen Weg aus der Finsternis.«

»Du bist dem Irdischen zugewandt, Ali Khan, und vergißt den Unsichtbaren, der das Irdische lenkt. Im Jahre 680 der Flucht fiel bei Kerbela, von Feinden des Glaubens verfolgt, Hussein, der Enkel des Propheten. Er war der Erlöser und der

Geheimnisreiche. Mit seinem Blut zeichnete der Allmächtige die sinkende und aufgehende Sonne. Zwölf Imame herrschten über die Gemeinschaft der Schia, über uns Schiiten: Der erste war Hussein, und der letzte ist der Imam des letzten Tages, der Unsichtbare, der heute noch insgeheim das Volk der Schia führt. Überall in seinem Wirken sichtbar und dennoch ungreifbar ist der verborgene Imam. Ich sehe ihn im Aufgang der Sonne, im Wunder der Saat, im Sturm des Meeres. Ich höre seine Stimme im Knattern des Maschinengewehrs, im Seufzer einer Frau und im Wehen des Windes. Und der Unsichtbare gebietet: Trauer sei das Los der Schia! Trauer um das Blut Husseins, das im Sand der Wüste bei Kerbela vergossen ward. Ein Monat des Jahres ist der Trauer geweiht. Der Monat Moharrem. Wer ein Leid hat, weine im Monat der Trauer. Am zehnten Tage des Moharrem erfüllt sich das Los der Schia; denn dies ist der Todestag des Märtyrers... Das Leid, das der Jüngling Hussein auf sich nahm, dieses Leid muß auf die Schultern der Frommen gelegt werden. Wer ein Teil dieses Leides auf sich nimmt, wird eines Teils der Gnade teilhaftig. Deshalb kasteit sich der Fromme im Monat Moharrem, und im Schmerz der Selbstkasteiung offenbart sich dem Verworrenen der Weg der Gnade und die Lust der Erlösung.«

»Seyd«, sagte ich müde und gereizt, »ich fragte dich, wie ich die Freude in mein Haus zurückrufen soll, denn dumpfe Angst erfüllt mich, und du erzählst mir Weisheiten aus dem Religionsunterricht. Soll ich durch die Moscheen laufen und mit eisernen Ketten meinen Rücken schlagen? Ich bin fromm und erfülle die Gebote der Lehre. Ich glaube an das Geheimnis des Unsichtbaren, aber ich glaube nicht, daß der Weg zu meinem Glück über das Mysterium des heiligen Hussein führt.«

»Ich glaube es, Ali Khan. Du fragtest mich nach dem Weg, und ich nenne ihn dir. Ich weiß keinen andern. Iljas Beg vergießt sein Blut an der Front bei Gandscha. Du kannst nicht nach Gandscha. Deshalb weihe dein Blut dem Unsichtbaren, der es am zehnten Tag des Moharrem von dir fordert. Sage nicht, daß das heilige Opfer sinnlos ist – nichts ist sinnlos in der Welt des Leides. Kämpfe im Moharrem für die Heimat wie Iljas bei Gandscha.«

Ich schwieg. In den Hof fuhr die Kutsche mit den geschliffenen Glasfenstern, und Ninos Gesicht wurde hinter den Scheiben undeutlich sichtbar. Die Tür zum Haremsgarten öffnete sich, und Seyd Mustafa hatte es plötzlich sehr eilig.

»Komm morgen zu mir in die Moschee Sepahlesar. Dann können wir weitersprechen.«

Sechsundzwanzigstes Kapitel

Wir lagen auf dem Diwan und hatten das mit Perlmutter eingelegte Nardybrett mit den Elfenbeinsteinen zwischen uns. ıch hatte Nino das persische Würfelspiel gelehrt, und seitdem würfelten wir um Tomane, Ohrringe, Küsse und Namen unserer künftigen Kinder. Nino verspielte, zahlte ihre Schulden und würfelte weiter. Ihre Augen leuchteten vor Spannung, und ihre Finger berührten die Elfenbeinsteine, als wären sie kostbare Kleinodien.

»Du wirst mich zugrunde richten, Ali«, sagte Nino seufzend, während sie mir acht Silbertomane zuschob, die ich eben gewonnen hatte.

Sie rückte das Brett weg, legte ihren Kopf auf meine Knie, blickte nachdenklich zur Decke und träumte. Es war ein schöner Tag, denn Nino war von dem Gefühl befriedigter Rache erfüllt. Und das war so gekommen.

Schon am frühen Morgen hallte das Haus wider von Ächzen und Stöhnen. Ihr Feind, Jahja Kuli, kam mit geschwollener Wange und verzerrtem Gesicht.

»Zahnschmerzen«, sagte er mit einer Miene, als wollte er Selbstmord begehen. In Ninos Augen blitzten Triumph und Lust. Sie führte ihn zum Fenster, blickte in seinen Mund und runzelte die Stirn. Dann schüttelte sie besorgt den Kopf. Sie nahm einen starken Bindfaden und umwickelte damit den hohlen Zahn Jahja Kulis. Das andere Ende des Fadens befestigte sie an der Klinke einer offenen Tür.

»So«, sagte sie, rannte gegen die Tür und schlug sie mit aller Wucht zu. Ein markerschütternder Schrei – der Eunuch stürzte entsetzt zu Boden und starrte dem Zahn nach, der in elegantem Bogen der Türklinke nachflog.

»Sag ihm, Ali Khan, das kommt davon, wenn man die Zähne mit dem Zeigefinger der rechten Hand putzt.«

Ich übersetzte wortgetreu, und Jahja Kuli hob den Zahn vom Boden. Ninos Rachsucht war aber bei weitem noch nicht gestillt:

»Sag ihm, Ali Khan, daß er noch lange nicht gesund ist. Er muß sich zu Bett legen und sechs Stunden lang heiße Packungen auf die Wange legen. Und mindestens eine Woche lang darf er nichts Süßes essen.«

Jahja Kuli nickte und ging – befreit und erschüttert zugleich.

»Schäm dich, Nino«, sagte ich, »einem armen Menschen die letzte Freude zu nehmen.«

»Geschieht ihm recht«, sagte Nino hartherzig und holte das Nardybrett. Da sie das Spiel verlor, war die Gerechtigkeit einigermaßen wiederhergestellt.

Jetzt blickte sie zur Decke, und ihre Finger streichelten mein Kinn: »Wann wird Baku erobert, Ali?«

»Wahrscheinlich in zwei Wochen.«

»Vierzehn Tage«, seufzte sie, »ich sehne mich nach Baku und nach dem Einzug der Türken, weißt du, es ist alles so anders geworden. Während du dich hier ganz wohl fühlst, werde ich täglich entehrt.«

»Wieso entehrt?«

»Alle Welt behandelt mich wie einen sehr teuren und zerbrechlichen Gegenstand. Ich weiß nicht, wie teuer ich bin, aber ich bin weder zerbrechlich noch ein Gegenstand. Denke an Daghestan! Da war es ganz anders. Nein, es gefällt mir hier nicht. Wenn Baku nicht bald befreit wird, müssen wir woanders hinziehen. Ich weiß nichts von den Dichtern, auf die dieses Land so stolz ist, aber ich weiß, daß zum Feste Husseins Menschen sich die Brust zerkratzen, mit Dolchen auf ihren Schädel einschlagen und mit Eisenketten ihren Rücken geißeln. Heute verließen viele Europäer die Stadt, um bei diesem Schauspiel nicht anwesend zu sein. Das Ganze widert mich an. Ich fühle mich hier einer Willkür ausgesetzt, die mich jederzeit plötzlich überfallen kann.«

Ihr zartes Gesicht blickte zu mir empor. Ihre Augen waren tief und dunkel wie nie zuvor. Die Pupillen waren geweitet und der Blick weich und nach innen gerichtet. Nur ihre Augen verrieten Ninos Schwangerschaft.

»Fürchtest du dich, Nino?«

»Wovor?« Ihre Stimme klang aufrichtig erstaunt.

»Es gibt Frauen, die sich davor fürchten.«

»Nein«, sagte Nino ernst, »ich fürchte mich nicht. Ich fürchte mich vor Mäusen, Krokodilen, Prüfungen und Eunuchen. Aber nicht davor. Sonst müßte ich mich auch vor dem Schnupfen im Winter fürchten.«

Ich küßte ihre kühlen Augenlider. Sie erhob sich und strich ihr Haar zurück.

»Ich fahre jetzt zu meinen Eltern, Ali Khan.«

Ich nickte, obwohl ich genau wußte, daß in der kleinen Villa der Kipianis alle Gesetze des Harems umgestoßen wurden. Der Fürst empfing georgische Freunde und europäische Diplomaten. Nino trank Tee, aß englisches Gebäck und unterhielt sich mit dem holländischen Konsul über Rubens und das Problem der orientalischen Frau. Sie ging, und ich sah die

Kutsche mit den geschliffenen Glasscheiben aus dem Hof fahren.

Ich war allein und dachte an die grünen Fähnchen und die wenigen Zoll bunten Papiers, die mich von der Heimat trennten. Das Zimmer war dämmerig. Der leise Duft von Ninos Parfüm hing noch in den weichen Kissen des Diwans. Ich glitt zu Boden, und meine Hand ergriff den Rosenkranz. An der Wand des Zimmers prangte der Silberne Löwe. Ich blickte zu ihm empor. Das silberne Schwert leuchtete in der schweren Pranke. Ein Gefühl kraftloser Ohnmacht überfiel mich. Es war beschämend, im schützenden Schatten des Silbernen Löwen zu sitzen, während in den Steppen bei Gandscha das Volk verblutete. Auch ich war nur ein teurer, gehüteter und gepflegter Gegenstand. Ein Schirwanschir, dazu bestimmt, irgendwann einen prunkvollen Hoftitel zu empfangen und in gepflegter, klassischer Sprache gepflegte Gefühle zum Ausdruck zu bringen. Indessen verblutete in der Ebene bei Gandscha mein Volk. Tiefe Hoffnungslosigkeit ergriff mich. Der Silberne Löwe grinste an der Wand. Die Grenzbrücke über den Araxes war gesperrt, und es gab keinen Weg vom Lande Iran zu Ninos Seele.

Ich fingerte nervös am Rosenkranz. Der Faden zerriß, und die gelben Kugeln rollten über den Boden.

In der Ferne ertönten die dumpfen Schläge eines Tamburins, drohend und rufend wie die Mahnung des Unsichtbaren. Ich trat ans Fenster. Die Straße war staubig und glühte vor Hitze. Die Sonne stand fast senkrecht über Schimran. Die Trommelschläge kamen näher, ihr Rhythmus war begleitet von kurzen, tausendfach wiederholten Rufen: »*Schah-ssé... Wah-ssé* – Schah Hussein... Weh Hussein.«

An der Ecke erschien die Prozession. Drei ungeheure Fahnen, mit schwerem Gold bestickt, wurden von kräftigen Händen über der Menge getragen. Mit großen goldenen Buchstaben war auf der einen der Name Alis geschrieben, des Freundes Allahs auf Erden. Auf der schwarzen Samtfläche der zweiten Fahne zeichneten sich, segnend und verstoßend zugleich, die breiten Linien einer linken Handfläche ab, der Hand Fatimas, der Tochter des Propheten. Und mit Lettern, die den Himmel zu überdecken schienen, stand auf der dritten Fahne nur ein einziges Wort geschrieben: »Hussein«, Enkel des Propheten, Märtyrer und Erlöser.

Langsam schritt die Menge durch die Straße. Voran, in schwarzen Trauergewändern, mit entblößtem Rücken und schweren Ketten in der Hand, die frommen Büßer. Im Takt der Trommel hoben sie die Hände, und die Ketten streiften die geröteten, blutenden Schultern. Hinter ihnen gingen in weitem Halbkreis – immer zwei Schritte vor, einen Schritt zurück – breitschultrige Männer. Heiser erscholl über die Straße ihr dumpfer Ruf: *»Schah-ssé... Wah-ssé«,* und bei jedem Schrei schlugen geballte Fäuste hart und dumpf gegen die nackte behaarte Brust. Nachkommen des Propheten folgten, gesenkten Hauptes, im grünen Gurt ihres Standes. Hinter ihnen, im weißen Gewand des Todes, Märtyrer des Moharrem mit geschorenen Häuptern und langen Dolchen in der Hand. Ihre Gesichter waren finster, verschlossen, in eine andere Welt getaucht. *»Schah-ssé... Wah-ssé.«* Die Dolche blitzten auf und sausten nieder auf die geschorenen Schädel. Blut bedeckte die Gewänder der Märtyrer. Einer taumelte und wurde von herbeigeeilten Freunden aus der Menge getragen. Ein glückseliges Lächeln umspielte seinen Mund.

Ich stand am Fenster. Ein nie gekanntes Gefühl ergriff mich. Der Ruf drang mahnend in meine Seele, das Verlangen nach Hingabe erfüllte mich. Ich sah die Blutstropfen im Staub der Straße, und das Tamburin klang lockend und befreiend. Da war es, das Geheimnis des Unsichtbaren, die Pforte des Leides, die zur Gnade der Erlösung führte. Ich preßte die Lippen zusammen. Noch fester umklammerte die Hand das Fensterbrett. Die Fahne Husseins zog an mir vorbei. Ich sah die

Hand der Fatima, und alles Sichtbare um mich her versank. Noch einmal hörte ich den dumpfen Klang der Trommel, in mir war der Gleichklang der wilden Rufe, und plötzlich war ich selbst ein Teil dieser Menge. Ich schritt im Kreis der Breitschultrigen, und meine geballten Fäuste hämmerten gegen meine entblößte Brust. Später ahnte ich das kühle Dunkel einer Moschee um mich und hörte den klagenden Ruf des Imams. Jemand gab mir eine schwere Kette in die Hand, und ich fühlte den glühenden Schmerz in meinem Rücken. Stunden vergingen. Ein breiter Platz lag vor mir, und aus meiner Kehle drang wild und jauchzend der alte Ruf: *»Schah-ssé... Wah-ssé.«* Ein Derwisch mit zermürbtem Gesicht stand vor mir. Seine Rippen zeichneten sich in der welken Haut. Die Augen der Betenden waren starr. Sie sangen, und über den Platz schritt ein Pferd mit blutiger Schabracke. Das Pferd des Jünglings Hussein. Der Derwisch mit dem zermürbten Gesicht schrie auf, hoch und gedehnt. Seine Kupferschale flog zur Seite, und er stürzte sich unter die Hufe des Pferdes. Ich taumelte. Die geballten Fäuste trommelten an die nackte Brust. *»Schah-ssé... Wah-ssé.«* Die Menge jauchzte. Ein Mann mit blutbeflecktem, weißem Gewand wurde an mir vorbeigetragen. Von weit her kamen unzählige flammende Fackeln und rissen mich mit. Ich saß im Hof einer Moschee, und die Menschen um mich trugen hohe, runde Mützen und hatten Tränen in den Augen. Jemand sang das Lied vom Jüngling Hussein und erstickte im jähen Schmerz. Ich erhob mich. Die Menge strömte zurück. Die Nacht war kühl. Wir kamen an den Regierungsgebäuden vorbei und sahen schwarze Fahnen an den Masten. Die endlose Reihe der Fackeln glich einem Fluß, in dem sich die Sterne widerspiegelten. Vermummte Gestalten blickten um die Ecken. An den Pforten der Konsulate standen Patrouillen mit aufgepflanzten Bajonetten. Die Dächer der Häuser waren mit Menschen bedeckt. Eine Kamelkarawane zog über den Kanonenplatz an den Reihen der Betenden vorbei, klagende Rufe ertönten, Weiber fielen zu Boden, und ihre Glieder zuckten im fahlen Mondschein. In den Sänften der Kamele saß die Familie des heiligen Jünglings. Hinterher, auf einem schwarzen Roß, das Gesicht von einem Sarazenenvisier verdeckt, ritt der grimmige Kalif Jesid, der Mörder des Heiligen. Steine flogen über den Platz und streiften das Visier des Kalifen. Er ritt schneller und verbarg sich im Hof der Ausstellungshalle des Nassreddin Schah. Morgen sollte dort das Passionsspiel des Jünglings beginnen. Auch am Diamantentor des kaiserlichen Palastes hingen schwarze Fahnen auf Halbmast. Die Bahadurans auf Wache trugen Trauerflor und standen mit gesenkten Häuptern. Der Kaiser war abwesend. Er hielt sich in seinem Sommerpalais Bagheschah auf. Die Menge ergoß sich über die Ala-ed-Dawleh-Straße, und ich war plötzlich allein auf dem menschenleeren, in Dunkelheit getauchten Kanonenplatz. Die Mündungen der verrosteten Geschütze blickten mich gleichgültig an. Mein Körper schmerzte wie von tausend Rutenhieben zerrissen. Ich berührte meine Schulter und fühlte eine dicke Blutkruste. Mir schwindelte. Ich überquerte den Platz und näherte mich einer leeren Droschke. Der Kutscher sah mich an, voll Verständnis und Mitleid.

»Nimm etwas Taubenmist und misch ihn mit Öl. Beschmier damit die Wunden. Es hilft sehr«, sagte er sachkundig. Müde warf ich mich in die Polster.

»Nach Schimran«, rief ich, »zum Hause Schirwanschir.«

Der Kutscher fuhr durch die holprigen Straßen, wandte sich hin und wieder um und sagte mit Bewunderung in der Stimme:

»Du mußt ein sehr frommer Mann sein. Bete nächstens auch für mich. Denn ich selbst habe keine Zeit und muß arbeiten. Mein Name ist Sorhab Jussuf.«

Tränen flossen über Ninos Gesicht. Sie saß auf dem Diwan, hielt die Hände hilflos gefaltet und weinte, ohne ihr Gesicht zu verdecken. Ihre Mundwinkel waren nach unten gezogen, der Mund geöffnet, und zwischen Wange und Nase standen tiefe Furchen. Sie schluchzte auf, und ihr kleiner Körper bebte. Sie sprach kein Wort. Helle Tränen tropften von ihren Wimpern, fielen auf die Wangen und zerflossen auf dem wehrlosen Gesicht. Ich stand vor ihr, vom Strom ihres Leids ergriffen. Sie bewegte sich nicht, sie wischte ihre Tränen nicht ab, ihre Lippen zitterten wie Herbstlaub im Wind. Ich nahm ihre Hände. Sie waren kalt, leblos und fremd. Ich küßte ihre nassen Augen, und sie sah mich verständnislos an.

»Nino«, rief ich, »Nino, was hast du?«

Sie hob die Hand zum Mund, wie um ihn zu verschließen. Als sie sie wieder sinken ließ, zeichneten sich die Spuren ihrer Zähne deutlich auf dem Handrücken.

»Ich hasse dich, Ali Khan.« Ihre Stimme klang tief erschreckt.

»Nino, du bist krank!«

»Nein, ich hasse dich.«

Sie zog die Unterlippe zwischen ihre Zähne und hatte die Augen eines verletzten Kindes. Voll Entsetzen blickte sie auf mein zerfetztes Gewand und meine entblößten, striemengeröteten Schultern.

»Was hast du, Nino?«

»Ich hasse dich.«

Sie kroch in die Ecke des Diwans, zog die Beine hoch und legte ihr Kinn auf die spitzen Knie. Der Strom ihrer Tränen war mit einem Male versiegt. Sie sah mich an, mit traurigen, stillen und fremden Augen.

»Was hab' ich getan, Nino?«

»Du hast mir deine Seele gezeigt, Ali Khan.« Sie sprach tonlos, leise und wie im Traum. »Ich war bei meinen Eltern. Wir tranken Tee, und der holländische Konsul lud uns zu sich ein. Sein Haus liegt am Kanonenplatz. Er wollte uns das barbarischste Fest des Orients zeigen. Wir standen am Fenster, und der Strom der Fanatiker zog an uns vorbei. Ich hörte das Tamburin, sah die wilden Gesichter, und mir war übel. ›Flagellantenorgie‹, sagte der Konsul und schloß das Fenster, denn von der Straße her roch es nach Schweiß und Schmutz. Plötzlich hörten wir wilde Schreie. Wir blickten hinaus und sahen einen zerfetzten Derwisch, der sich unter die Hufe eines Pferdes warf. Und dann, dann streckte der Konsul die Hand aus und sagte verwundert: ›Ist das nicht...?‹ Er beendete den Satz nicht. Ich blickte in der Richtung seines Fingers und sah inmitten der Wahnsinnigen einen Eingeborenen in zerrissenem Gewand, der sich gegen die Brust schlug und mit einer Kette seinen Rücken geißelte. Der Eingeborene warst du, Ali Khan! Ich schämte mich bis in die Zehenspitzen, deine Frau zu sein, die Frau eines fanatischen Wilden. Ich verfolgte jede deiner Bewegungen und fühlte die mitleidigen Blicke des Konsuls. Ich glaube, daß wir dann Tee tranken oder speisten. Ich weiß nicht mehr. Ich hielt mich mit Mühe aufrecht, denn ich sah plötzlich den Abgrund, der uns trennt. Ali Khan, der Jüngling Hussein hat unser Glück zerstört. Ich sehe dich wild, unter abergläubischen Wilden, und ich werde dich nie wieder anders sehen können.«

Sie verstummte. Und saß da, gebrochen und leidend, weil ich beim Unsichtbaren die Heimat und den Frieden hatte finden wollen.

»Was soll nun geschehen, Nino?«

»Ich weiß nicht. Wir können nicht mehr glücklich sein. Ich will weg von hier – irgendwohin, wo ich dir wieder in die Augen blicken kann, ohne den Wahnsinnigen vom Kanonenplatz zu sehen. Laß mich weg, Ali Khan.«

»Wohin, Nino?«

»Ach, ich weiß es nicht«, ihre Finger berührten meinen wunden Rücken, »warum hast du es nur getan?«

»Deinetwegen, Nino, doch du wirst es nicht verstehen.«

»Nein«, sagte sie trostlos. »Ich will weg. Ich bin müde, Ali Khan. Asien ist abscheulich.«

»Liebst du mich?«

»Ja«, sagte sie verzweifelt und ließ ihre Hände in den Schoß fallen. Ich nahm sie in die Arme und trug sie ins Schlafzimmer. Ich entkleidete sie, und sie sprach wirre Worte voll fiebriger Angst.

»Nino«, sagte ich, »noch ein paar Wochen, und wir fahren heim nach Baku.«

Sie nickte müde und schloß die Augen. Schlaftrunken nahm sie meine Hand und hielt sie an ihre Rippen gepreßt. So saß ich lange und fühlte das Klopfen ihres Herzens in meiner Handfläche. Dann entkleidete ich mich und legte mich zu ihr. Ihr Körper war warm, und sie lag wie ein Kind auf der linken Seite, die Knie hochgezogen und den Kopf unter der Decke versteckt.

Sie erwachte früh, sprang über mich hinweg und lief ins Nebenzimmer. Sie wusch sich lange, plätscherte mit dem Wasser und ließ mich nicht hinein... Dann trat sie heraus und mied meine Blicke. In der Hand trug sie ein Schälchen mit Salbe. Schuldbewußt rieb sie mir den Rücken ein.

»Du hättest mich verprügeln sollen, Ali Khan«, sagte sie artig.

»Ich konnte nicht, ich habe den ganzen Tag mich selbst geprügelt, und meine Kraft war zu Ende.«

Sie legte die Salbe weg, und der Eunuch brachte Tee. Sie trank ihn hastig und blickte verlegen in den Garten. Plötzlich sah sie mir fest in die Augen und sagte:

»Es hat keinen Zweck, Ali Khan. Ich hasse dich und werde dich hassen, solange wir in Persien bleiben. Ich kann es nicht ändern.«

Wir erhoben uns, gingen in den Garten und saßen schweigend am Springbrunnen. Der Pfau stolzierte an uns vorbei, und die Kutsche meines Vaters fuhr lärmend über den Hof des Männerhauses. Plötzlich bog Nino den Kopf zur Seite und sagte schüchtern:

»Ich kann auch mit einem verhaßten Mann würfeln.«

Ich holte das Nardybrett, und wir würfelten trübsinnig und verwirrt ... Dann legten wir uns flach auf den Boden, beugten uns über das Bassin und betrachteten unsere Spiegelbilder. Nino steckte ihre Hand in das klare Wasser, und unsere Gesichter verzerrten sich in den kleinen Wellen.

»Sei nicht traurig, Ali Khan. Ich hasse nicht dich. Ich hasse das fremde Land und die fremden Menschen. Es wird vergehen, sobald wir zu Hause sind und sobald ...«

Sie legte ihr Gesicht auf die Wasserfläche, verharrte so eine Weile und hob dann den Kopf. Tropfen rannen ihr über Wangen und Kinn.

»Es wird doch ein Knabe sein – aber noch sind es sieben Monate bis dahin«, schloß sie dann und sah stolz und überlegen drein.

Ich trocknete ihr Gesicht und küßte die kühlen Wangen. Und sie lächelte.

Unser Schicksal hing jetzt von den Regimentern ab, die über die sonnendurchglühte Ebene Aserbeidschans marschierten, zu der alten Stadt Baku, die von Bohrtürmen umlagert und vom Feinde besetzt war.

In der Ferne ertönte die Trommel des heiligen Hussein. Ich ergriff Ninos Hand, führte sie rasch ins Haus und schloß die Fenster. Ich holte das Grammophon und die stärksten Nadeln. Dann legte ich eine Platte auf, und eine tiefe Baßstimme brüllte ohrenbetäubend die Arie vom Gold aus Gounods »Faust«. Es war die lauteste Platte, die es geben konnte, und während Nino sich ängstlich an mich klammerte, übertönte der gewaltige Baß des Mephisto die dumpfen Schläge der Trommel und den uralten Ruf:

»Schah-ssé ... Wah-ssé.«

Siebenundzwanzigstes Kapitel

In den ersten Tagen des persischen Herbstes besetzte die Enver-Armee Baku. Die Nachricht lief durch Basare, Teestuben und Ministerien. Die letzten russischen Verteidiger der Stadt, ausgehungert und von den Ihren abgesprengt, landeten in den Häfen Persiens und Turkestans. Sie erzählten von der roten Fahne mit dem weißen Halbmond, die siegreich über der alten Zitadelle flatterte. Arslan Aga veröffentlichte in Teheraner Zeitungen phantastische Schilderungen vom Einzug der Türken, und Onkel Assad es Saltaneh verbot die Zeitungen, denn er haßte die Türken und glaubte, den Engländern damit einen Gefallen zu tun. Mein Vater fuhr zum Premierminister, und dieser erlaubte nach einigem Zögern die Wiederaufnahme der Schiffsverbindung zwischen Baku und Persien. Wir reisten nach Enseli, und der Dampfer »Nassreddin« nahm die Schar der Vertriebenen auf, die in die befreite Heimat zurückkehrten.

Am Pier in Baku standen rüstige Soldaten mit hohen Fellmützen. Iljas Beg salutierte mit dem Degen, und der türkische Oberst hielt eine Begrüßungsansprache, in der er sich bemühte, das weiche Stambul-Türkisch den rohen Klängen unseres heimatlichen Dialektes anzupassen. Wir zogen in unser verwüstetes, ausgeraubtes Haus, und für Tage und Wochen verwandelte sich Nino in eine Hausfrau. Sie verhandelte mit den Zimmerleuten, durchstöberte Möbelgeschäfte und rechnete mit sorgenvollem Gesicht Länge und Breite unserer Zimmer aus. Sie führte geheimnisvolle Unterredungen mit Architekten, und eines Tages füllte sich das Haus mit dem Lärm der Arbeiter und dem Geruch von Farbe, Holz und Mörtel.

Inmitten dieses häuslichen Durcheinanders stand Nino, strahlend und ihrer Verantwortung bewußt, denn sie hatte freie Hand bei der Auswahl der Möbel und Tapeten gehabt.

Abends berichtete sie beschämt und glückselig: »Zürne nicht deiner Nino, Ali Khan. Ich habe Betten bestellt, richtige Betten statt Diwans. Die Tapeten werden hell sein, und die Teppiche werden den Boden bedecken. Das Kinderzimmer wird weiß gestrichen. Es soll alles ganz anders werden als im persischen Harem.«

Sie umschlang meinen Hals und rieb ihr Gesicht an meiner Wange, denn sie hatte ein schlechtes Gewissen. Dann drehte sie den Kopf zur Seite, die schmale Zunge glitt über ihre Lippen und versuchte angestrengt die Nasenspitze zu erreichen. So tat sie immer vor schweren Lebensaufgaben, Prüfungen, Ärztebesuchen oder Beerdigungen. Ich dachte an das Fest des Jünglings Hussein und ließ sie gewähren, obwohl es ein schmerzlicher Gedanke war, die Teppiche mit Füßen treten zu müssen und an europäischen Tischen zu sitzen. Mir verblieb nur das flache Dach mit dem Blick auf die Wüste. Einen Umbau des Daches hatte Nino nicht vorgeschlagen.

Kalk, Staub und Lärm erfüllten das Haus. Ich saß auf dem Dach mit meinem Vater, hielt den Kopf zur Seite geneigt, ließ genau wie Nino die Zunge um die Lippen gleiten und hatte schuldbewußte Augen. In den Blicken des Vaters lag Spott:

»Nichts zu machen, Ali Khan. Haushalt ist der Bereich der Frau. Nino hat sich in Persien gut gehalten, obwohl es ihr nicht leicht fiel. Jetzt bist du an der Reihe. Vergiß nicht, was ich dir gesagt habe: Baku ist Europa geworden. Für immer! Das kühle Dunkel der verschlossenen Zimmer und die roten Teppiche an der Wand gehören nach Persien.«

»Und du, Vater?«

»Auch ich gehöre nach Persien, und ich fahre hin, sobald ich dein Kind gesehen habe. Ich werde in Schimran in unserem Haus wohnen und warten, bis auch dort weiße Tapeten und Betten eingeführt werden.«

»Ich muß hierbleiben, Vater.«

Er nickte ernst:

»Ich weiß. Du liebst diese Stadt, und Nino liebt Europa. Mich aber stört die neue Fahne, der Lärm des neuen Staates und der Geruch der Gottlosigkeit, der über unserer Stadt hängt.«

Er blickte ruhig vor sich hin und glich plötzlich seinem Bruder Assad es Saltaneh.

»Ich bin ein alter Mann, Ali Khan. Das Neue ist mir zuwider. Du mußt hierbleiben. Du bist jung und mutig, und das Land Aserbeidschan wird dich brauchen.«

In der Dämmerung wanderte ich durch die Straßen meiner Stadt. Türkische Patrouillen standen an den Ecken, hart und stramm, mit gedankenlosen Blicken. Ich sprach mit den Offizieren, und sie erzählten von den Moscheen Stambuls und den Sommerabenden von Tatly-su. Am alten Gouverneursgebäude flatterte die Fahne des neuen Staates, und in der Schule war das Parlament untergebracht. Die alte Stadt schien in ein maskenballartiges Leben getaucht. Der Rechtsanwalt Feth Ali Khan war Premierminister und erließ Gesetze Verordnungen und Befehle. Mirza Assadullah, der Bruder jenes Assadullah, der alle Russen in der Stadt umbringen wollte, war Außenminister und schloß Verträge mit Nachbarländern ab. Das ungewohnte Gefühl der staatlichen Selbständigkeit riß mich mit, und ich liebte plötzlich die neuen Wappen, Uniformen, Ämter und Gesetze. Zum erstenmal war ich wirklich zu Hause in meinem eigenen Land. Die Russen schlichen schüchtern an mir vorbei, und meine ehemaligen Schullehrer grüßten mich ehrerbietig.

Abends wurden im Klub einheimische Weisen gespielt, man durfte die Mützen aufbehalten, und Iljas Beg und ich bewirteten die türkischen Offiziere, die von der Front kamen und zur Front zogen. Sie erzählten von der Belagerung Bagdads und von dem Feldzug durch die Sinaiwüste. Sie kannten die Sanddünen Tripolitaniens, die schlammigen Wege Galiziens und die Schneestürme in den armenischen Bergen. Sie tranken Sekt, ungeachtet der Gebote des Propheten, und sprachen von Enver und dem kommenden Reiche Turan, in dem alle Menschen türkischen Blutes vereint sein sollten. Voller Staunen und Hingabe hing ich an ihrem Mund, denn das Ganze war unwirklich und schattenhaft, wie ein schöner, unvergeßlicher Traum. Am Tag der Großen Parade ertönte in den Straßen der Stadt Militärmusik. Der Pascha, hoch zu Roß, mit sternbedeckter Brust, ritt die Front ab und grüßte die neue Fahne. Stolz und Dankbarkeit erfüllten uns, wir vergaßen alle Unterschiede zwischen Sunniten und Schiiten und wären bereit gewesen, die sehnige Hand des Paschas zu küssen und für den osmanischen Kalifen zu sterben. Nur Seyd Mustafa stand abseits, und in seinem Gesicht lagen Haß und Verachtung. Zwischen den Sternen und Halbmonden, die die Brust des Paschas bedeckten, entdeckte er ein bulgarisches Militärkreuz und grollte dem Symbol des fremden Glaubens an der Brust eines Muslims.

Nach der Parade saßen Iljas, Seyd und ich an der Strandpromenade; herbstliches Laub fiel von den Bäumen, und meine Freunde stritten erbittert über die Grundsätze des neuen Staates. Aus den Feldzügen und den Kämpfen bei Gandscha, aus den Gesprächen mit jungtürkischen Offizieren und den Erfahrungen des Krieges gewann Iljas Beg die feste Überzeugung, daß nur rascheste europäische Reformen unser Land vor einer neuen russischen Invasion schützen könnten.

»Man kann Festungen bauen, Reformen einführen und Straßen ziehen und dennoch ein guter Mohammedaner bleiben!« rief er pathetisch.

Der Seyd runzelte die Stirn und hatte müde Augen.

»Geh einen Schritt weiter, Iljas Beg«, meinte er kühl, »sag, man kann Wein trinken, Schweinefleisch essen und dennoch ein guter Mohammedaner bleiben. Denn die Europäer haben schon längst entdeckt, daß Wein gesund und Schweinefleisch nahrhaft ist. Natürlich kann man dennoch ein guter Mohammedaner sein, nur wird der Erzengel an der Schwelle des Paradieses es nicht glauben wollen.«

Iljas lachte: »Zwischen Exerzieren und Schweinefleischessen ist noch ein gewaltiger Unterschied.«

»Aber nicht zwischen Schweinefleischessen und Weintrinken. Die türkischen Offiziere trinken öffentlich Sekt und tragen Kreuze an der Brust.«

Ich hörte meinen Freunden zu.

»Seyd«, fragte ich, »kann man ein guter Mohammedaner sein und auf Betten schlafen und mit Messer und Gabel essen?«

Der Seyd lächelte fast zärtlich: »Du wirst immer ein guter Mohammedaner bleiben. Ich habe dich am Tage des Moharrem gesehen.«

Ich schwieg. Iljas Beg schob seine Militärmütze zurecht. »Ist es wahr, daß du ein europäisches Haus bekommst, mit modernen Möbeln und hellen Tapeten?«

»Ja, das ist wahr, Iljas Beg.«

»Das ist gut«, sagte er entschieden, »wir sind jetzt eine Hauptstadt. Fremde Gesandte werden ins Land kommen. Wir brauchen Häuser, in denen wir sie empfangen können, und wir brauchen Damen, die sich mit den Damen der Diplomaten unterhalten können. Du hast die richtige Frau, Ali Khan, und du bekommst das richtige Haus. Du solltest im Außenministerium arbeiten.«

Ich lachte:

»Iljas Beg, du beurteilst meine Frau, mein Haus und mich, als wären wir Pferde, die zum Rennen der internationalen Verständigung starten sollen. Du glaubst, daß ich mein Haus nur im Hinblick auf unsere internationalen Interessen umbauen lasse.«

»So müßte es sein«, sagte Iljas hart, und plötzlich fühlte ich, daß er recht hatte, daß alles in uns diesem neuen Staate dienen müsse, der aus der kargen, sonnendurchglühten Erde Aserbeidschans emporwachsen sollte.

Ich ging heim, und als Nino erfuhr, daß ich nichts gegen Parkettböden und Ölbilder an der Wand hätte, da lachte sie vergnügt, und ihre Augen blitzten auf, wie einst im Wald bei der Quelle von Pechachpür.

In dieser Zeit ritt ich oft in die Wüste hinaus. Ich sah die Sonne blutüberströmt im Westen untergehen und vergrub mich für Stunden in den weichen Sand. Die türkischen Truppen zogen an mir vorbei. Die Offiziere hatten plötzlich verstörte und gespannte Gesichter. Der Lärm unseres Staates hatte für uns das ferne Donnern der Kanonen des Weltkrieges übertönt. Aber irgendwo, weit, weit weg, wichen die Regimenter der mit den Türken verbündeten Bulgaren vor dem Ansturm des Feindes zurück.

»Durchbruch. Die Front kann nicht mehr hergestellt werden«, sagten die Türken und tranken keinen Sekt mehr.

Spärliche Nachrichten kamen und wirkten wie Blitzschläge. Im fernen Hafen von Mudros bestieg ein gebückter Mann den britischen Panzerkreuzer »Agamemnon«. Der gebückte Mann war Hussein Reuf Bey, Marineminister des Hohen Ottomanischen Reiches, Bevollmächtigter des Kalifen zum Abschluß eines Waffenstillstandes. Er beugte sich über einen Tisch, setzte seinen Namen unter ein Stück Papier, und die Augen des Paschas, der in unserer Stadt herrschte, füllten sich mit Tränen.

Noch einmal ertönte in den Straßen Bakus das Lied vom Reiche Turan, doch diesmal klang es wie ein Trauergesang. In Glacéhandschuhen, stramm im Sattel sitzend, ritt der Pascha die Front ab. Die türkischen Gesichter waren starr. Die Fahne des heiligen Hauses Osman wurde eingerollt, die Trommeln wirbelten, und der Pascha führte die Hand im Glacéhandschuh an die Stirn. Die Kolonnen zogen aus der

Stadt und hinterließen das traumhafte Bild der Moscheen von Stambul, und des hageren Mannes, der Kalif war und den Mantel des Propheten auf seinen Schultern trug.

Ich stand an der Strandpromenade, als sich wenige Tage später hinter der Insel Nargin die ersten Schiffe mit englischen Besatzungstruppen zeigten. Der General hatte blaue Augen, einen kurzen Schnurrbart und breite, starke Hände. Neuseeländer, Kanadier und Australier fluteten in die Stadt. Der Union Jack flatterte neben der Fahne unseres Landes, und Feth Ali Khan rief mich an und bat mich, ich möge in sein Ministerium kommen.

Ich besuchte ihn, und er saß im tiefen Lehnsessel, den feurigen Blick auf mich gerichtet:

»Ali Khan, warum sind Sie noch nicht im Staatsdienst?«

Ich wußte es selbst nicht. Ich sah die dicken Mappen auf seinem Schreibtisch und empfand Gewissensbisse.

»Ich gehöre ganz der Heimat, Feth Ali Khan, verfügen Sie über mich.«

»Wie ich höre, haben Sie eine natürliche Begabung für fremde Sprachen. Wie schnell können Sie Englisch lernen?«

Ich lächelte verwirrt: »Feth Ali, ich brauche kein Englisch zu lernen. Ich kann es schon lange.«

Er schwieg, den großen Kopf an den Sesselrücken gelehnt.

»Wie geht es Nino?« fragte er plötzlich, und ich wunderte mich, daß unser Premierminister, alle Gesetze der Sittsamkeit außer acht lassend, sich nach meiner Frau erkundigte.

»Danke, Exzellenz, meiner Frau geht es gut.«

»Kann sie auch Englisch?«

»Ja.«

Er schwieg und zupfte an seinem Schnurrbart.

»Feth Ali Khan«, sagte ich ruhig, »ich weiß, was Sie wollen. Mein Haus ist in einer Woche fertig. In Ninos Schrank hängen Dutzende von Abendkleidern. Wir sprechen Englisch, und die Sektrechnung bezahle ich selbst.«

Unter seinem Schnurrbart zuckte ein flüchtiges Lächeln.

»Ich bitte um Verzeihung, Ali Khan«, seine Augen wurden weich, »ich wollte Sie nicht beleidigen. Wir brauchen Menschen wie Sie. Unser Land ist arm an Leuten, die europäische Frauen haben, einen alten Namen führen, Englisch sprechen und ein Haus besitzen. Ich, zum Beispiel, habe nie Geld gehabt, um Englisch zu lernen, geschweige denn, ein Haus zu besitzen oder eine europäische Frau.«

Er schien müde und griff zur Feder:

»Von heute ab sind Sie Attaché im Dezernat für Westeuropa. Melden Sie sich beim Außenminister Assadullah. Er wird Ihnen Ihre Arbeit erklären. Und... und... aber werden Sie nicht gleich böse... kann Ihr Haus schon in fünf Tagen fertig sein? Ich schäme mich selbst, eine solche Bitte an Sie richten zu müssen.«

»Jawohl, Exzellenz«, sagte ich fest und spürte dabei das Gefühl in mir aufsteigen, als hätte ich einen alten, treuen und geliebten Freund böswillig verleugnet und verlassen.

Ich ging nach Hause. Ninos Finger waren mit Lehm und Farbe bedeckt. Sie stand auf der Leiter und hämmerte an einem Nagel herum, der ein Ölgemälde tragen sollte. Sie wäre sehr verwundert gewesen, wenn ich ihr gesagt hätte, daß sie damit dem Vaterland einen Dienst erweise. Ich sagte es nicht, sondern küßte ihre schmutzigen Finger und genehmigte einen Eisschrank, der geeignet wäre zur Aufbewahrung ausländischer Weine.

Achtundzwanzigstes Kapitel

»Haben Sie eine Tante?« – »Nein, ich habe keine Tante, aber mein Diener hat sich das rechte Bein gebrochen.«

»Lieben Sie das Reisen?« – »Ja, ich liebe das Reisen, aber ich pflege abends nur Obst zu essen.«

Die Übungssätze des Lehrbuchs waren von geradezu boshafter Torheit. Nino klappte das Buch zu.

»Ich glaube, Englisch können wir genug, um den Kampf zu bestehen, aber hast du schon einmal Whisky versucht?«

»Nino«, rief ich entsetzt, »du sprichst wie der Verfasser des Lehrbuchs.«

»Leichtverständliche Verblödung, Ali Khan, hervorgerufen durch mißverstandenen Dienst am Vaterland. Wer kommt eigentlich heute abend?«

Ihre Stimme klang gespielt gleichgültig.

Ich zählte die Namen der englischen Beamten und Offiziere auf, die unser Haus heute beehren sollten. Nino blickte mit stillem Stolz vor sich hin. Sie wußte wohl: Kein Minister von Aserbeidschan und kein General besaß, was ihr Mann besaß – eine gebildete Frau mit westlichen Manieren, englischen Sprachkenntnissen und fürstlichen Eltern. Sie zupfte an ihrem Abendkleid und blickte prüfend in den Spiegel.

»Ich habe den Whisky versucht«, sagte sie düster, »er schmeckt bitter und außerordentlich widerwärtig. Deshalb mischt man ihn wohl auch mit Sodawasser.«

Ich legte ihr den Arm um die Schultern, und ihre Augen blickten mich dankbar an:

»Wir führen ein seltsames Leben, Ali Khan. Einmal sperrst du mich in den Harem ein, und dann wieder diene ich als Zeuge des kulturellen Fortschritts unseres Landes.«

Wir gingen hinunter zum Empfangsraum. Diener mit vorher wohleinstudierten Mienen drückten sich an den Wänden herum, und an den Wänden hingen Landschafts- und Tierbilder. Weiche Klubsessel standen in den Ecken, und Blumen bedeckten die Tische.

»Weißt du noch, Ali Khan?« sagte Nino. »Einst diente ich dir, indem ich Wasser aus dem Tal zum Aul trug.«

»Welcher Dienst gefällt dir mehr?«

Ninos Augen wurden verträumt, sie antwortete nicht. An

der Tür klingelte es, und ihre Lippen zuckten aufgeregt. Es waren aber nur die fürstlichen Eltern. Und Iljas Beg in voller Gala. Er ging prüfend durch die Säle und nickte begeistert.

»Ich sollte auch heiraten, Ali Khan«, sagte er gewichtig, »hat Nino vielleicht Kusinen?«

Wir standen an der Tür, Nino und ich, und drückten kräftige, englische Hände. Die Offiziere waren hochgewachsen und hatten rötliche Gesichter. Die Damen trugen Handschuhe, hatten blaue Augen und lächelten gnädig und neugierig. Vielleicht erwarteten sie, von Eunuchen bewirtet und von Bauchtänzerinnen unterhalten zu werden. Statt dessen erschienen wohlerzogene Diener, die Speisen wurden von links serviert, und an den Wänden hingen grüne Wiesen und Rennpferde. Ninos Atem stockte, als ein junger Leutnant sich ein volles Glas Whisky einschenken ließ und es leerte, ohne das dargebotene Sodawasser zu beachten. Gesprächsfetzen schwebten durch den Raum und waren von der gleichen boshaften Torheit wie die Sprüche des Lehrbuchs:

»Sind Sie schon lange verheiratet, Frau Schirwanschir?« – »Beinahe zwei Jahre.«

»Ja, die Hochzeitsreise machten wir nach Persien.« – »Mein Mann reitet gern.« – »Nein, Polo spielt er nicht.«

»Gefällt Ihnen unsere Stadt?« – »Es freut mich sehr.« – »Aber um Gottes willen! Wir sind doch keine Wilden! Es gibt schon lange keine Vielweiberei mehr in Aserbeidschan. Von Eunuchen habe ich nur in Romanen gelesen.«

Nino blickte zu mir hinüber, und ihre rosigen Nasenflügel zitterten vor Lachen. Eine Majorsgattin hatte sich bei ihr sogar erkundigt, ob sie schon je in der Oper gewesen sei.

»Ja«, hatte sie sanft geantwortet, »und lesen und schreiben kann ich auch.«

Die Majorsgattin war geschlagen, und Nino reichte ihr eine Sandwichplatte.

Junge Engländer, Beamte und Offiziere, verbeugten sich vor Nino, und ihre Hände berührten Ninos zarte Finger, und ihre Blicke streiften Ninos nackten Rücken.

Ich sah weg. In der Ecke stand Assadullah und rauchte seelenruhig eine Zigarre. Er selbst würde nie und nimmer seine Frau den Blicken so vieler fremder Menschen preisgeben. Aber Nino war eine Georgierin, eine Christin, und schien dazu bestimmt, ihre Hände, ihre Augen, ihren Rücken fremden Blicken auszuliefern.

Wut und Scham überfielen mich. Bruchstücke von Gesprächen streiften mein Ohr und klangen schamlos und gemein. Ich senkte die Augen. Nino stand am andern Ende des Saales, von Fremden umringt.

»Danke«, sagte sie plötzlich heiser, »danke, Sie sind sehr liebenswürdig.«

Ich hob den Kopf und sah ihr tief errötetes und erschrockenes Gesicht. Sie ging durch den Saal und blieb vor mir stehen. Ihre Hand berührte meinen Ärmel, als suche sie Zuflucht.

»Ali Khan«, sagte sie leise, »es geht dir jetzt wie mir, als ich deine Tanten und Kusinen in Teheran besuchte. Was soll ich mit so vielen Männern? Ich will mich nicht so anschauen lassen.«

Dann wandte sie sich ab und ergriff die Hand der Frau Majorin. Ich hörte sie sprechen:

»Sie müssen wirklich einmal unser einheimisches Theater besuchen. Shakespeare wird gerade ins Aserbeidschanische übersetzt. Nächste Woche ist die Uraufführung von Hamlet.«

Ich wischte mir den Schweiß von der Stirn und dachte an die strengen Gesetze der Gastfreundschaft. Ein alter Spruch lautete:

»Wenn ein Gast in dein Zimmer tritt und den abgeschnittenen Kopf deines einzigen Sohnes in der Hand trägt, so mußt du ihn auch dann empfangen, bewirten und als Gast ehren.«

Ein weises Gesetz. Aber es war manchmal sehr schwer, ihm zu folgen.

Ich schenkte Whisky und Kognak in zahlreiche Gläser ein. Die Offiziere rauchten Zigarren, aber niemand legte die Füße auf den Tisch.

»Sie haben eine reizende Frau und ein reizendes Heim, Ali Khan«, setzte ein junger Offizier meine Qual fort.

Wahrscheinlich wäre er sehr verwundert gewesen zu erfahren, daß nur politische Rücksichten ihn vor einer Ohrfeige retteten. Ein ungläubiger Hund wagte es, öffentlich die Schönheit meiner Frau zu rühmen! Meine Hand zitterte, als ich ihm den Kognak einschenkte, und einige Tropfen flossen über.

Ein älterer Beamter mit weißem Schnurrbart und weißem Smokinghemd saß in der Ecke. Ich reichte ihm Gebäck. Er hatte längliche, gelbe Zähne und kurze Finger.

»Sie führen ein sehr europäisches Haus, Ali Khan«, sagte er in reinstem Persisch.

»Ich lebe so, wie es bei uns im Lande üblich ist.«

Er sah mich forschend an: »Zwischen Persien und Aserbeidschan scheint ein riesengroßer kultureller Unterschied zu sein.«

»O ja. Wir sind um Jahrhunderte voraus. Sie müssen bedenken, daß wir eine gewaltige Industrie und ein Eisenbahnnetz besitzen. Leider hat die russische Regierung unsere kulturelle Entwicklung unterdrückt. Wir haben zu wenig Ärzte und Lehrer. Wie ich höre, beabsichtigt die Regierung, eine Reihe begabter junger Leute nach Europa zu schicken, damit sie dort das nachholen, was sie unter dem Joch Rußlands versäumt haben.«

So sprach ich eine Weile und wollte ihm dann Whisky einschenken, aber er trank nicht.

»Ich war zwanzig Jahre lang Konsul in Persien«, sagte er. »Es ist schmerzlich zu sehen, wie die alten gediegenen Formen der orientalischen Kultur verfallen, wie die heutigen Orientalen unserer Zivilisation nachrennen und die Sitten ihrer Ahnen verachten. Aber vielleicht haben sie recht. Ihr Lebensstil ist ja schließlich ihre Privatsache. Auf alle Fälle gebe ich zu, daß Ihr Land ebenso reif ist, selbständig zu sein, wie etwa die Republiken Zentralamerikas. Ich glaube, daß unsere Regierung die staatliche Unabhängigkeit Aserbeidschans bald anerkennen wird.«

Ich war ein Ochse, aber der Zweck des Abends war erreicht. Am andern Ende des Saales stand, von Ninos fürstlichen Eltern und Iljas verdeckt, der Außenminister Assadullah. Ich durchquerte den Saal.

»Was sagt der Alte?« fragte Assadullah hastig.

»Er sagt, daß ich ein Ochse sei, aber daß die Anerkennung unserer Selbständigkeit durch England bevorsteht.«

Mirza Assadullah seufzte erleichtert:

»Sie sind gar kein Ochse, Ali Khan.«

»Danke, Herr Minister, aber ich glaube, ich bin es doch.«

Er schüttelte mir die Hand und verabschiedete sich von den Gästen. Als er am Ausgang Nino die Hand küßte, hörte ich, wie sie ihm mit geheimnisvollem Lächeln etwas zuflüsterte. Er nickte verständnisvoll.

Die Gäste gingen um Mitternacht, und im Saal roch es nach Tabak und Alkohol. Erschöpft und erleichtert stiegen wir die Treppen hinauf in unser Schlafzimmer und wurden plötzlich von einer seltsamen Ausgelassenheit ergriffen. Nino schmiß ihre Abendschuhe in die Ecke, sprang auf das Bett und ließ sich stehend von den Federn emporschnellen. Sie rümpfte die Nase, schob die Unterlippe nach vorne und glich einem kleinen, verspielten Affen. Sie blies die Wangen auf, stieß die beiden Zeigefinger gegen die gespannte Haut, die Luft riß ihre Lippen auf, und es klang wie ein Schuß.

»Wie gefall' ich dir als Retterin des Vaterlands?« rief sie. Dann sprang sie vom Bett herab, lief zum Spiegel und sah sich bewundernd an: »Nino Hanum Schirwanschir, die aserbeidschanische Jeanne d'Arc. Fasziniert Majorsgattinnen und gibt vor, nie einen Eunuchen gesehen zu haben.«

Sie lachte und klatschte in die Hände. Sie trug ein helles Abendkleid mit tief ausgeschnittenem Rücken. Längliche Ohrringe hingen von ihren zarten Ohrläppchen herab. Die Perlenreihe um ihren Hals schimmerte blaß im Lampenlicht. Ihre Arme waren schlank und mädchenhaft, und die dunklen Haare fielen tief in den Nacken. Sie stand vor dem Spiegel und war hinreißend in ihrer neuartigen Schönheit.

Ich trat auf sie zu und sah eine europäische Prinzessin mit glücklich strahlenden Augen. Ich umarmte sie und hatte das Gefühl, es zum erstenmal im Leben zu tun. Sie hatte eine zarte, duftende Haut, und ihre Zähne blitzten hinter ihren Lippen wie weiße Steinchen. Wir setzten uns zum erstenmal auf den Rand eines Bettes. Ich hielt eine europäische Frau in den Armen. Ihre langen, geschwungenen Wimpern berührten meine Wange, sie zwinkerte zärtlich, und es war schön wie nie zuvor. Ich faßte sie beim Kinn und hob ihren Kopf. Ich sah das weiche Oval, feuchte, durstende Lippen und sehnsüchtige Augen hinter halbgeschlossenen Wimpern. Ich streichelte ihren Nacken, und ihr kleines Haupt fiel kraftlos in meine Hände. Ihr Gesicht war voll Sehnsucht und Hingabe. Ich vergaß ihr Abendkleid und das europäische Bett mit aufgeschlagenen Decken und kühlen Laken. Ich sah sie im Aul, in Daghestan, halbbekleidet, auf der schmalen Matte des lehmigen Bodens. Meine Hände umklammerten ihre Schultern, und plötzlich lagen wir in unsern Kleidern auf dem blassen Kermanteppich, zu Füßen des stolzen europäischen Prunkbettes. Ich sah Ninos Gesicht über dem zarten Teppich und wie sich ihre Augenbrauen in schmerzlicher Lust zusammenzogen. Ich hörte ihren Atem, fühlte die harten Rundungen ihrer schmalen Schenkel und vergaß den alten Engländer, die jungen Offiziere und die Zukunft unserer Republik.

Später lagen wir still nebeneinander und blickten in den großen Spiegel über unserem Kopf.

»Das Kleid ist hin«, stellte Nino fest, und es klang wie das Geständnis eines großen Glücks. Dann saßen wir auf dem Teppich. Nino wiegte ihren Kopf in meinem Schoß und überlegte: »Was würde die Frau Majorin dazu sagen?! Sie würde sagen: Weiß denn Ali Khan nicht, wozu Betten da sind?« Sie erhob sich endgültig und stieß mit ihrem kleinen Fuß an mein Knie: »Würde sich der Herr Attaché entschließen, sich zu entkleiden und den allgemeinen Gepflogenheiten der diplomatischen Welt folgend, seinen Platz im Ehebett einnehmen? Wo gibt es Attachés, die sich auf dem Teppich herumwälzen?«

Ich erhob mich, brummend und schlaftrunken, warf die Kleider ab und lag zwischen zwei Laken neben Nino.

Tage und Wochen vergingen. Gäste kamen, tranken Whisky und lobten unser Heim. Ninos georgische Gastfreundschaft entfaltete sich in ihrer ganzen heiteren Geselligkeit. Sie tanzte mit jungen Leutnants und sprach mit älteren Hauptleuten über Gicht. Sie erzählte den englischen Damen Geschichten aus der Zeit der Königin Tamar und ließ sie im Glauben, daß die große Königin auch über Aserbeidschan geherrscht habe. Ich saß im Ministerium, allein in einem großen Zimmer, schrieb Entwürfe für diplomatische Noten, las die Berichte unserer Auslandsvertreter und blickte aufs Meer hinaus. Nino holte mich ab und war fraulich und heiter, voll gedankenloser Anmut. Sie schloß eine überraschende Freundschaft mit dem Außenminister Assadullah. Sie bewirtete ihn, wenn er zu uns kam, erteilte ihm weise Ratschläge gesellschaftlicher Art, und manchmal traf ich die beiden, geheimnisvoll flüsternd, in entfernten Ecken unseres Hauses.

»Was willst du von Mirza?« fragte ich, und sie lächelte und erklärte, es sei ihr Ehrgeiz, der erste weibliche Chef des Protokolls zu werden.

Auf meinem Schreibtisch stapelten sich Briefe, Berichte und Memoranden. Der Bau des neuen Staates war in vollem Gange, und es war schön, die Briefbogen und Aktenstücke zu entfalten, die unser neues Wappen am Kopf führten.

Es war kurz vor Mittag, als mir der Kurier die Zeitungen brachte. Ich entfaltete unser Regierungsblatt und sah auf der dritten Seite fett gedruckt meinen Namen prangen. Darunter stand geschrieben:

»Ali Khan Schirwanschir, Attaché im Außenministerium, wird in gleicher Eigenschaft unserer Gesandtschaft in Paris zugeteilt.«

Es folgte ein längerer Artikel, der meine hervorragenden Eigenschaften rühmte und unverkennbar die Feder Arslan Agas verriet.

Ich sprang auf und rannte durch die Zimmerflucht zum Kabinett des Ministers. Ich riß die Türe auf.

»Mirza Assadullah«, rief ich, »was soll das?«

»Ah«, lächelte er, »eine Überraschung für Sie, mein Freund. Ich habe es Ihrer Frau versprochen. Nino und Sie werden in Paris am richtigen Platz sein.«

Ich warf die Zeitung in die Ecke, und wilde Wut packte mich.

»Mirza«, rief ich, »es besteht kein Gesetz, das mich zwingen könnte, für Jahre meine Heimat zu verlassen.«

Er sah mich verwundert an.

»Was wollen Sie, Ali Khan? Diese Auslandsposten sind die begehrtesten in unserm Dienst. Sie eignen sich dazu ausgezeichnet.«

»Ich will aber nicht nach Paris, und ich verlasse den Dienst, falls Sie mich dazu zwingen wollen. Ich hasse die fremde Welt, die fremden Straßen, Menschen und Sitten. Aber Sie werden das nie verstehen, Mirza!«

»Nein«, sagte er höflich, »aber wenn Sie darauf bestehen, können Sie auch hierbleiben.«

Ich eilte nach Hause und lief die Treppe hinauf.

»Nino«, sagte ich, »ich kann nicht, ich kann es einfach nicht.«

Sie wurde sehr blaß, und ihre Hände zitterten.

»Warum nicht, Ali Khan?«

»Nino, versteh mich recht. Ich liebe das flache Dach über meinem Kopf, die Wüste und das Meer. Ich liebe diese Stadt, die alte Mauer und die Moscheen in den engen Gassen, und ich werde ersticken außerhalb des Orients, wie ein Fisch außerhalb des Wassers.«

Sie schloß für einen Augenblick die Augen.

»Schade«, sagte sie tonlos, und mein Herz schmerzte beim Klang dieses Wortes. Ich setzte mich hin und nahm ihre Hand.

»Ich würde in Paris genauso unglücklich sein, wie du es in Persien warst. Ich würde mich dort einer fremden Willkür ausgeliefert fühlen. Denke an den Harem in Schimran. Ich würde Europa so wenig ertragen können, wie du Asien ertrugst. Bleiben wir in Baku, wo Asien und Europa unmerklich ineinander übergehen. Ich kann nicht nach Paris gehen, es gibt dort keine Moscheen, keine alte Mauer und keinen Seyd Mustafa. Ich muß mich von Zeit zu Zeit an der Seele Asiens laben, um die vielen Fremden zu ertragen, die zu uns kommen. In Paris würde ich dich hassen, wie du mich nach dem Fest des Moharrems gehaßt hast. Nicht sofort, aber irgendwann, nach einem Karneval oder nach einem Ball, würde ich dich plötzlich zu hassen beginnen wegen der fremden Welt, in die du mich zwingen willst. Deshalb bleibe ich hier, was immer auch geschehe. Ich bin in diesem Lande geboren und will hier sterben.«

Sie schwieg die ganze Zeit, und als ich endete, beugte sie sich zu mir, und ihre Hand streichelte meine Haare:

»Verzeih deiner Nino, Ali Khan. Ich war sehr dumm. Ich weiß nicht, warum ich dachte, du könntest dich eher wandeln als ich. Wir bleiben hier und sprechen nicht mehr von Paris. Du behältst die asiatische Stadt und ich das europäische Haus.«

Sie küßte mich zärtlich, und ihre Augen leuchteten.

»Nino, ist es schwer, meine Frau zu sein?«

»Nein, Ali Khan, aber man muß klug sein.«

Ihre Finger glitten über mein Gesicht. Sie war eine starke Frau, meine Nino. Ich wußte, daß ich den schönsten Traum ihres Lebens zerstört hatte. Ich nahm sie auf die Knie:

»Nino, wenn das Kind da ist, fahren wir nach Paris, nach London, Berlin oder Rom. Wir haben noch eine Hochzeitsreise nachzuholen. Wir bleiben, wo es dir gefällt, einen ganzen langen Sommer. Und wir fahren in jedem Jahr wieder nach Europa, denn ich bin kein Tyrann. Aber hausen will ich in dem Land, zu dem ich gehöre, denn ich bin ein Kind unserer Wüste, unseres Sandes, unserer Sonne.«

»Ja«, sagte sie, »sogar ein sehr gutes Kind, und wir wollen Europa vergessen. Aber das Kind, das ich von dir trage, soll weder ein Kind der Wüste noch ein Kind des Sandes werden, sondern einfach das Kind von Ali und Nino. Abgemacht?«

»Abgemacht«, sagte ich und wußte, daß ich damit einwilligte, der Vater eines Europäers zu werden.

Neunundzwanzigstes Kapitel

»Du warst eine sehr schwere Geburt, Ali Khan, und damals riefen wir noch keine europäischen Ärzte zu unseren Frauen.«

Mein Vater saß vor mir auf dem Dach unseres Hauses und sprach mit leiser, wehmütiger Stimme:

»Als die Geburtswehen zu stark wurden, gaben wir deiner Mutter gestoßenen Türkis und Diamantenstaub. Aber es half nicht viel. Die Nabelschnur legten wir an die östliche Wand des Zimmers, neben Schwert und Koran, damit du fromm und tapfer werdest. Dann trugst du sie als Amulett um den Hals und warst immer gesund. Als du drei Jahre alt wurdest, warfst du die Nabelschnur weg und begannst darauf zu kränkeln. Wir versuchten zuerst, die Krankheit abzulenken und stellten Wein und Süßigkeiten in dein Zimmer. Wir ließen einen gefärbten Hahn durch das Zimmer laufen, aber auch dann ließ die Krankheit nicht nach. Da kam ein weiser Mann aus den Bergen und brachte eine Kuh. Wir schlachteten die Kuh, und der weise Mann schnitt ihr den Bauch auf und nahm die Eingeweide heraus. Er steckte dich in den Bauch der Kuh. Als er dich nach drei Stunden herausnahm, war deine Haut ganz rot. Und von da ab warst du gesund.«

Aus dem Haus drang ein langer, dumpfer Schrei. Ich saß aufrecht und regungslos, und alles in mir war Gehör. Der Schrei wiederholte sich, gedehnt und klagend.

»Jetzt verflucht sie dich«, sagte der Vater ruhig, »jede Frau verflucht ihren Mann in den Stunden des Gebärens. Früher mußte die Frau nach der Geburt einen Hammel schlachten und mit seinem Blut die Lagerstätten des Mannes und des Kindes bespritzen, um das Übel abzuleiten, das sie während ihrer Wehen über die beiden heraufbeschworen hatte.«

»Wie lange kann es dauern, Vater?«

»Fünf, sechs, vielleicht zehn Stunden. Sie hat schmale Hüften.«

Er verstummte. Vielleicht dachte er an seine eigene Frau, die meine Mutter war und im Wochenbett starb. Plötzlich erhob er sich.

»Komm«, sagte er, und wir gingen zu den beiden roten Gebetsteppichen in der Mitte des Daches. Die oberen Enden der Teppiche waren gen Mekka gewandt, in der Richtung der heiligen Kaaba. Wir zogen die Schuhe aus, stellten uns auf die Teppiche und falteten die Hände, mit der rechten Handfläche den linken Handrücken bedeckend.

»Das ist alles, was wir tun können, aber das ist mehr als alle Weisheit der Ärzte.«

Mein Vater beugte sich vor und sprach die arabischen Worte des Gebetes: »*Bismi Ilahi arrahmani rahim* – Im Namen Gottes, des Allerbarmers, des Allbarmherzigen...«

Ich folgte ihm. Ich kniete auf dem Gebetsteppich, und meine Stirn berührte den Boden:

»*Ahamdu lillahi rabi-l-alamin, arrahmani, rahim, maliki jaumi din* – Gelobt sei Gott, der Herr der Welten, der Allerbarmer, der Allbarmherzige, der Herr des Jüngsten Gerichts...«

Ich saß auf dem Teppich, und meine Hände verdeckten mein Gesicht. Ninos Schreie streiften mein Ohr, aber ich erfaßte sie nicht mehr. Meine Lippen formten von selbst die Sätze des Korans:

»*Ijjaka na budu waijjaka nastain* – Dich verehren wir, und dich flehen wir um Gnade an...«

Meine Hände lagen jetzt auf meinen Knien. Es war sehr still, und ich hörte das Flüstern meines Vaters:

»*Ihdina sirata-Imustaqim sirata lladina anammta alaihim* – Führe uns auf den rechten Weg, auf den Weg derer, denen du gnädig bist...«

Die roten Linien des Gebetsteppichs verschwammen vor meinen Augen. Mein Gesicht lag auf dem Teppich:

»*Gaira lmagdumi alaihim wala ddalin* – Denen du nicht zürnest und die du nicht irreführst...«

So lagen wir im Staub, vor dem Antlitz des Herrn. Wieder und immer wieder sprachen wir die Worte des Gebetes, die Gott einst dem Propheten in Mekka in der fremden Zunge der arabischen Nomaden eingegeben hatte. Ninos Rufe verstummten. Ich saß mit gekreuzten Beinen auf dem Teppich, der Rosenkranz glitt durch meine Hände, und meine Lippen flüsterten die dreiunddreißig Namen des Herrn.

Jemand berührte meine Schulter. Ich hob den Kopf, sah ein

lächelndes Gesicht und hörte unverständliche Worte. Ich erhob mich. Ich fühlte die Blicke des Vaters auf mir ruhen und stieg langsam die Treppe hinab.

Die Fenster in Ninos Zimmer waren verhängt. Ich näherte mich dem Bett. Ninos Augen waren voll Tränen. Ihre Wangen waren eingefallen. Sie lächelte still und sagte plötzlich auf tatarisch, in der einfachen Sprache unseres Volkes, die sie kaum beherrschte:

»*Kis dir, Ali Khan, tschoch güsel bir kis. O kadar bahtiarim* – Es ist ein Mädchen, Ali Khan, ein herrliches Mädchen, ich bin so glücklich.«

Ich ergriff ihre kalten Hände, und sie schloß die Augen.

»Laß sie nicht einschlafen, Ali Khan, sie muß noch eine Weile wach bleiben«, sagte jemand hinter meinem Rücken.

Ich streichelte ihre trockenen Lippen, und sie blickte zu mir auf, ruhig und ermattet. Eine Frau in weißer Schürze näherte sich dem Bett. Sie hielt mir ein Bündel hin, und ich sah ein kleines, runzliges Spielzeug, mit winzigen Fingerchen und großen ausdruckslosen Augen. Das Spielzeug weinte mit verzogenem Gesicht.

»Wie schön sie ist«, sagte Nino verzückt und spreizte die Finger, die Bewegungen des Spielzeugs nachahmend. Ich hob die Hand und berührte furchtsam das Bündel, aber das Spielzeug schlief bereits mit ernstem und gerunzeltem Gesicht.

»Wir werden sie Tamar nennen, zu Ehren des Lyzeums«, flüsterte Nino, und ich nickte, denn Tamar war ein schöner Name, gleich gebräuchlich bei Christen und Muslims.

Jemand führte mich aus dem Zimmer. Neugierige Blicke streiften mich, und mein Vater nahm mich an der Hand. Wir gingen in den Hof.

»Wir wollen in die Wüste hinausreiten«, sagte er. »Nino darf bald einschlafen.«

Wir bestiegen die Pferde und sausten in wildem Galopp durch die gelbsandigen Dünen. Mein Vater sprach etwas, doch nur mit Mühe verstand ich, daß er mich zu trösten versuchte. Ich begriff nicht, warum, denn ich war sehr stolz, eine runzlige, schlafende Tochter zu haben, mit grüblerischem Gesicht und ausdruckslosen Augen.

Tage zogen vorbei, wie Perlen an der Schnur des Rosenkranzes. Nino hielt das Spielzeug an ihrer Brust. Nachts sang sie ihm leise georgische Weisen vor und schüttelte gedankenvoll den Kopf beim Anblick ihres kleinen, runzligen Ebenbildes. Zu mir war sie grausam und überheblich wie nie zuvor, denn ich war nur ein Mann, unfähig zu gebären, zu stillen und mit Windeln umzugehen. Ich saß im Ministerium, wühlte in den Akten, und sie rief mich gnädig an und meldete gewaltige Ereignisse und umstürzlerische Taten:

»Ali Khan, das Spielzeug hat gelacht und die Hände nach der Sonne ausgestreckt.«

»Es ist ein sehr kluges Spielzeug, Ali Khan, ich zeigte ihm die Glaskugel, und es blickte nach ihr.«

»Hör zu, Ali Khan, das Spielzeug zeichnet mit dem Finger Linien auf seinem Bauch. Es scheint ein begabtes Spielzeug zu sein.«

Doch während das Spielzeug Linien auf seinem Bauch zeichnete und mit aufgeregten Blicken eine Glaskugel verfolgte, spielten im fernen Europa erwachsene Menschen mit Grenzen, Armeen und Staaten. Ich las die Berichte auf meinem Tisch und blickte auf die Landkarte, auf der die fragwürdigen Grenzen der künftigen Welt verzeichnet waren. Geheimnisvolle Menschen mit schwer aussprechbaren Namen saßen in Versailles und bestimmten das Schicksal des Orients. Nur ein einziger Mann, ein blonder türkischer General aus Ankara, wagte noch verzweifelten Widerstand gegen die Sieger. Unser Land Aserbeidschan wurde von den europäischen Mächten als selbständig anerkannt, und es kostete mich einige Mühe, den begeisterten Iljas Beg mit der Nachricht zu ernüchtern, daß die englischen Regimenter für immer aus dem Gebiet unserer souveränen Republik abzögen.

»Wir sind jetzt endgültig frei«, schwärmte er, »kein Fremder auf dem Boden unseres Landes.«

»Sieh her, Iljas Beg«, sagte ich und führte ihn zur Karte, »unsere natürliche Stütze wären die Türkei und Persien, doch beide sind jetzt machtlos. Wir hängen im luftleeren Raum, und vom Norden her drängen hundertsechzig Millionen Russen, die nach unserem Öl dürsten. Solange die Engländer hier sind, traut sich kein Russe, ob rot oder weiß, über die Grenze. Ziehen die Engländer ab, so bleiben zur Verteidigung von Aserbeidschan nur du und ich und die paar Regimenter, die unser kleines Land aufstellen kann.«

»Ach was«, Iljas Beg schüttelte sorglos den Kopf, »wir haben ja unsere Diplomaten, um mit den Russen Freundschaftsverträge abzuschließen. Die Armee hat anderes zu tun. Hier«, er zeigte auf die Südgrenze des Landes, »wir müssen zur armenischen Grenze. Drüben sind Aufstände, General Mechmandar, der Kriegsminister, hat bereits den Befehl gegeben.«

Es war aussichtslos, ihn zu überzeugen, daß die ganze Diplomatie erst dann einen Sinn hat, wenn sie vom Militär richtig gestützt wird.

Die englischen Regimenter zogen ab, die Straßen waren festlich beflaggt, und unsere Truppen marschierten zur armenischen Grenze, und bei Jalama an der russisch-aserbeidschanischen Grenzstation blieben eine Grenzpatrouille und einige Beamte. Im Ministerium gingen wir an die Ausarbeitung von Verträgen sowohl mit den weißen wie mit den roten Russen, und mein Vater fuhr nach Persien zurück. Nino und ich begleiteten ihn zum Pier. Er blickte uns traurig an und fragte nicht, ob wir ihm folgen wollten.

»Was wirst du in Persien tun, Vater?«

»Wahrscheinlich heiraten«, antwortete er gleichmütig und küßte uns feierlich und versonnen, »ich werde euch hin und wieder besuchen, und wenn dieser Staat zerfallen sollte – nun, ich habe einige Güter in Mazendaran.«

Er bestieg die Gangway, stand auf Deck und winkte noch lange, uns, der alten Mauer, dem breiten Mädchenturm, der Stadt und der Wüste, die langsam seinen Blicken entschwanden.

In der Stadt war es heiß, und die Fenster des Ministeriums waren halb verhängt. Die russischen Beauftragten kamen und hatten gelangweilte und verschlagene Gesichter. Sie unterschrieben gleichgültig und eilig den endlosen Vertrag, der in Paragraphen, Absätze und Fußnoten zerfiel.

Staub und Sand bedeckten unsere Straßen, heißer Wind wirbelte Papierfetzen durch die Luft, die fürstlichen Schwiegereltern fuhren über den Sommer nach Georgien, und bei Jalama standen immer noch eine Grenzpatrouille und wenige Beamte.

»Assadullah«, wandte ich mich an den Minister, »jenseits von Jalama stehen dreißigtausend Russen.«

»Ich weiß«, sagte er finster, »unser Stadtkommandant meint, es handle sich nur um Manöver.«

»Und wenn es keine sind?«

Er sah mich gereizt an: »Unsere Sache ist es, Verträge abzuschließen. Alles andere liegt in der Hand Gottes.«

Ich ging durch die Straßen und sah ein paar wackere Gardisten mit aufgepflanzten Bajonetten, die das Gebäude des Parlaments bewachten. Im Parlament stritten die Parteien, und in den Vorstädten drohten die russischen Arbeiter mit Streik, falls die Regierung die Ölzufuhr nach Rußland nicht freigebe.

Männer füllten die Kaffeehäuser, lasen Zeitungen und spielten Nardy. Kinder balgten sich im heißen Staub. Die Stadt war von Sonnenglut übergossen, und vom Gebetturm ertönte der Ruf:

»Steht auf zum Gebet! Steht auf zum Gebet! Das Gebet ist besser als der Schlaf!«

Ich schlief nicht, ich lag auf dem Teppich mit geschlossenen Augen und sah die Grenzstation Jalama von dreißigtausend russischen Soldaten bedroht.

»Nino«, sagte ich, »es ist heiß, das Spielzeug ist die Sonne nicht gewohnt, und du liebst Bäume, Schatten und Wasser. Willst du über den Sommer nicht lieber nach Georgien?«

»Nein«, sagte sie streng, »ich will nicht.«

Ich schwieg, und Nino runzelte die Stirn.

»Wir sollten aber gemeinsam verreisen, Ali Khan, es ist heiß in der Stadt. Du hast doch ein Gut bei Gandscha, inmitten von Gärten und Weinreben. Fahren wir hin, du bist dort wie zu Hause, und das Spielzeug hat Schatten.«

Ich konnte nichts einwenden. Wir fuhren ab, und die Wagen unseres Zuges prangten im vollen Schmuck der neuen aserbeidschanischen Hoheitszeichen.

Eine breite, staubige lange Straße führte vom Bahnhof zur Stadt Gandscha. Niedrige Häuser umgaben die Kirchen und Moscheen. Ein trockenes Flußbett trennte das mohammedanische vom armenischen Viertel, und ich zeigte Nino den Stein, an dem vor hundert Jahren mein Ahne Ibrahim den russischen Kugeln erlegen war. Draußen auf unserem Gut lagen träge Büffel regungslos und faul bis über die Brust im kalten Wasser. Es roch nach Milch, und die Trauben hatten die Größe von Kuhaugen. Die Schädel der Bauern waren in der Mitte ausrasiert und trugen rechts und links lange, nach vorne gekämmte Haarbüschel. Das kleine Haus mit der Holzveranda war von Bäumen umgeben, und das Spielzeug lachte beim Anblick der Pferde, Hunde und Hühner.

Wir richteten uns im Hause ein, und ich vergaß für Wochen das Ministerium, die Verträge und die Grenzstation Jalama. Wir lagen im Gras, und Nino kaute an den bitteren Halmen. Ihr Gesicht, von Sonne gebräunt, war klar und friedlich wie der Himmel über Gandscha. Sie war zwanzig Jahre alt und immer noch viel zu schlank für die Begriffe des Orients.

»Ali Khan, dieses Spielzeug gehört aber ganz mir. Das nächste Mal wird es ein Knabe sein, den kannst du haben.«

Dann entwarf sie Pläne für die Zukunft des Spielzeuges, in denen Tennis, Oxford, französische und englische Sprachstudien vorkamen, ganz nach europäischem Muster.

Ich schwieg, denn das Spielzeug war noch sehr klein, und bei Jalama standen dreißigtausend Russen. Wir spielten im Gras und aßen auf ausgebreiteten Teppichen im Schatten der Bäume. Nino schwamm in dem kleinen Fluß, etwas oberhalb der Stelle, an der die Büffel badeten. Bauern mit runden kleinen Mützen kamen herbei, verbeugten sich vor ihrem Khan und brachten Körbe mit Pfirsichen, Äpfeln und Trauben. Wir lasen keine Zeitungen und bekamen keine Briefe; die Welt endete für uns am Rande des Gutes, und es war beinahe so schön wie im Aul in Daghestan.

An einem späten Sommerabend saßen wir im Zimmer und hörten von weitem dumpfes Pferdegetrappel. Ich trat auf die Veranda, als eine schlanke Gestalt im schwarzen Tscherkessenrock vom Pferd sprang.

»Iljas Beg!« rief ich und streckte ihm die Hände entgegen. Er erwiderte den Gruß nicht. Er stand im Schein der Petroleumlampe, und sein Gesicht war grau und eingefallen.

»Die Russen sind in Baku«, sagte er hastig.

Ich nickte, als wäre es mir längst bekannt. Nino stand hinter mir, und ein leiser Schrei entfuhr ihren Lippen:

»Wie ist das geschehen, Iljas Beg?«

»In der Nacht kamen die Züge von Jalama, besetzt mit russischen Soldaten. Sie schlossen die Stadt ein, und das Parlament kapitulierte. Alle Minister, die nicht fliehen konnten, wurden verhaftet, das Parlament aufgelöst. Die russischen Arbeiter stellten sich auf die Seite ihrer Landsleute. Es gab keine Soldaten in Baku, und die Armee stand auf verlorenem Posten an der Grenze Armeniens. Ich will Freischaren sammeln.«

Ich wandte mich um. Nino verschwand im Haus, während die Diener die Pferde vor den Wagen spannten. Sie packte die Sachen und sprach mit dem Spielzeug leise und in der Sprache ihrer Ahnen. Dann fuhren wir durch die Felder. Iljas ritt neben uns. In der Ferne leuchteten die Lichter von Gandscha, und für einen Augenblick fühlte ich, wie Gegenwart und Vergangenheit in mir ineinander übergingen. Ich sah Iljas Beg, mit dem Dolch im Gurt, blaß und ernst, und Nino, gefaßt und stolz, wie einst beim Melonenfeld von Mardakjany.

Nachts kamen wir in Gandscha an. Die Straßen waren voller aufgeregter Menschen mit gespannten Gesichtern. Auf der Brücke, die Armenier und Mohammedaner voneinander trennte, standen Soldaten mit schußbereiten Gewehren, und die Fackeln beleuchteten die Fahne Aserbeidschans am Balkon des Regierungsgebäudes.

Dreißigstes Kapitel

Ich sitze an der Mauer der großen Moschee von Gandscha. Ein Suppenteller steht vor mir, und Soldaten mit müden Gliedern liegen im Hof. Vom Flusse her kläffen die Maschinengewehre. Ihr böses Bellen dringt in den Moscheehof, und die Republik Aserbeidschan hat nur noch wenige Tage zu leben.

Ich sitze abseits im großen Hof. Mein Heft liegt vor mir, und ich fülle es mit hastigen Zeilen, die die Vergangenheit noch einmal festhalten sollen.

Wie war das, damals, vor acht Tagen, in dem kleinen Hotelzimmer in Gandscha?

»Du bist wahnsinnig«, sagte Iljas Beg.

Es war drei Uhr nachts, und Nino schlief im Nebenzimmer.

»Du bist wahnsinnig«, wiederholte er.

Ich saß am Tisch, und die Meinung Iljas Begs war für mich das Unwichtigste auf Erden:

»Ich bleibe hier. Die Freischärler kommen. Wir werden kämpfen. Ich fliehe nicht aus meinem Land.«

Ich sprach leise und wie im Traum. Iljas Beg blieb stehen und sah mich traurig und trotzig an.

»Ali Khan, wir sind zusammen zur Schule gegangen und balgten uns mit den Russen in der großen Pause. Ich ritt hinter dir, als du den Wagen Nachararjans verfolgtest. Ich brachte Nino in meinem Sattel nach Hause, und wir kämpften zusammen an der Pforte Zizianaschwilis. Jetzt mußt du fort. Ninos wegen, deinetwegen, des Landes wegen, das dich vielleicht noch einmal brauchen wird.«

»Du bleibst hier, Iljas Beg, und ich bleibe auch.«

»Ich bleibe hier, weil ich Soldaten zu führen weiß und dem Land die Erfahrungen zweier Feldzüge zu bieten habe. Du geh nach Persien, Ali Khan.«

»Ich kann nicht nach Persien gehen. Ich kann auch nicht nach Europa.«

Ich trat ans Fenster. Unten brannten die Fackeln und klirrte das Eisen.

»Ali Khan, unsere Republik hat keine acht Tage mehr zu leben.«

Ich nickte gleichgültig. Menschen zogen am Fenster vorbei, und ich sah Waffen in ihren Händen.

Ich hörte Schritte im Nebenzimmer und wandte mich um. Nino stand mit verschlafenen Augen in der Tür.

»Nino«, sagte ich, »der letzte Zug nach Tiflis geht in zwei Stunden.«

»Ja, wir wollen fahren, Ali Khan.«

»Nein, du fährst mit dem Kind. Ich komme später nach. Ich muß noch hierbleiben. Aber du mußt fort. Es ist nicht so wie damals in Baku. Es ist alles anders, und du kannst nicht hierbleiben. Nino, du hast jetzt dein Kind.«

Ich sprach, draußen brannten die Fackeln, und Iljas Beg stand mit gesenktem Haupt in der Ecke des Zimmers.

Der Schlaf wich aus Ninos Augen. Sie ging langsam zum Fenster und blickte hinaus. Sie sah zu Iljas hinüber, und er mied ihren Blick. Sie trat in die Mitte des Zimmers und neigte den Kopf zur Seite.

»Das Spielzeug«, sagte sie, »und du willst nicht mit?«

»Ich kann nicht, Nino.«

»Dein Ahne fiel an der Brücke von Gandscha. Ich weiß es seit der Abiturprüfung in Geschichte.«

Nino sank mit einem plötzlichen Aufschrei zu Boden, wie ein wundes Tier an der Schwelle des Todes. Ihre Augen waren trocken, ihr Körper zitterte. Sie schrie, und Iljas stürzte aus dem Zimmer.

»Ich komme doch nach, Nino. Ich komme bestimmt nach, in wenigen Tagen.«

Sie schrie, und unten sangen die Menschen das wilde Lied von der sterbenden Republik.

Plötzlich verstummte Nino und sah vor sich hin mit starren Augen. Dann erhob sie sich. Ich nahm die Koffer. Das Bündel mit dem Spielzeug lag in meinem Arm, und wir gingen schweigend die Hoteltreppe hinunter. Iljas Beg wartete im Wagen. Wir fuhren durch die überfüllten Straßen zum Bahnhof.

»Drei, vier Tage, Nino«, sprach Iljas, »nur drei, vier Tage, und Ali Khan ist bei Ihnen.«

»Ich weiß«, Nino nickte still. »Wir werden zuerst in Tiflis bleiben, und dann fahren wir nach Paris. Wir werden ein Haus mit einem Garten haben, und das nächste Kind wird ein Knabe sein.«

»So wird es sein, Nino, genau so.«

Meine Stimme klang klar und zuversichtlich. Sie drückte meine Hand und blickte in die Ferne.

Die Geleise glichen langen Schlangen, und der Zug tauchte aus der Dunkelheit auf wie ein böses Ungetüm.

Sie küßte mich flüchtig.

»Leb wohl, Ali Khan. In drei Tagen sehen wir uns.«

»Natürlich, Nino, und dann nach Paris.«

Sie lächelte, und ihre Augen waren wie weicher Samt. Ich blieb am Bahnhof stehen, unfähig, mich zu rühren, wie angewurzelt an den harten Asphalt. Iljas Beg brachte sie in das Abteil. Sie blickte zum Fenster hinaus und war still und verloren wie ein kleiner, erschrockener Vogel.

Wir fuhren zur Stadt. Ich dachte an die Republik, die nur noch wenige Tage zu leben hatte.

Der Morgen graute, und die Stadt glich einem Waffenlager. Die Bauern kamen aus den Dörfern und brachten verborgen gehaltene Maschinengewehre und Munition. Jenseits des Flußufers, im armenischen Stadtteil, fielen vereinzelte Schüsse. Drüben lag bereits Rußland. Die rote Reiterarmee ergoß sich über das Land, und in der Stadt tauchte ein Mann auf mit buschigen Augenbrauen, gebogener Nase und tiefsitzenden Augen: Prinz Mansur Mirza Kadschar. Niemand wußte, wer er war und woher er kam. Er stammte aus der kaiserlichen Sippe der Kadscharen, und an seiner Mütze leuchtete der Silberne Löwe des Iran. Er ergriff die Führung mit der Selbstverständlichkeit eines Erben des großen Aga Mohammed. Russische Bataillone zogen gegen Gandscha, und die Stadt füllte sich mit Flüchtlingen aus Baku. Sie berichteten von erschossenen Ministern, von verhafteten Parlamentariern und von Leichen, die, an einen Stein gebunden, in die Tiefe des Kaspischen Meeres versenkt wurden.

»In der Moschee Taza Pir hat man einen Klub eingerichtet, und die Russen verprügelten Seyd Mustafa, als er an der Mauer beten wollte. Sie banden ihn fest und steckten ihm Schweinefleisch in den Mund. Später floh er nach Persien zu seinem Onkel in Meschhed. Seinen Vater haben die Russen umgebracht.«

Arslan Aga, der diese Nachricht brachte, stand vor mir und blickte auf die Waffen, die ich zu verteilen hatte.

»Ich will mitkämpfen, Ali Khan.«

»Du?! Du tintenbeflecktes Ferkelchen?«

»Ich bin kein Ferkelchen, Ali Khan. Ich liebe mein Land wie jeder andere. Mein Vater ist nach Tiflis geflohen. Gib mir Waffen.«

Sein Gesicht war ernst, und seine Augen zuckten.

Ich gab ihm Waffen, und er marschierte in der Kolonne, die ich zum Ausfall über die Brücke führte. Russische Soldaten besetzten die Straßen jenseits der Brücke. Wir stießen im Nahkampf aufeinander, im Staub der Mittagssonne. Ich sah breite Fratzen und blinkende, dreikantige Bajonette. Wilde Wut erfaßte mich.

»*Irali* – vorwärts!« rief jemand, und wir senkten die Bajonette. Blut und Schweiß vermengten sich. Ich hob den Gewehrkolben, ein Schuß streifte meine Schulter. Der Schädel des Russen platzte unter dem Schlag des Kolbens. Graues Gehirn ergoß sich über den Staub der Straße. Ich stürzte mit gezücktem Dolch über einen Feind und sah im Fallen, wie Arslan Aga seinen Dolch in das Auge eines russischen Soldaten stieß.

Von weitem ertönte der metallische Klang der Trompete. Wir lagen hinter einer Straßenecke und schossen blindlings auf die armenischen Häuser. Nachts krochen wir über die Brücke zurück, und Iljas Beg saß auf der Brücke und stellte die Maschinengewehre auf. Wir gingen in den Moscheehof, und beim Schein der Sterne erzählte mir Iljas, wie er als kleines Kind einmal im Meer badete und, von einem Strudel ergriffen, beinahe ertrunken wäre. Dann löffelten wir die Suppe, aßen Pfirsiche, und Arslan Aga kauerte vor uns und hatte blutende Lücken in den Zähnen. Nachts kroch er zu mir herüber und zitterte am ganzen Körper.

»Ich fürchte mich, Ali Khan, ich bin so feige.«

»Dann lege die Waffen weg und fliehe über die Felder zum Pulafluß, nach Georgien.«

»Ich kann nicht, ich will kämpfen, denn ich liebe mein Land wie jeder andere, auch wenn ich eine feige Seele bin.«

Ich schwieg, und wieder graute der Morgen. In der Ferne donnerten die Geschütze, und Iljas Beg stand mit dem Feldstecher am Gebetturm neben dem Prinzen aus dem kaiserlichen Hause der Kadscharen. Die Trompete blies klagend und lockend, vom Minarett flatterte die Fahne, und jemand stimmte das Lied vom Reiche Turan an.

»Ich habe verschiedenes gehört«, sagte ein Mann, mit träumerischen Augen und todgeweihtem Gesicht. »In Persien ist ein Mann erstanden, Reza ist sein Name, er führt Soldaten an und jagt die Feinde vor sich her. Kemal sitzt in Ankara. Um ihn ist ein Heer versammelt. Wir kämpfen nicht vergebens. Fünfundzwanzigtausend Mann marschieren uns zu Hilfe.«

»Nein«, sagte ich, »nicht fünfundzwanzigtausend, zweihundertfünfzig Millionen marschieren. Muslims der ganzen Welt. Aber Gott allein weiß, ob sie rechtzeitig ankommen werden.«

Ich ging zur Brücke. Ich saß hinter dem Maschinengewehr, und die Patronengurte glitten durch meine Finger, als wären sie Rosenkränze. Neben mir, meinem Nachbar die Patronengurte reichend, saß Arslan Aga. Sein Gesicht war blaß, und er lächelte. An der russischen Linie zeigte sich Bewegung, mein Maschinengewehr hämmerte wie rasend los. Drüben blies die Trompete zur Attacke. Irgendwo hinter den armenischen Häusern ertönten die Klänge des Budjonny-Marsches. Ich blickte hinab und sah das trockene, riesige Flußbett. Russen liefen über den Platz, knieten nieder, zielten, schossen, und ihre Kugeln streiften die Brücke. Ich antwortete mit wildem Feuer. Die Russen sanken zu Boden wie Marionetten, und hinter ihnen entstanden immer neue Reihen, die der Brücke entgegenliefen und in den Staub des Flußufers niederstürzten. Ihrer waren Tausende, und das Kläffen des einsamen Maschinengewehrs klang kraftlos auf der Brücke von Gandscha.

Arslan Aga schrie auf, hoch und klagend, wie ein kleines Kind. Ich schielte hinüber. Er lag auf der Brücke, und Blut floß aus seinem geöffneten Mund. Ich drückte am Knopf des Maschinengewehrs. Feuerregen überzog die Russen, und wieder blies ihre Trompete zur Attacke.

Meine Mütze fiel in den Fluß, vielleicht durchschossen, vielleicht weggefegt vom Wind, der mir ins Gesicht schlug.

Ich riß den Kragen auf und entblößte auch die Brust, zwischen mir und dem Feind lag die Leiche Arslan Agas. Man konnte also feige sein und dennoch wie ein Held fürs Vaterland sterben.

Drüben blies die Trompete zum Rückzug, das Maschinengewehr verstummte, und ich saß schweißbedeckt und hungrig auf der Brücke und wartete auf Ablösung.

Sie kam; schwere, ungelenke Menschen schoben die Leiche Arslans schützend vor das Maschinengewehr. Ich ging zur Stadt.

Jetzt sitze ich hier, im Schatten der Moscheemauer, und löffle die Suppe. Drüben, am Eingang der Moschee, steht Prinz Mansur, und Iljas Beg beugt sich über die Landkarte. Große Müdigkeit überkommt mich. In einigen Stunden werde ich wieder auf der Brücke stehen, und die Republik Aserbeidschan hat nur noch wenige Tage zu leben.

Genug. Ich will schlafen, bis mich die Trompete zu dem Fluß ruft, an dessen Ufer mein Ahne Ibrahim Khan Schirwanschir sein Leben ließ für die Freiheit des Volkes.

Ali Khan Schirwanschir fiel um Viertel nach fünf, an der Brücke von Gandscha, auf seinem Posten hinter dem Maschinengewehr. Seine Leiche stürzte in das trockene Flußbett. Nachts stieg ich hinab, um sie zu bergen. Sie war von acht Ku-

geln durchbohrt. In seiner Tasche fand ich dieses Heft. Wenn Gott erlaubt, überbringe ich es seiner Frau. Wir bestatteten ihn in der frühen Morgenstunde im Moscheehof, kurz bevor die Russen zur letzten Attacke übergingen. Das Leben unserer Republik ist zu Ende wie das Leben Ali Khan Schirwanschirs.

Rittmeister Iljas Beg, Sohn des Seinal Aga aus dem Dorfe Binigady bei Baku.